一脚乡村
一脚城

常河 著

北京时代华文书局

图书在版编目（CIP）数据

一脚乡村一脚城 / 常河著 . -- 北京 : 北京时代华文书局 , 2018.7（永远的乡愁）

ISBN 978-7-5699-2205-9

Ⅰ.①一… Ⅱ.①常… Ⅲ.①散文集－中国－当代Ⅳ.① I267

中国版本图书馆 CIP 数据核字 (2018) 第 000921 号

一脚乡村一脚城
YI JIAO XIANGCUN YI JIAO CHENG

著　　者｜常　河
出 版 人｜王训海
选题策划｜叶明光
责任编辑｜沙嘉蕊
插　　图｜祝子晴
装帧设计｜程　慧
责任印制｜刘　银

出版发行｜北京时代华文书局 http://www.bjsdsj.com.cn
　　　　　北京市东城区安定门外大街 136 号皇城国际大厦 A 座 8 楼
　　　　　邮编：100011　电话：010 - 64267955　64267677
印　　刷｜固安县京平诚乾印刷有限公司　电话：0316-6170166
　　　　　（如发现印装质量问题，请与印刷厂联系调换）

开　本｜880×1230mm　1/32	印　张｜8.5　字　数｜200 千字
版　次｜2019 年 1 月第 1 版	印　次｜2019 年 5 月第 2 次印刷

书　号｜ISBN 978-7-5699-2205-9
定　价｜45.00 元

版权所有，侵权必究

目 录

序　胡竹峰 / 1

第一辑
走着走着，有的人就不见了

老拐之死 / 002

父亲的遗产和手艺 / 006

柿子八哥和父亲 / 012

爸，咱回家 / 018

我怀里的父亲轻的呀，像一捆麦秸 / 022

军号为谁吹响 / 025

上河工的英子姐 / 029

女知青蕙兰 / 035

老曹的另类生活 / 041

老茶馆 / 049

皮匠刘书义 / 055

霞姐 / 058

两个剃头匠 / 063

第二辑
赔我一座浮桥一轮月

  树林里，我的小学一年级 / 072

  私奔 / 076

  那一夜，一战成名 / 082

  牛怀才 / 086

  结扎 / 092

  百鸟朝凤 / 097

  1986年的春游 / 103

  1987年的高考 / 108

  赔我一座浮桥一轮月 / 113

  大哥哥好不好，我们去捉知了 / 119

  柳树的铁匠铺 / 124

  捡砂礓 / 137

  冬天的耳朵 / 144

  空荡荡的村庄 / 148

第三辑
一方食材一方人

  1984年的一碗干扣面 / 156

  炸馓子的老勤叔 / 159

  红芋饭，红芋馍，离了红芋不能活 / 166

五马长枪弄银丝 / 174

春在溪头荠菜花 / 179

仙风道骨食椿芽 / 186

麦黄杏 / 190

那些散发着麦香的面食 / 194

最后的庄稼 / 201

吃过腊八饭,便把年来办 / 205

没蒸过大雁,你过的可能是假年 / 210

第四辑
疯狂生长的乡村

疯狂生长的乡村 / 218

鸿雁 / 225

短路,一种被熔断的营生 / 232

镰刀向麦子砍去 / 237

心口上抹不去的朱砂痣 / 244

住在隔壁未必就是做邻居 / 249

后记:向前走,向后看 / 255

序

胡竹峰

文体初兴，活跃灵动，《尚书》《诗经》之生气元气，后世鲜有匹敌。文人骚客之应酬辞章，先就流丧生气，咿唔摹仿，再自加桎梏，难觅性灵。好文章必当触动灵机，信手拈来，如《古诗十九首》如李白如王维如苏轼如《西厢记》。

常河文章之好，只在自然二字，工作之余，生活之余，无功令无仕进无文以载道无学以致用，放任笔意，唯以音韵之和谐为主，时见跌宕旷逸。

自然在书里，自然亦来自乡野，常河笔下尽染乡野书香。书香是一帘风月，乡野如满庭闲花。风月、闲花，差不多是常河文章之骨之血之脉，姑妄言之。

人生或真或幻，情节宜虚宜实，文章的事情难说。散文可以写虚，小说往往落实。王实甫、施耐庵、曹雪芹辈坐实为虚，天地造化，都是一等一的大文豪。

散文亦能写实，韩柳欧阳字字安稳如磐石，不弄花枪，不耍花腔，俗眼见不到妙处。常河行文，颇有唐宋风，唐宋有诗意有词令，诗意词令之外，更有传奇。常河笔下往往传奇。那些陈旧人物与陈年旧事化为传奇，集结在此一本书里。那些记忆也像念旧，隔了几十年越远越牵挂。恍似鲁迅念兹在兹的乌油油的结实的罗汉豆，香气立刻唤回童年往事，先是成就了《呐喊》里的《社戏》一节，渐渐成就了《朝花夕拾》。

大风吹到寂静的背阴处，正好闲寂在此的常河，从墙角边随手捡起一片枯叶一张残纸，漫漶斑驳，追忆逝水年华。让我怀旧，想起沈从文先生的《长河》。常河写的也是往昔人物、他日风情的又一曲挽歌。当时茫然，此时潸然，涩而不苦，哀而不伤，揉进人的心底，即中年况味吧。

常河的文章，或者文字牵着人走，让人心急；或者人与文字混在一起，不忍细读；或者人走到了文字的前面，于是解脱。录朱敦儒《西江月》赠常河：

日日深杯酒满，朝朝小圃花开。自歌自舞自开怀，且喜无拘无碍。青史几番春梦，红尘多少奇才？不须计较与安排，领取而今现在。

是为序。

2017-7-27，合肥

（胡竹峰，安徽岳西人，生于一九八〇年代，现居合肥，人民文学散文奖获得者，已出版作品《空杯集》《墨团花册》《衣饭书》《豆绿与美人霁》《不知味集》《民国的腔调》《闲饮茶》等。）

第一辑
走着走着，有的人就不见了

老拐之死

老拐死了，这是我回老家时听到的消息。

我不知道老拐的名字叫啥，他的二闺女王景和我是小学同班同学，因此推测，他应该姓王。但我们街上的人都叫他老拐，连他的老婆也这么喊他，那就叫他老拐吧。

老拐"没有嘴"，整天不说话，不吸烟不喝酒，整日里忙忙碌碌的，不是在干活就是在去干活的路上——大概脾气有些"拐"，所以大家都叫他老拐。我从没见过老拐和人聊天，吃饭的时候，街上的人都端着饭碗到门口吃，老拐也在，但很少说话，只是木木地听别人说，傻傻地跟着别人笑。他表达自己的观点的唯一方式，就是嘟囔一声："恁娘！"别人和他开玩笑他不恼，笑骂"恁娘！"发火的时候，怒吼"恁娘！"

老拐原来是搬运站的工人。那个时候，汽车很少，运输的主要工具是马车和板车，搬运工要负责把粮站里收来的公粮一麻袋一麻袋地扛到车上，再由马车运送到县城，马车不够的时候，就由人拉着板车送。回来的时候，再从县城给供销社、食品站拉来计划供应的商品。从乡村到县城的砂礓路上，一辆接一辆的板车排着长队，搬运工们弓腰低头，脖子上系着毛巾，拉着板车一点点移动。遇到顺风的时候，他们会在板车上竖起两根竹竿，中间挂起一个床单，像船上的帆。夏天天热，搬运工们打着赤膊，只穿短裤，小腿肚子又鼓又硬，古铜色的身板油渍渍的，汗珠子一颗颗砸到地上，瞬间消失。

搬运工们很少说话，只有在上坡的时候，才把身体弓得快挨到地面，嘴里哼呦哼呦地低声哼着号子，只要一个人喊起来，其他人立刻跟着应和，这大概就是他们交流的方式吧。

搬运工算是大集体，半个吃商品粮的，所以就没有田地。好在老拐的女人是农民，分得几亩土地，没有搬运任务的时候，老拐就到田地干农活。他的女人嗓门大，似乎脑子不大灵光，但干起活来有些母夜叉的味道。生孩子也不含糊，连着给老拐生了两个丫头，然后肚里就没有动静了，把老拐气得"恁娘！恁娘！"地骂。

等到老拐的二闺女和我一起上小学的时候，老拐也该有40岁了吧，他老婆突然挺起了大肚子，一劈腿，就给他生了个小子。街上的人都说，"老拐，你的枪是不是经常擦？咋这么准。"老拐就嘿嘿地笑，"恁娘！"

家里有三个孩子，房子不够住，老拐决定再盖一间。大冬天，他在河边上一个人踩着冰碴子和泥，混着麦糠拓坯，开春的时候，就用这些土坯盖起了一间土屋。

后来，汽车多了，搬运站撤销了，老拐被转到合作社负责废品收购。每个月有固定的工资，田里种的粮食能糊住一家人的嘴，按说日子还算不错。但老拐从来舍不得吃，麦收的时候，连天黑夜地干活，真累，再穷的人家都要买肉。老拐不，他拿两个咸鸭蛋，几根黄瓜，带几个大馍，在田里一干就是一天。晚上回到家，呼噜呼噜吃几碗青菜面条，然后嘴一抹，倒床就睡。

老拐也算老来得子，对这个儿子真是溺爱，家里活儿再忙，从不让儿子下地，就一心让儿子读书，争取吃商品粮。但儿子显然不是读书的料，小学二年级就开始留级，初中上完，都19岁了。老拐看着没指望了，就给儿子说了个媳妇。儿子结婚那天，一向不喝酒的老拐喝得脸通红，咧着大嘴看着儿子的脸笑，嘴里嘟囔着"恁娘"。

儿子成家了，老拐也退休了，专心干起了农活。

儿子对田里的活计一点都不会，也不是块种地的料，老拐就拿出家里所有的积蓄，给儿子在街上开了个百货商店，闲下来也到店里帮着照看，教儿子如何盘货、如何做账、如何进货。一来二去，店里的生意还挺红火，儿子盖起了三间瓦房，还买了一辆二手货车进货送货。

不幸的是，这样的好日子没过多久，儿子就出车祸死了。

儿子刚死不久，儿媳妇还经常带着孙子来家吃饭，慢慢就不来了，老拐去店里，儿媳妇也冷着脸不打招呼。

老拐不管那么多，照旧下田干活，到店里带孙子。

更不幸的是，老拐的女人生了一场大病，治病需要一大笔钱，老拐厚着脸皮找儿媳妇借钱。儿媳妇给了5000块，就再也没有下文了。好在两个已出嫁的闺女也凑了一些钱，总算结清了医院的欠款。但是，出院后的女人从此瘫痪了。老拐只能在家里服侍，哪里也去不了。儿媳妇也不再到家里来，渐渐地就断了来往。

5年前，我回老家过年。老拐来了，往门口板凳上一坐，不说话。多年不见，老拐背驼了，头发全白了，走路一瘸一拐的，想是早年拉板车坏了腰和膝盖。老拐说，他从供销社刚退休的前几年，还有工资，现在供销社都承包给个人，都是单干，退休人员就没有工资了。"你在省城，又在报社，有见识，路子广，你得帮俺问问，可有这个理？工作了一辈子，咋到现在啥都没有了？总得给俺个活头吧。恁娘！"

后来，我才知道，老拐的女人瘫痪在床，老拐自己也股骨头坏死，田里的活儿是一点也不能干了，又没有钱去医院看病，就在街上的卫生院买些最便宜的药维持着。就这些钱，还是两个闺女隔三差五送来的。

但是，我又能帮上老拐什么忙呢？

这次回老家。娘告诉我，老拐死了。去年的时候，先是老太婆死了。之后，老拐也卧床不起，闺女要把他送到医院，老拐死活不愿，"恁娘！花那冤枉钱弄啥？"两个闺女气愤，就去找儿媳妇理论，还在街上大打了一架，但一点用没有，儿媳妇说："我替你们家把孩子带大，没让孩子改姓就对得起你们家了，我自己的死活谁管？我还能管别人的死活？"

两个闺女淌着眼泪丢下些钱，走了。

据说，最后的日子，全靠街坊邻居送点饭菜，老拐总算没有饿着。

老拐死的时候，邻居去帮他收殓，给他穿好寿衣，掀开布满屎尿的床单，所有的人都惊呆了：在老拐的床单下，铺满了钞票，5块的，10块的……

两个闺女放声大哭——老拐终于还是舍不得用闺女给的钱买药看病，他想留着养老呢！

父亲的遗产和手艺

那天,妻在她的微信圈里发了一个电子音乐相册,很单薄,只有几张照片,照片上是四只大小不一的篮子,她写道:"收拾东西看到公公留给我们的唯一物品,怕不能长久保存,就制作了这个音乐相册。这是公公的亲手遗作,永远的怀念尘封在记忆里。"

那一天是2015年10月30日,距我父亲去世,正好两周年。

父亲去世后,我也曾尝试着写一点文字,但每次提笔,都心如刀绞,神思恍惚,最终还是停了下来。甚至,两年的时间,"父亲"两个字,我都不敢去触碰,一碰就疼。

父亲是在我的怀里安详地走的,熟睡一样平静。我现在仍然不明白,那时,我怎么能够如此淡定地给父亲亲手换上寿衣,给他最后一次擦脸,最后在他耳边喊一声"爸",一直到把他安放在冰棺之后,我才瘫倒在边上,放声痛哭……

料理完父亲的后事,离开家之前,我把父亲生前编的篮子在房间一角整齐地码好,想想,父亲留下的,也只有这些了。

父亲在固镇县初中毕业后,被送到农校学习一年,毕业后却分到了涡阳县,然后又被安排到曹市镇供销社。正因为有这样的经历,父亲有着一手好的农活。我小的时候,家住在镇西头的二郎庙旁边,一个狭长的院子,院子里有两棵枣树,枝叶婆娑,和院门口的一棵枣树枝叶相望。秋霜一打,父亲就拿着大大的剪刀，站到凳子上，给枣树修剪枝条。春末，枣花开的时候，甜香四溢，引来无数蜜蜂嗡嗡而至。等到枣子成熟，我们弟兄几个在地上铺上床单，用一根长长的竹竿，胡乱地朝树上打去，青的、黄的、红的枣子噗噗落下，满地打滚。父亲抽着烟，站在堂屋门口，看着我们欢笑中手忙脚乱的样子，只是笑。那时的父亲，穿着干净的中山装，戴着苍青色的帽子，像一个将军，帅极了。

院子门口，有三条并列的小河，父亲在河与院门之间的空地上整理出一片菜园，根据季节种上不同的蔬菜：青绿的黄瓜、通红的番茄、青红交杂的辣椒、翠绿的白菜、长长的豆角，还有从土里露出半截的萝卜……父亲把畦垄整得横平竖直，竹篱笆扎得整齐匀称，让四季都在小小的园子里长出无限的生机。那些年月，父母要养活我们正在长身体、胃口极大的兄弟六个，多亏那个菜园，不但弥补了他们工资的不足，还让我们有了水果的替代品，从而让我们的童年水灵灵地鲜活着。

后来，家搬到老供销社的院子，父亲已经退休。他又把门口废弃的砖头一点点捡出来，再用农家肥慢慢养土，终于把一块别人眼里不可能长出庄稼的板结土变成了暄腾腾的菜园，任何植物，只要父亲种下去，施了魔法一样，一概蓬蓬勃勃地长。只不过，年老的父亲新整的菜园，已经不再有物质贫瘠年代的意义，更多的，成为孙辈们的乐园。孩子们回到爷爷家里，拎着小铲子，提着小篮子，万分新奇地在菜园里挖一根萝卜，铲一撮韭菜，摘一把眉豆。父亲抽着烟，站在菜园边上，一边提醒他的孙子们别摔跤，一边看着"丰收"的孩子，只是笑。

父亲刚退休的时候，闲不住，在四里外的一个村子承包了几亩地。别人眼里的国家干部，突然变成了十足的农民。父亲置办了全套的农具，每天和村里人一样去地里除草、打药、捉虫子。

他种的小麦、玉米、山芋总是比其他人的产量高出很多。到了收割的季节，我们弟兄几个再忙都要抽出时间回来帮父亲割麦子、掰玉米、挖山芋，我们拉着板车，一趟趟把收获的庄稼从地里拉回来。父亲像个娴熟的庄稼把式，指导我们正确地干农活。父亲说，包了地，就不能亏了地，人不养地，地就不养人。父亲还说，干农活，就要有干农活的样子，干啥都一样。

父亲说这些话，往往都是在收获了地里的庄稼之后，望着房间里堆满的粮食，抽着烟，搓着粗大开裂的手，眼角堆满了笑纹。这个时候，我才发现，父亲真的老了，他的头发已经花白，因为瘦，脸上的皱纹更密，更深。

年老的父亲慢慢干不动农活了，我们也一个个都有了工作和家庭，在我们的劝说下，他退了田，专心侍弄他的菜园。

春节后，每个小家庭都要各自返回了。父亲拿出一摞篮子，说，你们一家拿几个回去吧。

我们这才知道，父亲竟然还有一手精致的篾匠活。他把二哥商店里废弃的包装带收集起来，一根根洗干净，用完整的包装带编出篮子底部和篮筐的经，再用剪成细长条的编制成纬，细长条在父亲的手下欢腾跳跃，一天下来，就编成了一个篮筐，再用粗铁丝收口拧上提手，用包装带把铁丝提手包裹一下，别提多密实了。包装带有不同的颜色，父亲还能在不同的部位巧妙搭配不同的颜色，浑朴而不花哨，却又跃动着老去岁月的沉着。

父亲编的多了，街坊四邻挨个地送，逢集的时候，整条街的人出去买菜，拎的都是父亲的篮子。

我们劝父亲，适当做点手艺活就当锻炼身体了，但别太累，常年日久地坐着编，对腰和颈椎不好。父亲笑着说，我多编几个篮子，不会得老年痴呆哩。

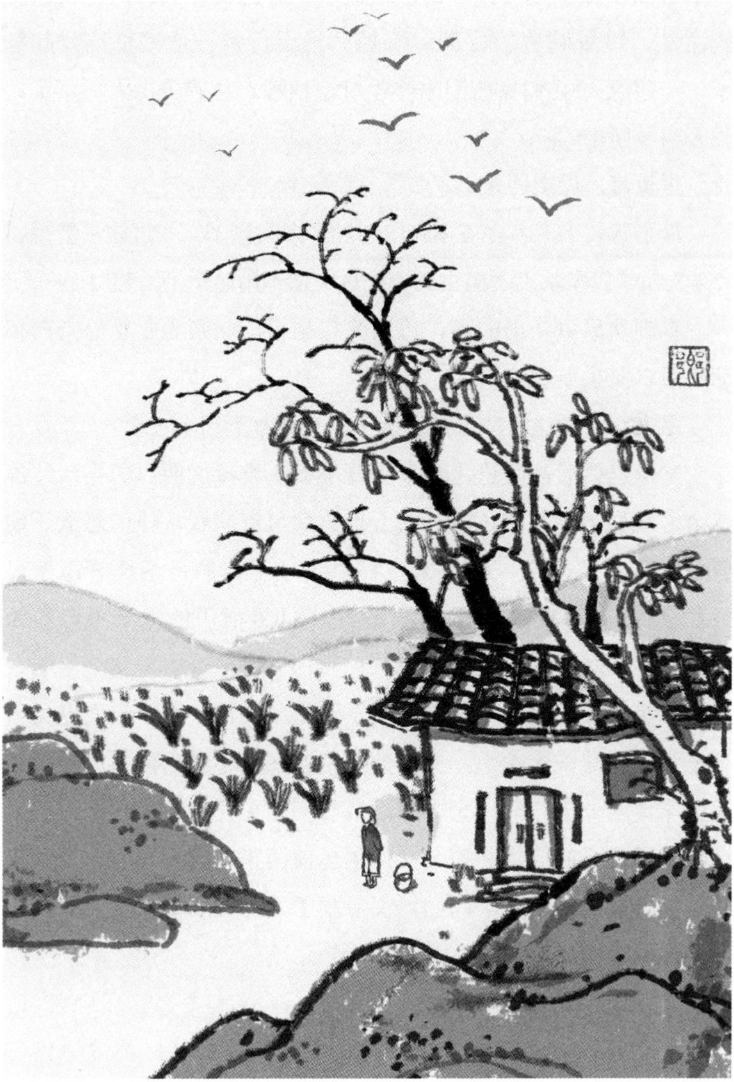

有一年中秋节，我提前一天回家。正是逢集，家里只有父亲一个人坐在院子里的柿子树下编篮子。看见我突然回来，父亲有些慌乱，嘴里叼着的香烟一下掉到地上，他一边忙忙地收起篮子，一边说："你们提前回来咋不打个招呼？你妈去街上买菜了，我去叫她回来。"

正说着，母亲回来了。

母亲两只手上各拎着摞在一起的十多只篮子，一进院子就说："今天一个篮子都没卖出去。人家现在都不用这个了，都用……"

看到从屋里走出的我，母亲张口结舌，父亲为制止母亲而挥动的手掌僵在半空。

原来，父亲这么辛苦地编篮子，竟然拿到街上去卖。

父母退休后都有退休金，尽管不多，维持老两口的生活绰绰有余，我们弟兄几个还隔三岔五地给父母寄些钱，他们怎么还编篮子卖呢？要知道，让原来也在供销社工作的母亲提着篮子，像卖菜人一样蹲在街边叫卖，这是一向爱面子的母亲不可能做出的事。

在我的再三逼问下，母亲终于道出了实情。为了我们兄弟六个上学、当兵、上大学，父母的工资实在入不敷出，只能借东家还西家地四处借钱，一来二去，等我们兄弟几个参加工作，父母已经背了不小的一笔外债。父亲退休前两年，因为和另一个同事共同承包供销社的一个商店，又亏损了几万。所以，父亲后来承包土地、编篮子，就是想挣点钱把债还上。

"为什么不告诉我们？"

"我和你妈没什么本事，你们兄弟几个结婚，都没给你们什么钱，咋能再给你们增加负担？我和你妈现在还能动，能挣一个是一个，慢慢还，人不死账不烂。"父亲嗫嚅着，像个犯了错的孩子。

我低下头，捡起地上的剪刀，拿起一根包装带，沿着茬口剪了下去。剪刀咔嚓咔嚓地响，我的眼泪啪嗒啪嗒地滴到地上……

后来，母亲终于不再去街上卖篮子，但父亲还在继续编。只不过，他开始尝试编一些更小、更巧的篮子，雅致得像一件件工艺品。每次我们回家，父亲都得意地拿出来给我们看，在每个篮子里放进花生、水果，给他的孙子孙女们玩。走的时候，父亲从他的菜园里摘下时鲜蔬菜，一样样在篮子里放好，每家拿走一份……

父亲走了，他的菜园也荒废了。母亲问，那些编了一半的篮子咋办，我说："留着吧，让我们每次回来，都能看到。"

柿子八哥和父亲

"走着走着,老家的柿子树就没了;走着走着,爷爷也没了。"我看到儿子空间里这段话的时候,正是柿子大量上市的季节;我写这篇文字时,正透过书架上的相框看着他:黑色帽子,黑色的棉袄,还有不变的微笑——每年这个时节,父亲都是这样的穿着,拿着一根长长的套上网兜的竹竿,去摘树梢的柿子——我是他们之间的纽带,一头是我的父亲,一头是我的儿子。如今,儿子越过我,在这个深秋想念他的爷爷;父亲则抛下我,在天国默默祝福着他的孙子。

三年前,父亲是和柿子树前后脚没的,柿子树被砍下的第二天,父亲就走了。在这之前没了的,还有父亲养了多年的那只八哥。

八哥笼子挂在柿子树上,父亲一只手揣在裤兜里,一只手夹着香烟,仰头看那只八哥,父亲咳嗽一声,八哥咳嗽一声——那样的场景,是父亲刻在我记忆中最深的印记。

我没问,但我坚信,对儿子也是。

父亲在镇上搬了三次家,第一次从西庙搬到供销社的老收购站,父亲在院子里种了两棵葡萄树和一棵石榴树,葡萄累累垂垂,石榴硕大滚圆,整个院子像一个绿色的长廊。第二次是临时租住在别人家的房子里。第三次搬到供销社大院里,父亲在厨房边上栽下一棵柿子树,又把门前的砖头一点一点清理出来,整成了一个菜园,种上菠菜、萝卜、豆角、芹菜、芫荽、白菜……一年四季,柿子树发新芽,落黄叶,而父亲的菜园一年到头都是青的,即便在下雪的季节,随手扒开雪,绿莹莹的菠菜越发水灵,还有紧紧包裹着的白菜。

每一个回到老家的孩子,都喜欢在菜园里撒欢,煞有介事地拿着铲子给菜园松土。母亲则提着篮子,从菜园这头走到那头,篮子里便装满了各种时鲜菜蔬,孩子们丢下铲子,帮着奶奶摘菜,看到叶子底下一条顶花带刺的黄瓜,惊叫连连,其他的孩子赶紧跑过来争。父亲一只手揣在裤兜里,一只手夹着香烟,笑眯眯地看着他的孙辈们在他的菜园里嬉戏,他的头顶,八哥笼子高挂在柿子树上。

父亲曾经学过农,如果他没进供销社,注定是一个优秀的庄稼把式。除了不会做家务不会做饭,田里的活儿,父亲样样精通。退休后,他在附近的村里承包了五亩地,打理的麦田比附近人家的都好,田垄笔直,麦苗油油。父亲整天待在田里拔草,他的麦田里一根杂草都没有,风一吹,绿波粼粼。父亲背着手低着头在地里行走,时而蹲下来剔除刚刚发芽的野草,顺便抓起一把土捏捏,满意地丢下。

他的菜园也是,开始的时候,父亲在菜园边上打了一口压水井,父亲每天早上呼哧呼哧地压水,一桶一桶地给菜浇水。后来,我们怕父亲累着,不让他再承包土地,并且把压水井改成了电动抽水机,父亲只要把菜地里的土翻一下,整理出田畦就行。

无论谁回家,走的时候,必定拎着一篮子时令蔬菜,菜是父亲种的,篮子是父亲编的。走的时候,父亲并不远送,就站在柿子树下,一只手揣在裤兜里,一只手夹着香烟,微笑着接受儿孙们的告别，父亲笑一声，八哥笑一声。

我们兄弟几个总是互相通报消息，等到家里的柿子熟了，纷纷赶回老家。母亲骄傲地拎出一篮篮摘下的柿子："你看，多大。你爸怕麻雀吃，把能够到的都摘了下来。"父亲则站在边上笑眯眯地看我们翻拣柿子。

迫不及待地，我们爬上树，把枝头上父亲够不到的柿子一个个摘下来，父亲站在树下，像一个教练，"你头顶上有个大的"，我们按照父亲的指点，用网兜套住柿子，用劲一拉，柿子稳稳地落在网兜里，下面的人赶紧伸手接过，"真的！真大！"有时候，父亲说话急了，憋不住咳嗽起来，那只八哥也跟着父亲学舌，咳咳几声，父亲便回头对着八哥举起手作势要打，他的孙辈们也学着八哥咳嗽起来，此起彼伏地，父亲嘿嘿笑着，"你们这些毛孩子"。

说起来，那只八哥够神的，父亲养了几年，也不懂得如何教八哥说话，就当个活物养着，每天早上起来就把八哥从堂屋里拿出去挂在柿子树杈上，晚上再拎回来挂在屋梁上。父亲有气管炎，经常咳嗽，这个黑色的家伙竟然无师自通地学会了父亲的咳嗽，只要父亲咳嗽，它立刻跟着响应起来，像是和父亲对话。更奇怪的是，换了我们对着它咳嗽，它鄙夷地把头扭到一边，噗嗤一声，拉下一泡鸟屎。

"爷爷，你咳嗽呀。"孙子们对着父亲喊，父亲对着鸟笼咳嗽一声，八哥扭过头，对着父亲咳嗽一声，孩子们笑得前仰后合，屋子里院子里，接二连三地响起咳嗽声。八哥却闭上眼睛，懒得看这闹哄哄的场景。这家伙，被父亲惯坏了。

吃过饭，各家都要返回，父亲和母亲早已把柿子和蔬菜分好，每家一篮柿子一篮蔬菜，母亲反复叮嘱柿子拿回家后如何捂熟，千万别和螃蟹一起吃。父亲站在光秃秃的柿子树下，一

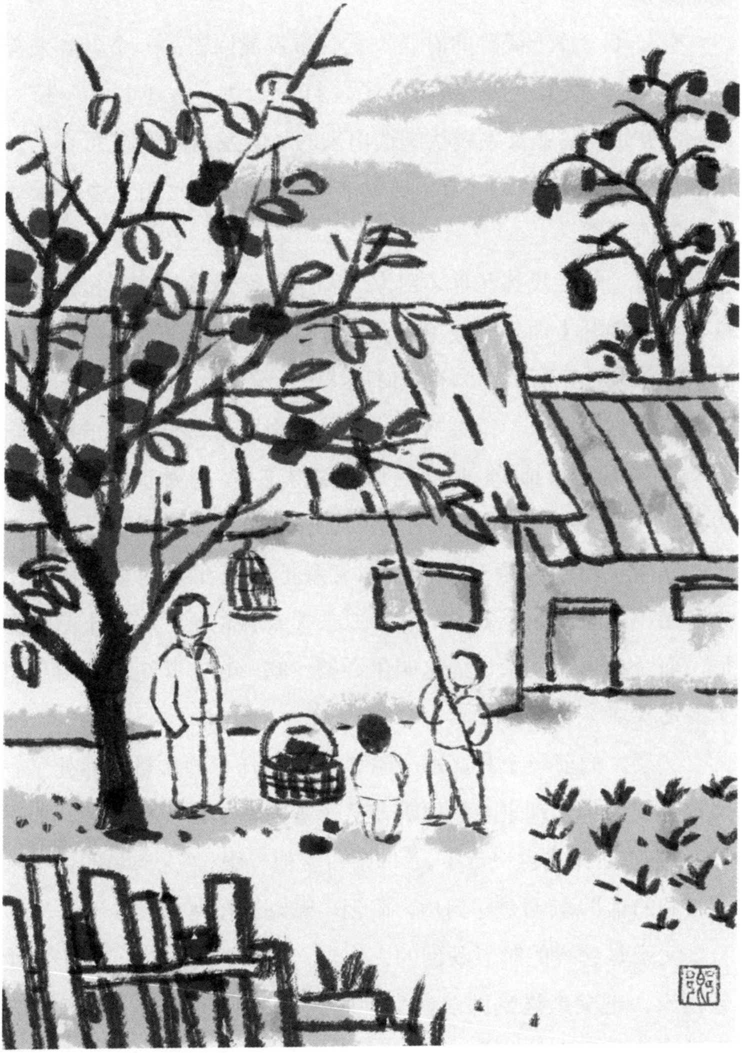

只手揣在裤兜里,一只手夹着香烟,笑眯眯地看着我们各自回家。八哥在父亲头顶的树杈上,叽叽喳喳地叫着,仿佛安慰孤单的父亲……

有一年,柿子成熟的时候,我有事没能回去。一个老乡来合肥,父亲让他捎来了一纸箱柿子,打开一看,大小几乎一模一样,我知道,这是父亲精挑细选出来的。老乡说:"你爸可真是,不嫌麻烦,在合肥买一箱子柿子才几个钱。"我递给老乡一根香烟,笑而不语。

还有一年,我到元旦才回家。刚坐下,母亲从床下拉出一个纸箱子,揭开上面盖的被单,竟然是已经熟透了的柿子,红彤彤的,晶莹剔透,有的因为存放时间太长,蔫了。母亲说,"你爸再三安置,你没回来,留到啥时候都得给你留着,每个孩子都要吃到"。我拿起一个柿子,吸了一口,甜得透心,冰冰凉凉,父亲在边上问"可好吃",我低头说着"好吃",眼泪却滚滚而下。

邻居又给了父亲一棵柿树,父亲把它栽在菜园里,树苗不大,结出的果子也不多,形状和原来那一棵也不一样,不是扁圆形,而是心形,父亲说,这叫牛心柿。吃一口,味道不如厨房边上的那棵。

父亲生病前一个月,那只陪伴了父亲几年的八哥突然死了。据说,父亲早上起来看到僵卧在笼子里的八哥,一脸阴郁,他对母亲说:"估计我也快走了。"母亲白了他一眼,"大清早的,说啥不吉利的话",转身进了厨房,眼泪一颗颗滴在地上。

父亲是起夜的时候跌倒的,在这之前,毫无征兆。我们急忙赶回家,把父亲送到医院,父亲对我们说:"我恐怕是不管了,也没有啥家产留给你们。"我握着父亲枯瘦的手说:"爸,你没事的,我们还要吃你种的菜呢,每年都准时回来吃柿子。"

父亲想笑，可是笑对他来说已经变得困难，他挤了几下，终于挤出一丝笑容，然后昏昏睡去……

2013年9月25日，父亲已是弥留之际，经过最后的会诊，医院院长和我们商量，建议用救护车把父亲送回家。三哥提前回家，带着几个侄子，把院子里的菜地平整出来，还把两棵柿子树砍掉，院子里空空荡荡，一片萧瑟。父亲不知道，迎接他回家的没有了他的八哥，也没有了他年年期盼的柿子树，他的菜地也被铺上了砖头。

9月26日晚上，我们正在父亲的床前吃饭，83岁的父亲神态安详地走了……

三年了，每到柿子灯笼一样挂在枝头的深秋，我们都会想念父亲的柿子。父亲走了，带走了他的八哥和他的柿子，也带走了他一只手揣在裤兜里，一只手夹着香烟，笑眯眯的身影。

那以后，我几乎不吃柿子。偶尔买回来几只，总没有父亲的柿子好吃。

爸，咱回家

2013年9月25日下午，父亲处于弥留状态的第三天，医院院长找到我，征求我的意见：是愿意让病人在医院辞世，还是回家。

我知道，医院已经完全尽力了，从南京军区医院请来的专家在看了父亲的状况后，也无语地离开……

尽管有足够的心理准备，我还是对医生说：还有没有一线希望，哪怕多一天？

医生沉默着摇了摇头。

我做不了这个主。最了解父亲的，莫过于母亲。此生，我已经违逆了父亲太多，最后的时刻，我再不能以自己的想法，唐突了父亲的愿望。我和哥哥弟弟商量后决定，一切以母亲的意见为准。

令人意外的是，此前一直忧戚不止、偷偷哭泣的母亲竟显得异常冷静，但口气却不容置疑：你们的父亲一直恋家，回家吧。母亲说这话时，背对着窗户坐在病床边，紧紧握着父亲正在输液的手，我站在母亲对面，只能看到母亲逆光的侧面，白发母亲面容平静，低头凝视着昏睡的父亲……

医院给父亲开了两天的药，安排救护车送父亲回家，我再三对驾驶员恳求：回去的乡村道路不平坦，一定要开慢点。我知道，已经枯瘦如柴的父亲，再经不起任何一点颠簸。以前，再大的痛苦，父亲都不会哼一声，现在，即便他想说，已经没有了机会。

我坐在父亲身边，扶着父亲的肩膀和头颅，在心里一遍一遍地念叨：爸，咱回家，咱回家了。

父亲不理我，操劳了一生，他太累了，他要睡。

到家后，我们把父亲安置在堂屋西侧，靠墙的一张小床上。那个位置，原来是一张连椅，最后的几年，父亲总是坐在那里，满面笑容地看着他的儿孙们谈天说地，很少插嘴，对他来说，那样的吵嚷，就是晚年最大的乐趣。

有的时候，他也喜欢坐在堂屋八仙桌东面的一张藤椅上，头上是那只八哥，叽叽喳喳地叫着，偶尔还会模仿父亲咳嗽的声音。坐在那张藤椅上，视线透过去，是他的菜园，他的儿孙们就在菜园边聊天打牌，互相交流着一年中的见闻，还有二哥新盖的房子，他最爱的重孙女就在那个屋子里蹦蹦跳跳、进进出出……那样的时候，我偶尔回头：父亲就是威武而慈祥的王，是我们家至尊的王。

父亲很少发脾气，对家人也是，哪怕有再大的不愉快，他也只是沉默着不说话，一根接一根地抽烟。一辈子，父亲都是逆来顺受，在工作上从没和同事有过纠纷。他所在的镇供销社，有两个时期主任调走了，都是由父亲主持工作，有人劝父亲去县社活动一下，父亲不去。所以，一直到退休，父亲在供销社最高的职务只是供销社党委委员，他的同事总是叫他"常委"。无论怎么安排，不管别人怎么称呼，父亲总是平静地接受。

当天晚上和第二天，我们把饭桌摆在父亲的床边，我们在他的床边抽烟，吃饭，聊天，我们压低声音，走路都蹑手蹑脚，生怕吵着了安睡的父亲。但是，疲惫的父亲再不能起来和我们一起吃饭，也不能再像以往那样微笑着听我们说话，他再不能接过我递给他的香烟，然后略带责怪地说："抽这么贵的烟，多浪费……"

父亲就那样静静地躺着,但我坚信,我们所说的一切,他都能听见,只是,他老了,老得不愿再干预我们的任何决定和观点。因为,那一天半的时间,父亲的脸色从没有过地润泽,神色异常安静慈祥。

到家的当天,我们就锯掉了院子里的柿子树,拆掉了葡萄架,把整个院子打扫得平整而干净。三哥在院子里扯上电灯,二哥忙着做饭,我和弟弟则守在父亲身边,观察父亲的一举一动,随时给父亲换打点滴的吊瓶和氧气……母亲则在几个屋子里进进出出,偶尔停下来,远远地望着躺在床上的父亲——母亲自己都不知道在忙些什么,也许,只有这样的走动,才能分散她的注意力,让她的情绪安定下来。

那天晚上,我最强烈的愿望就是,把父亲唤醒,陪他聊天,听他说他的经历。想想,几十年来,我竟然没有陪父亲有过一次长谈,没有去探究他的过去,他的内心……逢年过节回家,因为人多,也只是开几句玩笑,逗一下父亲,在父亲半笑半嗔的眼神中找回童年的感觉。有几年的除夕,我也曾想过留下来,陪他和母亲说说话,唠唠家常,对他说我走南闯北的见闻。可是,最终,还是在晚饭后,被父母赶着住到了街东头二哥家里。

现在,我想和父亲好好说话,可是父亲却不能……关于父亲的一切,他都没来得及告诉他的儿子,他即将带走所有的秘密,一点都不给我留下。

第二天晚饭前,我计算了剩下的药量,还够半天用的,就安置弟弟天明后带着侄子再去县城开药。

吃饭的时候,我依然坐在父亲的床边,对面的弟弟时时欠身看看父亲,告诉我,父亲这一口气似乎有些长。我放下碗筷,转身握着父亲的手，父亲的体温正常，而口中似乎说着什么，又像长长的一声叹息。我把父亲抱在怀里，耳朵贴着父亲嘴边，想努力听清父亲最后的一句话——堂屋里的空气凝固了一般，母亲痴呆呆地站在窗前，几个侄子吓得不敢出声，儿子趴在门旁使劲咬着牙不让自己哭出声来。

　　我的父亲终于什么都没有说，连那一声叹息都没有吐出。他走了，在他儿子的怀里，安静地走了。

我怀里的父亲轻的呀,像一捆麦秸

那一刻,是2013年9月26日晚上8点整。

……

三年了,一直到今天,我都不愿相信父亲已经走了的事实,我宁愿相信他比以前更沉默了,沉默到对这个世界一句话都不愿说,只是一如既往地看着我们,慈祥地发自内心地笑着,连笑声都是轻微的,满脸的皱纹全部散开。

每到过年的时候,父亲就早早地站在院门外,一会朝南看,一会朝北望,父亲总是预料不到我会从哪个方向过来,我也从不揿喇叭,一直把车开到父亲身边,我知道,父亲突然看到车,总是一愣,然后对着车笑起来,也不说话。等我儿子下车,喊一声"爷爷",不论那个时刻是几点,父亲总是瞅着他孙子的脸问同样一句话:"可吃饭吗?"等我们全部下车,把过年的东西搬进家里,父亲才跟在我们后面慢慢地往院子里走。

父亲总是这样,把他的一个个儿子和孙子迎回家里。母亲则忙着把家里珍藏的食品饮料啥的从床底下、柜子里拿出来,摆满一桌子,一个劲地催:"吃,快吃吧。"

父亲站在门口,看着一屋子儿孙,只是笑。对他来说,用眼神一个个打量着孩子,就算是打了招呼,也算是把要说的话说了。

对于儿孙们的问候,他也是笑着说:"好,好着呢。"之后,就很少说话，接过我递给的香烟，走到院子里，看看他的菜地，仰头逗逗他养的那只八哥。如果有哪个孙子对青菜或者鸟产生兴趣，父亲马上会兴致勃勃地说起他菜园的收成，谈起那只鸟的趣事。他最高兴的，还是满足孙子们的要求。无论哪个孩子对菜园里的哪棵菜表示喜欢，他立刻拿起锄头，把那棵菜铲下来，一定让孩子带走。

等到屋里的人叽叽喳喳开始聊天，父亲就默默地坐在院子最东边的藤椅上晒太阳，脸色沉静，一边抽烟，一边听着屋里的吵嚷，什么样的话题他都愿意听，但很少插嘴。他就那样静静地听着，一脸享受的样子。我们兄弟几个中谁过去陪他说几句，他才开口，也是极简短的几句，他更喜欢听我们说，听每个小家庭的情况。

在我的印象中，父亲一直这样沉默着。他很少与人交流，和邻居或同事聊天，也大多是听别人说，他是很少扯出话头的，只有谈到自己的孩子时，他才像打开了话匣子似的，多说几句。

偶尔，我不打招呼回到老家，不变的场景是：母亲里里外外地在忙着，或者在和邻居说话，而父亲要么在屋里抽着烟看电视，要么在菜园里劳作着。

早先的时候，父亲还经常去镇东头，到两个哥哥的店里转转，大略只是问一下生意咋样，晚上可回去吃饭啥的。然后就在店里找个板凳坐着抽烟，间或和赶集的熟人打个招呼。快到吃午饭的时候，估摸着母亲快做好了饭，他才站起来，掸掸身上的烟灰说："我走了哦。"

现在，他真的走了。

在邻居的帮助下，我给父亲换上寿衣，用温水给他擦脸，我知道，作为儿子，这是最后一次给父亲擦脸了，那一刻，我心静如水。我至今都在诧异，在那样的悲痛中，我何以能够冷静地安排几个侄子联系灵棚、冰棺？我又怎么能够把父亲抱在怀里，有条不紊地给他换上寿衣？

要盖上冰棺的时候，我坚定地拦住，我要最后再仔细看一眼我的父亲。父亲安卧在冰棺里，仪态从容，那是他从未有过的轻松神态，在儿孙们的簇拥和注视下，我的父亲安详地睡去了……

那一刻，我的眼泪才如决堤的河水，我浑身的力气在瞬间流失，整个人瘫在地上，放声痛哭……

我为父亲拟了一副挽联："涡水浍水齐鸣咽，秋风秋雨送父亲"（父亲出生在固镇县浍河边上，参加工作后调到涡阳）。

9月27日，天突然下起了雨，洇湿了我为父亲写的挽联，黑漆漆的字淋淋漓漓，如同潸然的泪水。

9月28日，在涡阳县城东边的竹林仙居公墓，我捧着父亲的骨灰盒，双泪长流，迟迟不愿放手。选墓穴的时候，开发商带着我们兄弟几个看了几个园区，我转了一圈后，坚定地指着中间靠路的那个园区，"就这个了"。哥哥和弟弟对我这么快做决定表示不解，我指着那个园区的名字说："你们自己看。"哥哥和弟弟低头看了那个园区的铭牌后大惊失色——那个园区叫"德安园"，而我的父亲，就叫常德安！

也许冥冥之中，上天早就为我的父亲安排了他最好的安息之处。

我双膝跪地，微颤着双手，把父亲的骨灰盒小心翼翼地安放在墓穴中。之后，我点着一根香烟，放在父亲的墓穴上说："爸，咱回家了。"

军号为谁吹响

包子老得不成样子了。

两只手拄着一根拐杖,站在门口,胡子拉碴地看着街上过往的人——应该曾是他的顾客——他卖小吃的时候,镇上谁没吃过他的油条和煎包?

看见我来,包子眯着眼瞅了半天,才怯怯地叫出我的乳名,然后咧嘴大笑起来,他的牙齿几乎掉光,"你和大闺女是小学同学呢。"我说:"是的。包子叔,现在还能吹动军号吗?"

包子的军号应该算是街上特殊的符号,除了镇上的大喇叭,再没有任何声音比他的军号传得更远。我小的时候,经常听见西边河堤上传来嘀嘀嗒嗒的号声,我娘说:"包子又在炫耀他的军号了。"

我们可不觉得他是炫耀,经常围着他,让他吹给我们听。那时,包子刚从部队转业,穿着一身鲜绿的军装,个子又高又大,在我们这些小屁孩眼里,简直就像天神一样威武。我们经常缠着他,叫他讲部队的故事,他也不厌其烦地说他在部队上的见闻,讲得高兴了,他从屋里拿出一个军号,黄澄澄的,把手上还系着一方鲜艳的红缎子,挺起胸膛,深深憋一口气,那个圆圆的喇叭口便窜出嘹亮而激越的声音——奇妙极了。

包子经常给人讲解起床号、冲锋号、熄灯号、集合号的区别，手上没有军号，就嘟起嘴，模拟那种声音，听的人总是一脸神往。

那个年代，退伍军人最受姑娘们的心仪，很快，包子就娶了一个清瘦雅丽的姑娘，说话轻声慢语的，街上人都说包子有艳福，那是他参加对越自卫反击战应该有的奖励。

包子和他姐姐一家的屋山墙连着，一抬脚就能互相串门，但包子结婚后，两家突然不来往了，也不讲话。据说是新媳妇嫌包子姐姐家的三个男孩太淘气，经常翻她家的东西，有时候还在包子家门口尿尿，包子的媳妇逮着最小的一个男孩训斥了一顿，还翻了一连串的白眼。孩子回去对他娘一说，他娘说："以后别到她家去，啥了不起的。不信她就是仙女，不吃不喝不尿尿。"

包子的第一个孩子是个女儿，包子的爹给她取名就叫大闺女。包子的姐姐一家幸灾乐祸地说："叫'大闺女'好，有大闺女就有二闺女、小闺女，肯定生一窝丫头。"包子的媳妇听了在家哭，包子气得喝了半斤酒，怀里揣着军号到河边吹了整整一个晚上的起床号。

他们说对了，第二胎，又生了个闺女，包子自作主张，取名小闺女，意思是最小的闺女——这样，下面该生儿子了吧。

但是，包子媳妇的肚子却不见了动静。

包子媳妇身体太瘦弱了，就在家带孩子。地里的活儿都是包子一个人干，麦收的时候，家里七八亩地，包子割麦、打场、翻晒粮食，干得起劲得很。扬场的时候，包子的媳妇坐在场边，怀里抱着小闺女，手里牵着大闺女，笑吟吟地看包子干活。包子来劲了，逗闺女，"爹给你下场小麦雨好不好？"小闺女咿咿呀呀地拍手。包子用木锨铲起麦粒，胳膊一抬，麦粒划着弧线均匀地从天空落下来，在地上滴溜溜地转。

姐姐看了直撇嘴,"娶个媳妇不能生儿子,还不能干活,留在家看?"

麦子收了,豆子也种下地了,乡村迎来难得的清闲。包子却和姐姐一家发生了械斗。

起因是包子的媳妇和包子的姐姐为一点鸡毛蒜皮的事发生了口角,都站在自己家门口指桑骂槐,一个讽刺对方生不出儿子,一个指责那一家孩子没有教养,骂着骂着两人就撕扯了起来。别看包子的媳妇瘦弱,打起架来一点都不含糊,很快就把对方压在了身下。

那个时候,包子姐姐的大儿子大山已经是个小伙子,从小就练习武术,长得黝黑敦实。大山一看他娘吃了亏,从背后一脚朝着包子的媳妇踢过去,把她踢晕在地上。

女人吵架,男人是不好掺和的,再说,一个是媳妇,一个是姐,包子只能躲在屋里装听不见。听到外面动静大了,包子跑出来看到媳妇趴在地上不动,操起一根木头就朝大山打去。大山在前头跑,包子在后面追,大山的两个兄弟拎着木棍追打包子。那个初秋的傍晚,三拨人绕着水塘一圈一圈地奔跑,镇上的人站在塘边,有说有笑地看着。

包子毕竟不是三个人的对手,头被打出一个血窟窿。第二天头上缠着绷带,到窑厂买了几车砖,拉起围墙,从此和姐姐家断了往来。

一直到我初中毕业去外地上学,包子的媳妇始终没有给他生个儿子。

每次寒暑假回家,都能听到包子又和他姐姐一家打架的事。包子像一头孤狼,顽强地和他姐姐家的几个男人周旋着。每一次战斗过后,包子都跑到河边,对着河面一遍遍吹军号。

二十世纪八十年代，商业放开。包子在街上卖起了小吃，炸油条，做煎包。他的媳妇脸上也褪去了年轻时的白皙，手脚麻利地帮着烧锅，翻油条，一家人日子过得红红火火。姐姐一家原来是做金银首饰加工的，随着各种黄金珠宝店的开业，渐渐没了生意，三个儿子也不争气，日子反倒过得有些潦倒。

但包子一点都不开心，没有个儿子支撑门户，他总觉得直不起腰来，他经常说："挣再大的家业，还能带到老坟里去？"

慢慢地，包子没有了从前的朝气，两个女儿出嫁后，他开始喝起了烂酒，而且一喝就醉，醉了就和媳妇吵架。

"包子叔，你的军号可在了？"我问。

"啥都能丢，军号不能不要。"包子浑浊的眼神突然亮了起来，他把嘴凑近我耳边，"你不知道，我其实有儿子呢，军号就是我的儿子"。

上河工的英子姐

收完山芋,冬天就到了。冬天一到,上河工的人就来了。

毫无征兆地,从四面八方,车辚辚马萧萧,穿着黑棉袄的人一下子就占据了半个曹市镇。他们拉着板车,板车上驮着粮食和铁锨、铁锹、抓钩、扁担,上面插着一面面彩旗,彩旗上写着各个生产队的名称"刘楼""侯桥""寺后头""郭店""四里庙"……他们在公社门口的空地上集合后,公社书记站在最高处,挥舞着手讲了一通革命形势,分析兴修水利的命脉性意义,然后把各个生产队的人分派到不同的住处。书记的声音,通过竹竿上的大喇叭,在小镇上空颤巍巍地飘着,有些嘶哑,有些亢奋,更有着让人无法抗拒的威严。后来,我去县城,只要一听到警车呼啸而过时车里人通过警车喇叭发出因烟酒过度而嘶哑的声音时,就会无比向往地怀念公社书记在广场上作报告时的场景。

上河工是人民公社时代每个冬季进行的活动,热闹喧嚣,整齐振奋,就是各个生产队自带粮食和工具,对河流进行疏浚沟通,把平原改造成梯田,把平地挖成大坑,再把大坑填成平地。

这一次,来上河工的人被分成了两拨:一拨去疏浚浉河;一拨要把我家门前三条平行的小河挖成一口水塘。

公社所在地,原来是一座二郎庙,因为在镇子的西面,所以叫西庙。我记事的时候,庙已经没有了和尚,成了手工社的铁匠铺。因为屋宇开阔，公社书记就把殿堂改造成了公社的办公室，大殿前面的几间厢房，他叫人用砖墙一围，成了他家的小院。

庙的西面，有两家住户，一家是我家，另一家姓刘。我不止一次听说，我家之所以有弟兄六个，没有姐姐也没有妹妹，就是因为住在庙边上。想想，这样的风水之说也不无道理，庙嘛，住的不都是和尚？姓刘的那一家，倒是有一个女儿，但是在没搬过来之前生的，搬到西厢后，连生了五个，都是儿子。

我家那个院子，有堂屋三间，东厢房三间，西厢房两间（其中一间是厨房）。公社书记和我父亲商量，能否把东厢房腾出来，让前王村上河工的妇女住。

我父亲老实一辈子，公社书记如此屈尊协商，哪有不同意的道理，何况，那时，我大哥就下放在前王村当民办教师，两头得罪不起。于是，父亲就让我们兄弟几个搬到西厢房，东面的三间房子打通，呼啦啦住进20多个妇女。

没有床，但这不是问题。他们的板车拉来的豆秸和麦秸，在地上铺了厚厚的一层，再铺上芦席，一拉溜20多个铺位就出来了，软乎乎的，别提多舒服了。

前王村的食堂就设在我家门口，一个军绿色的帐篷，两口硕大的锅灶，还有两个驼背的老头，平时就寂寂寥寥地忙着。到了吃饭的时候，社员们从河工上撤下来，黑压压的人，盛上半碗菜，手上抓着几个大馍，随便蹲着就吃，讲究一点的，把布鞋脱下来，人坐在鞋上，吃完饭，从口袋里掏出一张纸和一包烟丝，卷上，用舌头一舔，粘上，一根喇叭状的烟卷就出来了，吧嗒吧嗒抽起来，满脸都是劳作后的惬意。晚上，他们一般吃面条。社员们拍拍身上的泥土，用粗瓷大碗盛上面条，捏几根腌萝卜条，就着灯光吸溜吸溜吃，再嘎吱嘎吱咬一口萝卜，光是那声音，就让人胃口大开，也让人坚定地相信：人民公社就是好，连社员的牙口都那么棒。

英子姐是这群妇女中最年轻的一个，在我看来，也是最漂亮的，圆圆的脸，剪着齐耳的短发，显得干练飒爽。她不像其他妇女那样脸色皱黑，总是泛着白净的光泽，最美的是那一双弯弯的眼睛，任何时候都含着抑制不住的微笑，让人不由自主想亲近她。

英子姐也不像其他妇女那样咋咋呼呼的，她很少说话，却总是在忙碌。每天一大早，挑着水桶去井口担水，不但把她们的水缸挑得满满的，还顺便把我家的水也打了。然后，蹲在我家的枣树下刷牙洗脸，我印象当中，在这群妇女中，她是唯一一个每天早上都刷牙的。迎着朝阳，英子姐头发微微晃动，阳光就在她的发丝上闪着金光。她用一把桃木梳子，细细梳着头发，梳子从头顶滑过发梢，发梢处倏然起伏，如同一只调皮的松鼠，我的心也跟着晃动一下——在还没有上学的我看来，英子姐就是美丽的神仙姐姐——她脸上的绒毛，细细柔柔，无风也是波澜。

我曾跟着英子姐到工地上去看过，那么高那么远的河堤，用铁锹斜斜地切出一个个阶梯，到处是劳作的人，一派热火朝天的场面。河底，青壮年负责挖黑黢黢黏糊糊的淤泥，年纪大的男人和妇女，两个人抬一个担子，沿着"之"字形的阶梯把泥土抬到河堤，倒下，有人负责用铁锹把土推平。偶尔，有人在淤泥中挖到一条黑鱼或者黄鳝，整个河堤一片欢呼，人们扔下工具冲到河底，雀跃着把这意外收获扔过来扔过去，一直扔到自己村里的食堂。

英子姐的父亲就是前王村的书记，一个整天皱着眉头不见笑脸、说话瓮声瓮气的老头，对社员们说话任何时候都以训斥的口气。他不干活，每天披着一件棉大衣在工地上转来转去，看见谁干活儿偷懒或者干的活儿不合格，张嘴就骂。

我对这个老头，没有一点好感。那天下雨，河工上不能干活，社员们都在睡觉打牌，英子姐来到我和哥哥们住的西屋，拿起我哥哥的课本，给我讲课本上的故事。她说，没事别去她们住的屋里，那些妇女们开起玩笑七荤八素的，什么话都敢讲，小孩子听了不好。她说，男孩子就要好好读书上学，她因为是女孩子，所以上完初中她爹就不让她上了。她还说，她喜欢邻村的一个小青年，但她爹不同意。英子姐低低地说着我完全不懂的话，脸上像外面的天气一样阴郁起来，她抚着我的头，眼睛扭向窗外，有一滴泪从她长长的睫毛上掉落下来——我的心也跟着摔碎。

"英子姐，你爹那么凶，你干嘛要听他的话？"

英子姐不说话，长久地望着外面的雨丝，发出轻轻的叹息。

河工挖到一半的时候，英子姐病了，连续发低烧。开始，她不说，坚持着去河工上干活。后来，实在支撑不住，就让别人向她爹请了一天假，在家休息。

那一天，我家院子空落落的，一个男青年闪了进来，从怀里掏出两瓶罐头，放在英子姐的铺边，红着眼睛问英子姐的病情。英子姐把头缩在被子里，只是哭。

晚上收工的时候，那个男青年又来了，还带来了公社的医生，正好在我家门口和英子姐的爹抵头遇上。

"你来弄啥？她的死活跟你有啥关系？滚！"英子姐的爹在灯光下铁青着脸。

青年低着头说："王大爷，英子的病不能这样熬，得赶紧看。"

"看不看是俺家的事，用不着你咸吃萝卜淡操心。"

旁边的人就劝，先别吵了，让医生给英子看病要紧。

英子姐的爹黑着脸进屋，青年就倚在我家院门口，手拢在袄袖子里，神情发呆。

妇女们的屋子里两盏灯集中在英子姐床铺边上，妇女们围成一个圈，把医生和英子姐还有我圈在中间。

在医生和妇女们再三逼问下，英子姐才流着泪说，大腿根外侧长了一个疮，已经化脓。

"把棉裤脱下来。"医生说。

面对男医生，英子姐羞红了圆月一样的脸庞，泪光盈盈不知所措。

"让医生看。"英子姐的爹抖一下身上的棉大衣，走出屋子，他的声音寒冷如墙上挂着的农具。

在几个妇女的帮助下，英子姐脱下了棉裤。

一片圣洁的白光霎时照亮三间屋子，一直坐在英子姐床铺边上的那个少年，被这突如其来的白光照得头晕目眩……

医生就在床铺边拿出手术刀，酒精消毒过后，割开疮口，挤出红白夹杂的脓血。

英子姐一只手紧紧抓住我的拳头，一只手死死捂着露在男医生和一群妇女面前的暗红棉布裤衩。她咬着嘴唇，羞红的脸上泪眼婆娑——那个少年已经魂飞天外，只有用抽泣声陪着无助的姐姐。

那一刻，时间被无边的寒冷冻得凝结，少年心里一片桃花灿烂。

第二天，英子姐就被送回了家。那个妇女们住的屋子，我便很少光顾，只是一次次地站在门口的寒风中，看着眼前的三条河慢慢消失，逐渐变成一方硕大的方塘。

少年的心像冰凌一样，为曾经长满芡实和菱角的河流消失哀伤，也滋生一点一滴的希望，他希望他的英子姐扎着红色的头巾，笑吟吟地出现在回来的路上……

进入腊月,淝河疏浚结束,一方水塘也引来了河水,泛着鸭蛋青一样生硬的光波。呼啦啦地,所有的人都消失了,视野重新变得辽阔而沉寂,雪便有空隙纷纷下了起来。

英子姐始终没有回来。

开春,我就到了上学的年龄。

开学的前几天,听去前王村走亲戚的邻居回来说,英子姐的爹终于没有同意英子姐和那个青年的婚事,而是帮英子姐另寻了一门亲事。

后来,我就再也没有听到过英子姐的消息。

这么多年过去,家门口的水塘经历无数次纷争,被人走马灯一样承包着养鱼。现在,生活垃圾已经把这一方塘侵蚀得越来越小,水面污浊不堪,如同一个无人问津的老人,容颜苍老,自生自灭。

不久前,在皖南,一个鲜为外人知道的村落,万二村,村里的朋友指着对面的山坡告诉我,那里的梯田就是"农业学大寨"时候修的,现在种满了茶树,在树木掩映之中,隐约还能看到一条引水渠,也是那个时期"人定胜天"的见证。

坐在朋友家的楼顶,看着有些壮观的梯田和引水渠,我想到了家门口的那一方水塘,原本是三条水光清澈游鱼自如的小河,为什么要人为地挖成一方水塘并沦落成今天污水泛滥的一汪死水呢?

还有,英子姐,没有嫁给喜欢的青年,她弯弯的眼睛,还会笑吗?

女知青蕙兰

女知青是什么时候从遥远的上海来到这个皖北小镇的,我已经回忆不起来,询问几位当年的公社干部,也说不出个所以然来,只是记得大概是六十年代末,一辆卡车从县城送来十多个青年男女,其中一半来自县城,一半来自上海。上海知青说话语速快,叽里呱啦地,听不懂,但人家是大城市来的,没有人怪他们;县城来的知青说的倒是涡阳方言,但和我们镇上还有一些区别,比如,我们乡下人老老实实地说"喝水",他们偏偏说"喝绯",我们说"看书",他们非要说"看俯",都是一个县的,就隔几十里路,说话竟然和我们不一样,这很令我们大为不满,只要他们这样说话,镇上的人就指责他们"撇",粗俗一点的,干脆说他们"撇一腿弯子屎"。

说起来,这些县城里的知青才是最可怜的,乡下人看不惯他们的娇气和"撇",上海知青又觉得他们土,反倒成了没人疼的孩子,离家只有四十多里路,却不能经常请假回家。于是,知青很自然地分成两帮:县城帮和上海帮。虽然都住在公社后面仓库改成的屋子里,但相互之间几乎不来往,有时还为做饭和挑水之类的事情干架。打架的时候,上海知青就不是他们的对手了。上海人只会"小赤佬""小瘪三"地骂,恪守君子动口不动手的原则,而城里的知青则操着涡阳土话大声问候人家的祖宗,上海知青不懂，就问什么意思，城里知青就说"夸你们呢"。在说话者和围观者的哄堂大笑声中，上海知青感觉受到了侮辱，掐着腰冲了过来，城里的知青则拳脚齐上，把上海知青打得落花流水。

在上海知青的溃败中，能坚持到最后的，往往都是一个女知青——蕙兰。

按说，打架是男人的事，但蕙兰似乎特别热衷。平时，她喝酒抽烟，敢和男知青们开让男人都脸红的玩笑。那时，乡下人在农忙时为了打发无聊，经常开一种叫"老王看瓜"的玩笑（不知道是不是现在网络中常说的"隔壁老王"）：几个人捉住被惩罚人的手脚，把他大裤衩的松紧带拉开，并把他的头使劲按下去，用松紧带套住脖子，再用绳子或布条扎起来，直到他快撑不住时，才放出来。

这是男人们特有的游戏，但蕙兰在麦场上看到之后，就和几个上海女知青商量，一定要用这个游戏惩罚一下经常在半夜敲她们门的县城知青有志。

那天傍晚收工回来，有志一个人拉着板车落在了后面。蕙兰和几个上海女知青一使眼色，大家心领神会，纷纷停下来帮有志推车。身处一堆女知青之间，有志贫嘴的毛病立刻发作，荤段子讲个不停，时不时言语上占女知青一点便宜。

蕙兰解下身上的军用水壶，笑吟吟地递给有志："有志，喝点'绯'吧。"

"你比我媳妇还会疼人"，有志接水壶时，顺手在蕙兰手上摸了一把。

趁有志仰头喝"绯"的工夫，蕙兰一声咳嗽，几个女知青扑过来，把有志按倒在地。

可是，谁去拽有志大裤衩的松紧带呢？女知青基本都是没有结婚甚至没有谈过恋爱的人,平时和异性话都很少说,更别提脱男人的裤子了。几个女知青们摁着有志,一下不知所措了。

蕙兰牙一咬,一伸手拽住有志大裤衩的松紧带,憋得通红的脸扭过去,其他女知青也扭着头把有志的头摁了下去。

把有志的头捆进大裤衩之后,女知青们还怕有志挣脱开,又把他的手脚粽子一样绑在了一起,然后飞跑回知青点。

等其他人收工发现"看瓜"的有志时,他已经快窒息了,送到公社医院打了两天点滴才恢复过来。

男人开的玩笑,女人竟然也敢玩,而且还是几个上海来的女知青,这件事迅速传遍全县。气得公社书记铁青着脸,把所有知青召集起来,狠狠骂了半天。

书记走后,女知青躲在自己的房间里,笑得天翻地覆。一个女知青问:"蕙兰姐,你拽有志的松紧带,可看到啥吗?"

蕙兰把烟头扔在地上:"看到了。"

"啥样?"

蕙兰用脚把烟头辗了几下:"啥样?你可见过葫芦,还是歪把子小葫芦,丑死了!"

女知青们笑歪在床上,一个个喊肚子疼。

从那以后,大家都喊有志"歪把子葫芦",有志再也没敢半夜敲女知青的门,一直到回城,都蔫蔫的,话也像关了电门一样,越来越少。老人们都说,那一次"老王看瓜",让有志元气看没了,元气散了,哪还有精神呢?只是,不知这一次过火的玩笑是否对有志未来的夫妻生活产生影响。

陆续地,知青们都回城了,先走的是县城的知青,有志是第一个走的。

蕙兰也请假回了上海,说是要办回城手续。一周后,蕙兰回来了，整整两天，躺在床上不吃不喝不说话，只望着秫秸屋顶发呆。

还是听和她要好的上海知青说，大家才知道：蕙兰下放安徽期间，她的父母因为阶级立场不同而离婚，家里两间房子一人分一间，她的父母都各自找伴成了家，都住在原来的房子里，蕙兰就是回去也没有地方住。

蕙兰就和另外一对知青留下来不走了。

那两个知青是一对恋人，在上海郊区，双方父母都反对他们的结合，为此和家里翻了脸。而且据说回去也分配不了什么工作，无非是在街道糊纸盒子，两个人索性把户口从上海迁了过来，成了皖北乡下的农民。

原来，公社有一个剧院，放电影、唱戏、公社开干部大会轮流使用。把门的是街上的人，都是乡里乡亲的，所以很多人没有票也能进去。公社书记大为头疼，索性就把电影院交给三个知青管理。卖票的收入就算三个人的工资了。

开始的时候，蕙兰对孩子和家庭条件不好的人，经常网开一面，让他们免票进场。后来，得知镇上的人因为她抽烟喝酒，更因为她敢让男人"老王看瓜"，就私下猜测她生活作风有问题，是个谁都能推倒的"半掩门"，这让蕙兰性情大变，无论是谁，不买票，一律不许进场。

为此，她曾在电影院门口和一帮年轻人发生对峙，并大打出手。关键的时刻，一个叫来法的汉子及时出手相助，才让蕙兰免于受辱。

之后，每次放电影或唱戏，来法都远远地站在电影院对面的大槐树下，一直到人全部进场，他才悄然离开。

这当然逃不过蕙兰的眼睛。

一次，来法正要走，蕙兰走到他跟前，递给他一张电影票：

"你进去看吧。"

来法的父亲原来是镇上的私塾先生,也是镇上的拳师,从小,他就跟着父亲习武,父亲教的徒弟多了,忙不过来,来法就帮着辅导小徒弟扎马步学套路。

后来,来法就娶了蕙兰。

结婚第二天,来法在他家门口的大树上系上一条白绫,白绫上血迹点点,迎风飘扬。来法铁塔一样站在大树下,扯着嗓子喊:"蕙兰是我媳妇,她是个黄花大闺女!以后谁敢再乱说她,我打毁谁!"

于是,人们经常看到来法和蕙兰各自抽着香烟在街头走过,两个人一边走一边眼望着对方说笑,恩恩爱爱毫不避人。人们都说,来法也要变成上海人了呢。

后来,市场慢慢放开了,那两个知青也回上海去了。来法和蕙兰索性把电影院承包下来,来法去县城电影公司联系影片,蕙兰则在家负责到小印刷厂看着印制电影票,两个人忙忙碌碌,小日子却过得有滋有味。

再后来,人们都忙着做生意,电视也慢慢多了起来,电影院的生意越来越清淡。来法买了一辆小四轮拖拉机,每天下乡收粮食,蕙兰跟着算账,操着半是上海话半是涡阳话和人家讨价还价。傍晚回来,来法把粮食一袋袋从车上卸下来,蕙兰则拍拍身上的灰尘,一头钻进厨房,给来法做几样可口的饭菜,再打开一瓶酒,两个杯子一倒,两个人抽着香烟,抿着小酒,夜色慢慢就上来了。

去年,我回老家,去街东头小学同学家聊天,同学指着街中心的一栋两层小楼说,那就是来法家,他早就不再收购粮食,而是开了一个商店,如今已经当了爷爷,商店交给大儿子打理,还有两个儿子都在县城安了家。

正说话间,一个佝偻着腰、满头白发的老头从楼里走出来,搬个小板凳坐在门口晒太阳。他点着一根香烟,眯着眼看了看街面,再抬头看看天,呆坐一会,头一点一点低下去,打起了瞌睡,手中的香烟倏然掉在地上。

一个老太婆,精精瘦瘦地,拎着菜篮子从街上快步走过来,走到老头跟前,大声骂到:"死老头子,天天困不够,坐这一小会儿,又死过去了。来法!来法!"

老头一惊,抬头看了看老太婆,满脸堆满笑:"困!真困!"

来法从口袋里掏出香烟,递给老太婆一支,点上,自己也点了一支。老太婆一边抽烟,一边翻着菜篮子,给来法说肉又涨价了,青菜没有原来的好吃了,"马会(涡阳方言:等一会的意思)把楼后边的地收拾出来,咱自个儿种菜,不打农药(涡阳话读yue),吃着还得劲。"

来法吸一口烟,突然来了精神:"管。我下午就来弄地,种你最喜欢吃的上海青。"

老曹的另类生活

曹市集，很多人以为是因曹姓而成镇，事实上，牛才是镇上的大姓，姓曹的只有一家，兄弟三个，因而显得格外引人注目。有个毫无根据的传说是这样的：有个风水先生路过曹市，发现这里都是姓牛的，牛当然勤劳，但牛也要吃草，在哪里吃呢，自然是在石槽里，曹市西面已经有两个村子，一个叫大石家一个叫小石家，但没有姓曹的，长此以往，牛姓人家会坐吃山空。所以，牛姓人家就从外地请一家姓曹的搬迁过来。

如果这个传说成立，老曹应该就是那一家人的后裔。

这个传说当然是令人生疑的。在皖南绩溪县，有个叫龙川的村子，村中清一色姓胡，历史上最著名的就是明代官至户部尚书的胡宗宪，在这个村子里有两个祠堂，主祠是胡氏宗祠，副祠却归丁氏所有。传说（又是传说），龙川古村地形像一艘船，又位于东源河上游的低洼地，以前常有水患，风水先生（又是无处不在的风水先生）忠告，船没有铁锚就无法停船靠岸，遇上大风恶浪难免会翻船，必须用钉将它铆住，宗族才能兴旺。他们从外村找来一户姓丁的人家，让他在村边居住，并在胡氏祖祠左边兴建较矮的丁氏祠堂，让丁姓犹如铁锚将胡氏大船安稳地"钉住"，据说，从此龙川村少有水患。然而胡氏先人又怕丁姓人家子嗣兴旺盖住胡氏家族，于是请丁姓入村的同时，又在丁姓的祖坟上做了一些手脚。很多游客在那里都能听到当地导游煞有介事地说："数百年来，丁家至今十六代单传，实行独生子女政策时，丁家生的都是男丁。"这个神奇的传说有一个非常令人振奋的现代结尾，就是胡家人后来终于出了一位"皇帝"。

我对这样的传说始终抱着姑妄听之一笑了之的态度。如果风水能够改变一个人和一个家族的命运，那么，这个世界上就没有落魄的人家，都是成功人士，世界早就大同了。

我估计老曹也是有着这样想法的人，所以，在曹市集，他才被看作另类的人。

老曹是商业联社的职工，还是一个百货商店的负责人。这在改革开放以前，显然是个令人艳羡的职业，拥有不小的权利。那时，买布得凭布票，买糖得凭糖票，买粮食得有粮票，很多人家想尽办法积攒下来各种票据，只有在过年的时候才拿出来置办年货用。而老曹一家就可以不受计划经济的限制，不但自己想买什么就买什么，别人想买什么，还得求助于老曹。

所以，老曹在别人眼里，不但是"吃商品粮的"，还是个当官的，说话的口气都不容置辩地充满着威严。

当然，老曹很少说话。除了上班，人们看到的老曹似乎只干两件事：喝茶、读书。

老曹住我家后面，那是一条直通正街的胡同，依次住着老曹和他的两个弟弟共三家人。从我家到中学，或者去西塘洗澡，都要穿过这条胡同，这样一来，老曹一家的生活每天都一览无余地被我瞧在眼里。

每天放早学回来，经过老曹家门口，除非下雨下雪，都能看到老曹坐在他家堂屋门口的葡萄架下喝茶。葡萄架下摆着一个用青石做的石桌，围着四个腰鼓形的石凳，石桌上摆放着一个精白带着蓝边的细腰茶壶，两个小巧玲珑的茶碗。我曾经趁老曹上厕所时近距离观看过那两只茶碗，只有我们吃饭用的粗瓷大碗四分之一大，却精细如玉。它镶着两条细细的蓝边。最令人不可思议的是，茶碗的腰部藏有一圈镂空的梅花，原来，世界上还有如此精致的瓷器，而且竟然不是用来吃饭！

老曹喝茶的时候，神情专注，目不斜视，开水沏入茶壶后，先倒出一点，老曹端起来，闻闻，然后倒入另一个茶碗，涮一下，泼在地上。过一会儿，再倒一点，再闻，再泼在地上。直到茶汤呈琥珀色，且清冽无杂质，才端到嘴边，上下唇噏起，滋溜吸一口，极响，像手指在纸上快速地划过。此时的老曹，微闭着双眼，等那口水在嘴里翻腾激荡够了，才悠悠地咽下去，微笑便在他的眼角不露声色地绽开。

老曹喝茶的时候，他的老婆已经在厨房里忙碌着。他的老婆是集西头的农民，不是吃商品粮的，长期在田里劳作，风吹日晒，显得比老曹大十岁都不止。下田的人，穿衣服总是不大讲究，衣服怎么耐磨耐脏怎么穿，所以，老曹的老婆总是显得很邋遢。这当然是被老曹衬托的结果，事实上，和乡下人比起来，她穿得已经是非常体面的了。冬天，老曹不像其他人那样穿一件黑色的棉袄，而是在棉袄外面罩一件永远洗得干净的蓝色中山装，上衣口袋里还插着一支钢笔；春秋天，白的确良衬衣外面的中山装，还露着一条用白线勾出来的衬领，让本来就白皙的老曹显得精神清爽；夏天，老曹在家永远是雪白的圆领老头衫，上班的时候，换上笔挺的的确良短袖衬衣。我印象当中，曹市集就两个人这么讲究，一个是公社杨书记，一个就是老曹。但是，同样的穿着，剃着平头、满脸横肉、腆着肚子的杨书记像绿林里出来的头领，而梳着分头、精干挺拔、眉清目秀的老曹反倒像街上最大的干部。

等老曹茶喝"通"了，上了两趟厕所回来，他老婆已经把一碗大米粥、两个馒头、一碟咸菜和一个咸鸭蛋放在石桌上，老曹也不做声，端起来慢慢地吃。

而他的老婆，则率领着五个孩子，在葡萄架下的一张木头桌子上就着咸菜啃窝头，碗里也不是大米粥，而是水煮的山芋，或者疙瘩汤。

而且绝没有咸鸭蛋，那是老曹的专供。夏天酷热的时候，老曹的石桌上竟然还会有罐头：有时是杨梅，有时是苹果。罐头打开，清晨的空气里散发着淡淡的甜香。诱得老曹的几个孩子，也忍不住往这边偷偷打量。

老曹熟视无睹地把罐头倒在碗里，慢条斯理地吃着。大约吃到一半的时候，手微微一招，他最喜欢的小儿子小五立刻屁颠颠地跑过来，把剩下的半瓶罐头拿过去，几个孩子喜滋滋地分而食之。

老曹则收起茶壶和茶碗，换好衣服，上班去了。

其他人吃完早饭，该上学的上学，该下地的下地。

老曹是店里的负责人，开门关门都是他的事。开门后，把临街的门板一扇扇下下来，端着一个脸盆，把店里店外的地上洒一遍水，再用笤帚扫干净，整个店里便弥漫着清新的土腥味，令人心旷神怡。

等一切洒扫完毕，柜台擦抹干净，其他营业员也陆续上班，集市逐渐热闹起来。

集是分逢集和背集的，一般隔一天逢一次集。背集的时候，其他商店不开门，但老曹开，其他营业员可以不来上班。没有顾客来，老曹就坐在柜台后面的桌子前，摊开一本书读。我曾经在买墨水的时候,站在柜台前的一块石头上踮起脚尖看,摊开的书页最上面一行宋体字"呼延灼月夜赚关胜 宋公明雪天擒索超",哦,《水浒传》。

我从没见过老曹做家务,除了把家门口那一块地尤其是葡萄架下打扫得一尘不染外。甚至,对家里的事他也很少过问,基本上都是他老婆带着几个孩子打理。有时候,几个孩子之间发生纠纷,他老婆粗声大气地骂着,拎着棍子一个个打过去,老曹则坐在葡萄架下的躺椅上,摇着蒲扇,眼光从不曾离开手里的书本。

有一年夏天,我放学走在路上,突然背后一匹马仰天嘶叫起来,把我吓得慌了神,一路小跑回到家,当晚就开始发烧,夜里噩梦不断,连续几天都恹恹的,无精打采。有老年人说是吓掉了魂,得找人把魂唤回来。

恰好,老曹的岳父就会招魂。等老头来赶集的时候,我娘带着我到老曹家,请老头给我唤魂。老头抬头瞅瞅天,等到太阳正当头的时候,在地上画两个"十",让我一脚踩住一个,老头口中念念有词,伸手朝着太阳抓了两把,在我头顶摩挲一会儿,一拍手:"好了。"

正好这一幕被回来吃午饭的老曹看到,神情厌恶地看了老头一眼,嘀咕一句"迷信",就钻进堂屋自顾自吃饭去了。

说也奇怪,当天下午,我就恢复如常。以至于,老曹的几个孩子都说他外公救了我,追着让我请他们吃糖果。

五个孩子当中,老曹最喜欢的就是小五。小五面白唇红,不但穿衣方面继承了老曹的讲究,而且伶牙俐齿,眼色灵光,只要发觉家里气氛不对,立刻跑了出去,等家里风平浪静再回来。家里商量什么大事,老曹没表态之前,小五一副乖乖的样子,认真地听大家发言,一旦老曹开始表态,小五马上抢着说话,态度坚定地拥护老曹的意见。

每到这个时候，小五的姐姐和三个哥哥都会对他怒目相视，他娘则毫不客气地骂他："你咋不去死？有你小孩子啥事！"

而老曹，则会看着小五和蔼地笑着，一副父慈子孝的祥和景象。

慢慢地，几个孩子长大了，老曹也快退休了。按照规定，有一个孩子可以顶替接班，从农村户口变成城镇户口。

老曹的大女儿已经当了民办教师，而且出嫁，自然失去了接班的资格。理论上说，应该由大儿子接班，但是，大儿子性格倔强，经常在外打架，老曹早就宣布和他断绝父子关系。大儿子结婚时，老曹把最东头的两间房子腾出来给他们，在门口搭了一间小厨房，让大儿子分家单过。二儿子比较木讷，初中毕业后老老实实地跟着他娘下地干活，年纪轻轻地就显出彻头彻尾的农民样子，老曹很不喜欢，二儿子也很知趣，从不提接班的事，有时候干脆不回家，就在乡下的外公家住着。

老曹的三儿子和我是初中同学，标准的话痨，一只眼睛有些斜，尽管不太明显，却成了老曹不喜欢的理由。我曾经在经过他们家门口的时候，听到老曹夫妻俩吵架，老曹甚至怀疑三儿子不是他亲生的，气得老曹的老婆差点跳井以证清白。

老曹退休的时候，小五已经初中毕业两年，每天跟着老曹到店里帮忙，非常认真地缠着老曹教他打算盘，并因此显露出经商的天分。

所以，不出意外地，老曹退休的时候，自作主张地让小五接班了。

同样不出意外地，是他们家爆发了一场妻哭子闹的混战，所有的矛盾都指向老曹，老曹的老婆哭，三个儿子闹，小五则买了一张车票，跑到县城看了几天的电影才回来。

等小五回来的时候，他们家已经四分五裂。大儿子已经分家，二儿子搬到外公家发誓再不回来，老曹的老婆带着三儿子在家过活，再不允许老曹和小五进门。

那时，商店已经允许私人承包。老曹带着小五，把商店承包下来，父子俩住在商店后面的两间仓库里，逢集开门经营，背集到县城进货。

后来，老街进行拓宽改造，商店也被拆除，老曹就在新街和老街交口盖了两层楼房，前店后院，继续经营百货，生意还算红火。

接着，小五结婚，新娘子不但漂亮，同样具有精明的经商头脑，很快就执掌了家里的财政大权。慢慢地，店里的生意老曹再也插不上手，偶尔提些建议，也被儿媳妇屡屡否定，老曹便讪讪地，除了帮着卖些商品，再无其他事可做，经常捧着一本书在院子里寂寥地看。只是，曾经精致的茶壶和茶碗已经不见了，取而代之的是一个罐头瓶子做成的茶杯，内壁茶渍斑斑，由黄至暗红，看不出茶杯里茶叶的颜色和质地。同样改变的，是老曹的穿着，白圆领衫和白衬衣洗得泛黄，皱皱巴巴地，秋冬也不再是笔挺的中山装，而是胡乱套一件夹克或者脏兮兮的羽绒服。

一次，老曹出去钓鱼，回来的时候，小五夫妻俩已经吃过午饭。小五就叫媳妇去把饭菜热一下，媳妇不为所动："自己不会热？啥活都不干，钓鱼回来晚了，还有理了？"

老曹看着儿子无奈的眼神，默默丢下渔具，自己到厨房里热饭菜。毕竟是一辈子没进过厨房的人，连煤气灶都打不着，手忙脚乱中，把半锅凉面条打翻在地。

小五媳妇闻声跑进厨房，看了看手足无措的老曹和一地面条，转身上楼，收拾几套衣服，回娘家去了。

小五去接，媳妇死活不愿回来，除非和老曹分家。

小五再回来嗫嚅着和老曹商量，老曹空洞的眼睛看了小五半天，如同打量一个陌生人，说了一句："你好好过吧。"

老曹走了，谁也不知道去了哪里。为此，老曹的老婆和三个儿子都找小五要人，小五蜷坐在柜台后任凭他娘和三个哥哥怎么斥骂，低着头一声不吭。

直到今天，老曹的下落仍是个谜。有人说在县城电影院门口见过老曹在那里卖瓜子，去找，却没有。也有人说在临涣集的茶馆里见过老曹在那里喝茶，腰都快佝偻成虾米，也去找，仍然不见。

按照年龄推算，老曹，应该不在了吧。

老茶馆

吱扭……吱扭……吱扭……我知道,文强拉水的板车来了。

我从书本上把眼睛抬起,透过窗户,看到文强马一样伸着脖子,拉着一辆平板车,车上,放着一个巨大的汽油桶,板车缓缓移动,汽油桶微微摇晃,不时有水从桶上面四方形的口里溅出来。板车过后,街道上留下两条隐隐约约的水线。

和我家只隔着一家店面,就是文强家的茶馆,唔,应该说是文强爷爷家的茶馆,也是曹市集唯一的一家茶馆。

每天,天刚亮,文强就拉着板车去集南头的井里拉水,一直把家里的三个大水缸全部盛满。他的爷爷,已经捅开三眼灶,灶上坐着三只大铁壶,橘红的火苗舔着壶底,把三间屋子的店面照的黑红驳杂。文强的爷爷留着长长的白胡子,脑袋锃亮,腰里扎着油布围裙,肩膀上搭着一条白毛巾,脚踏一双圆口布鞋,腰板挺直,浑身上下透着精神,像极了一个武林高手。

灶上烧着水,爷爷把青砖地面扫得干干净净,再把前一天晚上撂到桌子上的长条凳拿下来,顺手把桌子凳子擦拭一遍。

这时,水就开了。爷爷从来不掀开水壶的盖子,也不用耳朵贴近了听,他把拇指和中指相扣,靠近水壶,用中指弹弹水壶,就知道水开了没有。

等十多个暖水瓶全部装满开水,阳光便斜斜地洒满店堂。客人拢着袖口,拎着旱烟袋,一个个走进来。

爷爷从一个大铁罐里抓一把粗梗大叶的黑茶,投入白瓷茶壶,倒入开水,盖盖闷着,再根据客人数量摆好茶盅,提起茶壶,略高于客人头顶,壶口斜对着茶盅,琥珀色的茶水划着弧线准确倒入茶盅。

大方一些的客人,一个人要上一壶,一毛钱;几个人要一壶茶,不论配几个茶盅,也是一毛钱。

有人从家里带了花生,散在桌子上,同坐的也不客气,噼里啪啦剥了吃。没带花生的,吧嗒吧嗒抽旱烟,端起茶盅喝一口茶,"咳"地一声微叹,似乎茶水到了肚里,当即生出无尽的力气和对生活的感叹。

慢慢地,照进来的阳光里雾蒙蒙地飘着青烟,花生的香气和粗茶的热气在宽敞的店堂里细碎地碰撞着,麻雀在街边的电线上一本正经地鸣啾着——它们和茶客们一样,见了面总有说不完的话。

街道,就在这样清脆的嘈杂声中醒转过来。

文强惺忪着眼睛,在桌子中间穿梭着给客人加水,相熟的客人和他说话,他只是笑,很少回话。他的眼神总是迷离着,仿佛心不在焉,又像没睡醒的样子,连拉水的时候,都一副病怏怏的样子。

爷爷一直站在灶台前烧水,街坊过来打开水,满满一暖瓶,只收两分钱,自己投到灶边的铁盒子里,也不说话,扭头就走。

太熟的人,总是没有话说,也不需要说。文强从小就生活在街上,半条街的人都来他爷爷家打开水,都熟,他就不说话。

下午的时候,茶客就少了,茶馆里安静下来,文强就在茶馆门口的一张网床上躺着,要么看天,要么睡觉。他的爷爷在另一张床上躺着睡觉——每天中午喝两杯酒后，他总是要睡一会儿的，一年四季都是。

邻居就说："文强又想他娘了。"

文强六岁的时候，他爹就生病死了，他娘改嫁到很远的一个村子。从那个时候，文强就被爷爷接到街上，靠开茶馆为生。他哥哥不愿意来，便留在乡下上学，每个月来街上找爷爷拿一点生活费。

茶馆是街上公务活动的中心，邻居家起了纠纷，找个中人，到茶馆来，泡上一壶茶，心里的疙瘩说开，呵呵一笑，恩怨情仇烟消云散。农闲的时候，尤其到了冬天，地里没有了活计，茶馆也是最好的去处，那个时候，辉山说大鼓书的瞎子老孙就在茶馆摆开了书场，每天上午下午各说一场，一分二分随便打赏，"齐钱"的差事就交给文强。书说到关节处，老孙把醒木往桌子上一拍，端起西瓜型的紫砂茶壶抿一口，文强就端着秫秸筐在听客、茶客面前走一圈，面无表情。

走的时候，老孙随手在秫秸筐里抓几枚硬币，递给文强，"给，买糖吃"。

文强从不买糖吃，他默默走到灶台前，把手里的硬币抛入茶钱盒。爷爷就笑："好孩子，一分二分，攒着结婚。到时候给你找个漂亮媳妇。"

到了谈婚论嫁的年纪，有人给文强介绍了县城边上的女子，也是个孤儿，长得面如圆月，身材高大，说话也粗声大气的，干起活来毫不含糊，一过门就和文强去街南头的井口拉水。文强在板车的把手上栓了一根绳子，媳妇肩挎着绳子在前面拉，文强扶着板车把手在后面走，文强媳妇肤白干净，文强文静俊朗，走在街上，宛如一对妙人儿。吱呀吱呀地走过街道，街边的人便停下脚步看，嘴里发出羡慕的啧啧声。

茶馆生意越来越清淡，爷爷就教文强夫妻俩做变蛋卖。文强的媳妇手真巧，一学就会，而且做出的变蛋剥开后黄澄澄颤巍巍的，里面匀称地布满雪花纹，引得街上人都来买。

夏天的下午，太阳毒，不能下地干活，街坊们就在街边支起桌子打麻将，彩头不大，几毛钱能打发半天。文强的媳妇不会打麻将，做完变蛋后喜欢在边上看，谁家临时有事，就让她帮着凑个手。一来二去，她就上了瘾，午饭一过，把饭碗一撂，就等着打麻将。文强也不生气，自己在锅屋里刷碗洗锅，忙完后坐在媳妇边上看牌。

打麻将的人和看牌的人永远是一对矛盾，打牌的要出八万，看牌的建议出幺鸡。开始的时候，文强让出啥媳妇就出啥，慢慢地熟练了，她就坚持自己的意见，一旦输了，还责怪文强："你看，我说出九饼，你非让出三饼，点炮了吧。"

文强就说："好，好，你自己出，我不说。"但总是忍不住，一场麻将下来，小夫妻争吵不断。

打牌的人先是当笑话看，偶尔还插科打诨地拿这对夫妻开几句玩笑，后来，只要文强媳妇坐到麻将桌上，就说："先说好了哦，只打牌，不许吵架。"

迷上麻将之后，文强媳妇干活就少了，买菜做饭刷锅都是文强干。爷爷看不过去，就说了文强媳妇几句，文强媳妇不理睬，每天早早地坐在桌边等人，有时还故意和麻友大声开着不荤不素的玩笑。爷爷气得胡子颤抖，并不发作，只是叹着气钻到自己的屋里睡觉。

爷爷去世的第二年，老街进行改造，茶馆也失去了生存的空间。文强就在街西边盖了三间楼房，上面住人，下面开了店面，除了卖变蛋，还卖各种干果和调料。

上午，夫妻俩在店里忙活，到了下午，文强守着店面，文强媳妇跑到街上，继续打麻将。

时间长了，风言风语也来了，说文强的媳妇和经常在一起打麻将的谁谁语言挑逗眉来眼去的。

街上的人都传遍了，只有一个人不知道——文强。

也许文强是故意装作不知道，店里的钱，都是媳妇掌管，他不抽烟不喝酒，也花不着钱，于是懒得管账。

绯闻越传越神乎，说文强的媳妇相好的不止一个，而且都是街上的混混，还说都是文强的媳妇倒贴钱。

一直到文强的哥哥出事，夫妻俩才彻底翻脸。

文强的哥哥在乡下当民办教师，教小学，也有地种，日子过得还算过得去。不知出了什么幺蛾子，有几个学生家长跑到派出所告他，说他经常把女学生留在办公室"摸"。

结果，他被判了10年刑。

文强哥哥家没有了收入来源，嫂子来找文强借钱。文强叫媳妇拿钱，媳妇说"没有"，还把家里的银行存折给文强看，果然一穷二白。

一向温顺的文强急了，"家里这么多年挣的钱呢？人家都说你倒贴给相好的，我还不信，看来是真的。"

文强媳妇恼了："我就倒贴了，咋的？总比你哥哥摸人家小闺女好吧。"

文强甩了媳妇一耳光。媳妇不哭，反而笑了："打得好，我一直就在等着你打我。从今以后，你别管我，我不管你。"

那以后，文强的媳妇索性公然和街上的混混喝酒打麻将，有时一起去县城玩，几天才回来，还真的不止一个。

文强的两个儿子中学毕业后就到外地打工去了，而且一去不回，都在外地安了家，连过年都不回来，文强打电话说想去看他们，他们说："别来了，丢人不能从曹市丢到城里。"

　　我每次回老家，都要从文强门口过，经常看到文强在店里忙活，他的媳妇，现在已经成了半个老太婆，坐在门口的小板凳上，和邻家永远在聊天。

　　她真有说不完的话。

皮匠刘书义

我家住在西庙的时候,曾经有过一个房客,是个皮匠。

我们镇原来有一座二郎庙,因为在镇子的西边,所以都叫它西庙。我家住在那里的时候,庙已经不在了,我的外公在庙的旁边买下了一块地,建了一个院子,除了三间堂屋外,东西各有三间厢房。

逢集的时候,乡下的亲戚们来赶集,喜欢到我家落个脚,喝点水,家里有自行车的,先把自行车停在我家院子,然后再到街上去买卖东西。

刘楼村离镇子有五公里,经一个亲戚介绍,村里一个皮匠,租了我家的两间西屋。逢集就把自己制作的牛羊皮和皮绳拿到街上去卖,背集,就在家里熟皮子。

皮匠名字叫刘书义,三十来岁,修修长长的,皮肤有些白净,还留着当时比较时尚的三七分发型,衣服干净整洁,完全不像庄稼人的样子。书义很少和人们聊天,和人打招呼未曾开口三分笑,说起话来低声细语的,很讨邻居们的欢喜。

我喜欢看书义干活的样子。在院子里放一口大缸,把收购来的生皮子在缸里浸泡一天一夜,书义围着人造革的围裙,把皮子捞出,铺在地上,用一把锋利的刮刀把皮子上的肉和油脂剔除干净,再用生石灰和芒硝涂抹在皮子光板的一面,捂上一天,用手反复揉搓,如是几遍之后,清水冲洗,晾干,一张皮子就算熟好了，原来发黄板结、油渍斑斑的生皮，就变得洁白柔软。书义叫它硝皮子，根据用途不同，硝的方法也不一样，大致分为光板和有毛两种，光板的皮子熟出来之后，再切割成细条，编成粗细不等的牛皮绳。如果碰到好的羊皮、兔子皮、狗皮、黄鼠狼皮，硝的时候就不能脱毛，而要保持皮毛的完整，才能卖出好的价钱。

那个时候的冬天，似乎比现在冷多了，乡下人谁要有一件羊皮袄或者狗皮褥子，那可是不得了的家产。我记得父亲就有一件绵羊皮里子的黑大衣，羊毛又长又厚实，父亲披着威武极了。我曾调皮地躲在羊皮袄里面，别提多暖和了。那是父亲从收购站买的几张绵羊皮，让书义熟出来的。有一年屋子漏雨，父亲的羊皮袄被水浸湿了，又没及时晾晒，结果生了虫，皮子粉了，为此，父亲懊恼了很长时间。

不干活儿的时候，书义不像别人那样打牌喝酒消磨时间，也不到处串门子，而是搬一个小板凳，静静地坐着看书。我那时正上小学，放学之后，在院子里做作业，书义有时过来看我写作业，等我把作业写完，书义就给我讲故事。他不像别人那样尽说些妖魔鬼怪的故事，而是打开一本《三国演义》读给我听，遇到他认为需要讲解的地方，就停下里给我解释。一个学期下来，他给我讲完了《三国演义》和《封神演义》。

一个皮匠，咋这么喜欢看书呢？

书义很少回家，除了收种庄稼。每隔一段时间，他的老婆就送来一些粮食和蔬菜。那是个看起来比书义大很多的女人，体态臃肿，皮肤黝黑，脸上还有皖北人常见的冻伤。她来，书义也不和她说话，要么看书，要么熟皮子。她也不说话，默默地做了饭，和书义两个闷头吃了饭，再把屋子收拾一下，帮书义把衣服洗了，书义掏出些钱给她，她默默地塞进贴身的衣服，走了。

有时，她还带来一个和我大小差不多的孩子，是个男孩，蓬头垢面，鼻涕啦呼。孩子看书义的眼光怯怯的，似乎有些怕他，叫"爹"的时候声音像蚊子哼哼。孩子来，书义会停下手上的活儿，烧一锅水给孩子洗澡，洗出来再一看，男孩眉清目秀的，和书义像极了。只有孩子来的时候，书义的女人才在镇上住一晚。

有一年夏天，逢集，书义正在街上摆摊卖皮子。刘楼村有人骑着自行车赶到镇上，叫书义赶紧回去，他的儿子掉河里淹死了。

几天后，书义回来了。头发蓬乱如麻，满脸憔悴，钻到他的屋子里睡了一天一夜。

后来他说，他女人在地里干活的时候，儿子和几个大小差不多的孩子去溉河里游泳，结果被水草缠住了腿，挣扎了几下就不见了。几个孩子赶紧跑回村里喊人，等打捞上来，孩子已经断气了。

经历了丧子之痛的书义更加沉默了，干活也不像以往那样麻利帅气，更多的时候，他会停下来，眼光透过院子里那棵枣树的枝丫，死死盯着天看，那天，便在他的注视下，裂成毫无规则的冰纹。

过了半年，开春的时候，书义回了一趟家，拉来一辆板车，把家具、工具和生生熟熟的皮子拉了回去。问他原因，他只说，生意不好，不干了，回家种地去。

临走的时候，书义还对我说，一定要好好上学，"书中自有颜如玉，书中自有黄金屋"这句话就是我第一次从他嘴里听来的，那也是他对我说的最后一句话。

后来，刘楼村来赶集的人说，回到家不久，书义就离家出走了，至于去了哪儿，他谁都没告诉，连他的女人也不知道。他们还说，孩子淹死后，女人的精神就有些不正常，书义走后，她完全疯了，整天在村子里走来走去，见了孩子就打。

书义跑哪去了呢？

霞姐

那个被我称作四舅的人，住在离我们镇九里路远一个叫郝岭子的村庄，在皖北，"郝"不读hao，而是读作"he"，且读三声，和我们那里一种叫作"饸饼子"的死面饼子发音差不多。皖北的村庄，大都根据村里人的姓叫某某庄、某某家、某某楼，但郝岭子其实并没有山岭，连个土包都没有，村里的人也没有姓郝的，为什么取了这么个古怪的名字，我至今也不知道。

四舅其实与我们家没有血缘关系，只不过是我外公认的干儿子。我的外公在我很小的时候就去世了，活着的时候，他在十里八乡也算个有头有脸的人物，做事果断，有主见，也见过一些世面，这可能是四舅要认我外公为干爹的原因之一。但奇怪的是，我的亲舅只有一个，就是母亲的哥哥，这个人为啥叫四舅呢？这是从哪里序起来的呢？

关于这个人，还有个奇怪的事。

有一年中午放学回家，我看见院门口拴着一匹高头大马，枣红色的，毛色油亮，威风极了。在皖北，除了驾车的马，很少见到单独的马，谁把马拴到我家来了？

进家，看到四舅在我家吃饭，除了他之外，还有一个个子高高大大的女人，脸色苍白而阴郁，很少说话，母亲叫我喊她"四妗"。那是我第一次见到四妗。平日里赶集时到我家落脚，都是四舅，四妗几乎不来赶集。

吃过饭，四舅给马拴上马鞍，把四妗扶上马，他在前面牵着，高头大马驮着高高大大的四妗，沿着我家的菜园，踏踏地走到两边都是高大蓊郁柳树的公路，慢慢消失在柳枝深处。多么雄壮的画面，让我至今依旧向往。

后来才知道，四妗和四舅吵架，四妗一怒喝了农药，送到镇医院洗胃抢救，刚刚出院。可是，我见过无数往医院送病人的，都是用架子车，病人躺在车上，无论什么季节，都盖着被子。四舅咋想起来用马来接四妗出院呢？奇怪的很。

其实，我家还得感谢四舅。我家弟兄六个，父母的口粮根本不够一家八张嘴吃的，多亏这个四舅送来些山芋、玉米之类的粗粮，才让我家不至于断顿。作为回报，母亲会给四舅一些布票、油票和我们弟兄几个的旧衣裳，两家互补互助，互相周济，才算把那些缺衣少食的日子熬过来。

我上小学的时候，还放秋假，因为家家户户要收山芋，收完山芋好种麦子。收山芋是极为繁重的劳动，不仅要把地里的山芋收一半回家，藏进地窖中，还要把另一半山芋切成片，随手撒在地里晾晒干了，再收回家，作为冬春的储备。秋天雨水多，得赶在秋雨之前把山芋干收回来，所以，白天收获山芋，晚上就要在地头切片，尤其遇到阴天，多一个人手，就多一份收获的希望。

我就是那个时候去四舅家帮忙的。四舅有四个孩子，两个女儿，两个儿子。最大的女儿叫小霞，正在读初中，和四妗一样，她个子修长，一说话就笑吟吟的，还有两个可爱的酒窝。那时，霞姐最小的弟弟才五岁，干活儿的时候，一家人全部上阵，弟弟也不例外。霜降已过，太阳一落下，霜就悄无声息地渗下来，田地里冷冰冰的，切出的山芋汁水凉津津的，手撒一会，便冻得木木的，人的困意水一样漫上来。

这样的时候，霞姐就把我和她最小的弟弟搂在怀里，把我们冰凉的手放在她的手中，轻轻地搓着，有时，干脆把我们的小手放在她的腰部取暖。我至今记得隔着一层的确良的衬衣，霞姐腰部柔软的温暖。我家弟兄六个，没有姐姐，每次看到别人家的姐姐对弟弟的呵护，我就产生无边的艳羡——什么时候，我也能有个姐姐就好了。

霞姐读书很用功，从地里回来，一家人疲惫地沉入梦想，霞姐还要就着煤油灯看书。我不止一次从被窝中偷看灯下的霞姐，她留着齐耳的短发，微微蹙着眉头，专注地写着作业，外面的世界哪怕寒风呼啸，有霞姐这样沉静的剪影，我看到的唯有一片寂静，心里便涌出无尽的暖流。我在心里一遍遍呢喃着"姐姐，姐姐"，使劲眨着眼睛，直到沉沉睡去。

但霞姐的成绩总是不好，为此，担任生产队会计的四舅对她很少有好的脸色。四舅希望她能考上一所中专，成为吃商品粮的，如果不能，干脆休学，早点嫁个人家。霞姐的成绩让四舅很不开心，每次喝一点小酒，总要借题发挥，一遍遍嘟囔着四妗笨，指责霞姐不争气，呵斥其他几个孩子调皮，在他眼里，一家人总是不如他的意。他的情绪使那个家庭整日阴云密布。我不止一次看到，灯下看书的霞姐，莫名地放下手中的书本，默默擦着眼泪，也不止一次感觉到，她时时走过来，给我们几个小弟弟掖好被子……

四舅脾气不好，尤其是喝过酒后，总是和人吵架。一次，为了记工分的事，和生产队长发了脾气，队长当场宣布撤销他的会计。四舅晚上喝了点酒，跑到队长家去理论，结果被队长打了一顿。霞姐听说后，从地里抄起一把抓钩，冲到队长家里，把他的家砸得乱七八糟——一向温柔温和的霞姐，哪来这么大的勇气呢？

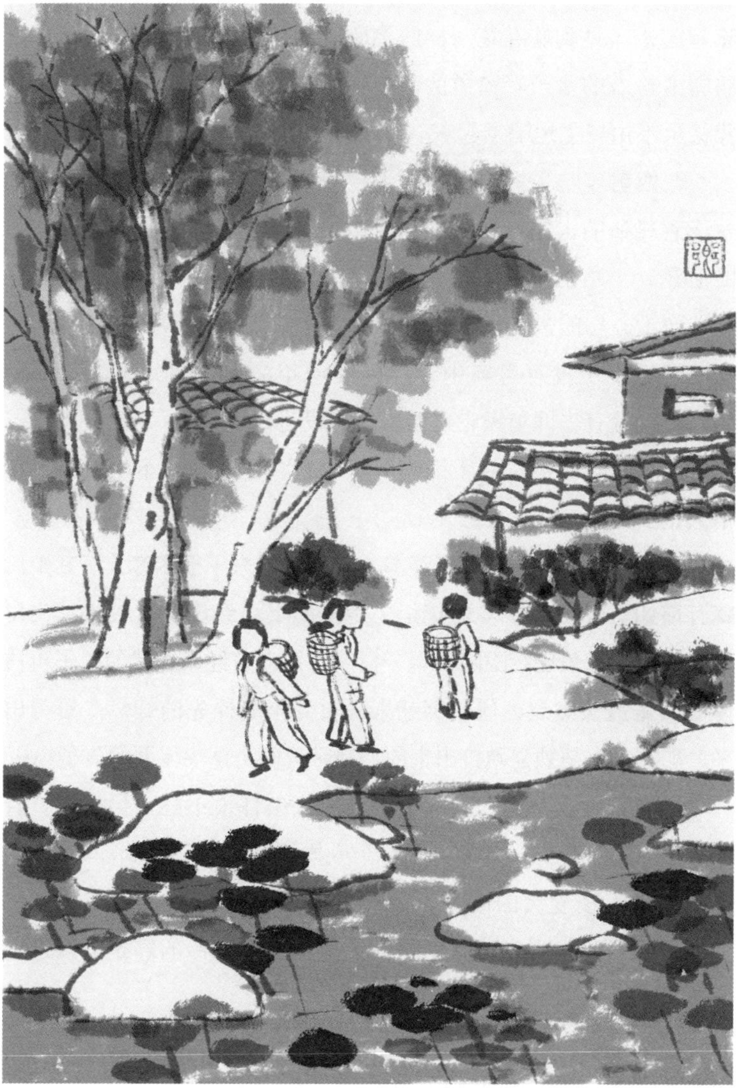

那几年,过年我总是主动要求去四舅家走亲戚。九里路,对一个孩子来说,是一段漫长的行程,但对我,一想到马上就可以见到霞姐,见到她春花一样的笑脸,冬日的田野便隐去了萧瑟,胳膊上挎着的篮子轻盈盈的,枝头麻雀的叫声听起来动听极了,我甚至不由自主地唱了起来。

在四舅家吃了饭,霞姐一手拎着篮子,一手牵着我,一直把我送到村后的大路上。田地里麦苗绿油油的,如同我心里暄腾腾的浪花。一路上,霞姐和我说的什么,我一句也不记得,就那样有一句没一句的,能拉着霞姐的手,就好。有个姐姐,真好!

霞姐终于没有考取中专,复读一年之后,出嫁了。从那以后,我就没有去四舅家走过亲戚,也没见过霞姐。

四舅常年喝酒,终于因为肝病去世,四妗身体本来就不好,不久也去世了。

我参加工作后,有一年春节,家里忽然来了很多客人,其中,就有霞姐。才三十多岁的年纪,她的脸上已经出现了皱纹,头发干枯焦黄,鬓角已经隐隐出现了白发。那双曾经牵着我的手不再白皙,而是黢黑皲裂,偶尔笑起来,再寻不到原先的灿烂,看得出来,那笑,也是勉强硬挤出来的。她带着两个蓬头垢面的孩子……

母亲告诉我,她嫁的那个男人家庭条件很不好,男人又一身病,一家里里外外,都靠霞姐一个人操持。

那个年轻爱笑的霞姐,她成就了我对姐姐真切而美好的感受,弥补了我人生中没有姐姐的缺憾;但出嫁后的霞姐,以迅速的苍老,又毁灭了我对姐姐的想象。

霞姐走后,我一个人在西塘边呆呆地坐着,我不知道是该感谢霞姐,还是应该怨恨霞姐。

两个剃头匠

去理发,服务员殷勤地笑问:"是随便找个技师剪,还是让店长理?"

我纳闷:"随便咋说,店长理咋讲?"

"普通技师理二十元,店长理四十元。"

"为什么?"

"店长手艺好,经验丰富,还能为您设计发型。"

"店长是高级职称吗?"

"相当于吧。"

"好的——那就——找个普通技师理吧。"

说实话,我在衣饰上不是个讲究的人,也讲究不来,比如理发,我从来不觉得一个人的发型对他的外貌能起到太多的作用。也许是因为自身基础太差,纵然请来世界级大师给我理发,也不会给我的颜值和外貌加分,相反,太过明显的变化会让我觉得与以往的画风不符,浑身都不自在。只要把头发理短,修得不凌乱,二十块和四十块,不会在头上发生化学反应——不就理个发吗?

所以,我会经常想起那个叫马扣的老头儿。一直到他死去,镇上大部分人的头,都是他剃的。

马扣的剃头铺其实就是他的家。两棵高大的泡桐树下,三间朝南的平房,西边那间做了厨房,东边的是卧室,中间的就是剃

064

头铺了。一个老式木头转椅，一面镜子，一个黄铜脸盆，几把手工剃头推子，一把刮脸刀，几乎就是剃头铺的全部家当。

只要天不冷，只要不下雨，马扣都会在屋子外面给人剃头，那时，他的剃头挑子就派上了用场。剃头挑子其实就是一个梯形的凳子，凳子的抽屉里放着各种剃头工具。有时候，马扣会挑着剃头挑子走村串乡，挑子一头是凳子，另一头是脸盆架子，到谁家剃头，谁家自然提供热水，"剃头挑子一头热"，形容的就是这种行走在乡村里流动剃头工具。

有人要剃头，往凳子上一坐，马扣放下烟袋，从晾衣绳上取下一块白布，啪地一抖，蝴蝶翅膀一样飞上了客人的脖子。马扣的女人打来热水，放在客人面前，马扣按着客人的头，鼻子刚好抵在热水水面，马扣一只手按着，稀里哗啦地撩水洗头。每个孩子都不喜欢理发，"护头"，所以被父母押着去剃头时，不是大哭，就是使劲扭着脖子，马扣可不管，一只大手把孩子的脑袋死死地按在脸盆里。这个精瘦的老头，鸡爪子一样的手，劲可大了。

马扣牙齿掉光了，得不停地吸溜嘴，才能不让口水掉下去。所以，他剃头的时候，吸溜吸溜的声音一直在人头顶上上蹿下跳的，让剃头的人紧张不已，老是担心马扣的口水会滴到头上。

夏天的傍晚，西边是遥远的火一样的晚霞，梧桐树上的知了叫了一天，筋疲力尽地发出最后的哀鸣，马扣把门口的沙地洒了水，凉津津地散发着土腥气，东一家西一家的屋顶开始升起了炊烟，马扣的女人迈着缠过的小脚黑蝴蝶一样在厨房里生火做饭。他家的梧桐树下，稀稀拉拉地散坐着从田里收工回来的男人，抽烟，聊天。一个孩子被马扣按着，咔嚓咔嚓地剃头，马扣的声音在他的头顶回旋，一片树叶晃晃悠悠飘下来，落在脸盆里，无声无息。

剃好头，马扣轻轻地在客人后脑勺拍一下，客人站起来，摸摸新理的发型，抬头看天，已经暮色四合。

马扣话很少，人家在他的剃头铺里聊天，他也不怎么插话，只是面无表情地听。倒是他的女人，我们都叫她老卫，最喜欢尖着嗓子接话说，什么话都接。有时候接得错了，屋子里发出哄笑声，马扣就停止吸溜，看着老卫，朝地上一跺脚："你懂个啥！就怕话落地上凉了！"

老卫不睬他，继续尖着细嗓子和人家东扯葫芦西扯瓢，直到马扣大吼一声："娘的脚，烧水去！"老卫才讪讪地去厨房烧火。

不知道为什么，老卫经常哭。经常是正吃着饭的时候，老卫尖利的哭叫声就响起在镇子上空。开始，邻居还去劝，无非是鸡毛蒜皮的家常事，下的面条咸了淡了的，马扣一骂，老卫就哭。后来，大家也懒得劝了，似乎哪一天没听到老卫的哭声，这一天的日头就缺了一块，不完整。

我记事开始，马扣就是个小老头，整天吸溜吸溜的；老卫就是个小老太婆，每天尖着小脚灵巧地跑来跑去，一天一小哭三天一大哭的。

马扣下乡剃头的时候，是老卫猛烈还击的机会。她搬个板凳坐在门里，一双小脚蹬着门槛，一个人絮絮叨叨地对着门口的空地诉说冤屈。说到伤心处，又高声哭了起来。没人理她，她照样哭，可带劲了。哭到酣畅时节，猛地停住，擤一把鼻涕，狠狠地朝地上甩去，然后接着哭。

从她凌乱的哭诉里知道，马扣对她不好，经常打骂，不把她当人看，"不就是没给他生个一男半女嘛。看你老了，谁伺候你！"

马扣没让她伺候就先她而去了。一大早，老卫凄厉的哭声又开始响起，周围的邻居已经习惯了老卫的哭声，但这一次明显不同,不再是那种半吟半唱的慵懒,而是警报一样急促,大家跑过来一看,马扣死了。

老卫说,"昨天晚上还吃了两碗面条子,睡觉的时候还骂我给他烧的洗脚水太烫。早上一摸,人都凉了。他连一句话都没跟我说呀,临死了还骂我,这个老东西呀。"

马扣一死,他家的剃头铺就关闭了。一年后,老卫也死了。被马扣骂了一辈子,老卫终究还是跟过去伺候马扣去了。

一个镇上不能没有剃头的,马扣走了,老石来了。

老石是邻村小石家的,来镇上开理发店时,已经四十来岁了。和马扣不同,他的店有招牌,一块木板上,用毛笔写着"老石理发店",店面也不是在家里,而是在老街上租了两间临街的房子。理发店嘛,总得比剃头铺体面些。

老石人也体面,穿着干净整齐,头发向后梳着,一丝不苟,四方脸,看着挺精神。

老石的理发店还有个小学徒,是他的侄子,十多岁,和老石很像。

奇怪的是,老石牙口很好,理发时也吸溜吸溜的。他牙齿没掉,吸溜个啥呢?难不成理发的人,都怕口水掉地上?

老石和镇上的人熟稔后,大家知道他还是单身,就有人张罗着给他介绍媳妇,黄花闺女,人家看不上他,嫌他老;二婚的,老石不点头。一来二去,老石还是单着。

老石也不在意,每天乐呵呵地在店里忙活着,把手动剃头推子换成电动的,把店里打理得热气腾腾的。侄子好像对理发店学徒很看不上,干活慢腾腾的,有气无力,还没有眼色,地上的头发茬子落了一层,老石不催,他也不扫。老石也不发火,由着他。

每到周末，或者乡下农忙的时候，老石就关了店面，骑自行车带着侄子回家住几天。

时间长了，大家知道，老石的哥哥几年前生病死了，家里的地都是老石帮着种，还把侄子带出来挣钱，养家糊口。

于是有人问老石："你老是不结婚，不是等着你嫂子呢吧？"

老石被猜中了心事，有些恼火，"别胡说。你这是骂八辈的话。"

当地一声，侄子撂下手里的脸盆，铁青着脸走了出去。

日子像老街上的日光，斜斜地移动着，慢归慢，但变化还是一眼就能看出来的。

老石和街上的人越来越熟，开始有了酒友，一到晚上，就和人喝几杯。大部分是在理发店里喝，喝酒的时候，侄子斜着身子坐在桌边，低头吃饭，一句话不说，吃完丢下碗筷就回屋。老石也不管，自顾喝着酒，说着生意越来越难做的话，"这生意不管干了。街上又开了两家理发店，你瞧瞧，人家叫美容美发，还烫头，那么贵，去的人还不老少，挤得我快没有生意了。唉，我的手艺跟不上形势了，还是回家种地好。"

喝酒的人关心的不是老石的生意，他们更关心老石的生活。"你不能再耽误了，得成个家。你要磨不开面子，找个人，去和你嫂子挑明。"

老石酒红了脸，"不合适，不合适。哪有兄弟娶嫂子的。"

收完麦子，老石和侄子回来了，脸晒得像猪肝，却藏着明显的喜色。逢集的时候，老石去布店，尽捡花花绿绿的布买，侄子对他，也不像以前那么敌对，有时吃饭的时候，还有说有笑的。

"老石，你嫂子答应你了？"

"啥答应不答应的，都是一家人，就凑合着一起过呗。"老石笑嘻嘻地说。

中秋节一过，老石把理发店关了，回家和嫂子结婚去了。之后，再也没回来，就在家种地了。

镇上和老石要好的人去小石家喝喜酒回来说，老石的嫂子一点都不漂亮，还显老，又拖着一个孩子，这老石，图个啥？

第二辑
赔我一座浮桥一轮月

树林里，我的小学一年级

开学了，我们背起书包，高高兴兴上学去。

学校在镇子北头，其实就是牛老师屋山西边的一片柳树林。硕大的树冠曲线张扬地连在一起，形成天然的棚子，在最粗壮的一棵柳树干上，揳上一根钉子，把黑板一挂，就是个席地幕天的教室。牛老师从家里喝饱了茶水，一只手用课本端着一个木头盒子装的粉笔，另一只手拎着一根细细圆圆的木条，看一眼坐在地上的我们，走到黑板前开始上课。

整个年级就牛老师一个教师，他代语文、算术、音乐，还带我们劳动。说是劳动，其实就是到他家的地里帮着收山芋、晒山芋干，而收麦、收豆子这样技术含量比较高的活，他是不会让我们干的，因为"收的没有糟蹋的多"。

镇上的小学教室不够，于是一年级的孩子就交给牛老师，由他自找地方上课。等到五年级的学生升入了初中，腾出教室，我们才能转到真正的教室里去上课。

于是，每天，我们背着花色不同的布书包，抱着一个小板凳到柳树林里上课。夏天的时候，牛老师在黑板前教我们a—o—e，知了在树梢头紧一声慢一声地叫，旁边的池塘里青蛙打鼓一样聒噪，我们坐在地上趴在板凳上跟着牛老师读。偶尔一只知了拖着长长的"吱——"飞走，一阵微微的"细雨"便从头顶洒落下来，于是，"课堂"上秩序大乱，孩子们互相指着别人笑叫，"知了尿你一脸……"

那片柳树林平时是附近住户吃饭的场所，各家做好了饭，端着，蹲在树林里吃，吃完一碗，站起来，看看别人的饭菜，回家，再盛一碗，出来，再蹲下吃，吃饱了聊够了，站起来，拍拍屁股上的土，回家了；晚上则是聊天睡觉的地方，每家搬出网床，透过树缝遥看迢迢银河，东家长西家短地散扯着，慢慢沉入夏夜的清凉。

其他时候，人们都在各自的地里忙着，这片树林便成了我们的领地，没有人干扰，只有谁家的鸡鸭猪羊偶尔跑进来，站在后面呆呆地看着牛老师上课。如果有猪发出哼哧哼哧的声音搅扰了牛老师讲课的兴致，他会掂着细木条匆匆走过来，照着猪屁股啪啪几下，猪便哽地一声向远处跑去。其他动物来的时候，牛老师是不需要离开黑板的，比如一只公鸡听课的时候突然叫了一声，牛老师从木头盒子里捡一粒小小的粉笔头，不需瞄准，随手对着公鸡投过去，公鸡的中弹率基本在百分之九十以上，公鸡一惊，一个微微下蹲，随即张开翅膀，咯咯地叫着窜出去，我们便也跟着咯咯地笑。

我家午饭吃得早，我又不愿意午睡，往往是吃过饭就到树林里等着上课。后来，和同学熟了，就到小星子家里等。

小星子可邋遢了，冬天的棉袄前襟糊满了稀饭鼻涕灰尘，硬硬的，亮亮的，千真万确，我亲眼看见过他用红色的火柴头在前襟上一擦，着了！夏天，小星子的衣服总漏出圆滚滚的肚子，肚脐像一只丑陋的蟑螂，每次都让我有踩一脚再碾一下的冲动。

小星子娘又高又壮，满嘴金黄的大板牙，显得凶悍异常。那一带，就数她的嗓门大，经常扯着嗓门和邻居开半荤半素的玩笑，要不就是和人吵架。有一天，她家的一只下蛋的母鸡丢了，她扯着嗓子从镇北头骂到南头骂了一整天，她所到之处，散落一地动词和人体器官，却没有一句重样。

所以，要不是小星子家离树林教室最近，我才不去他家呢。

那天中午，我在小星子家门口的石头上坐着看连环画，小星子端着碗吃饭。同班同学三义从门口经过，我记不清俩人因为啥，说着说着互相骂了起来。

突然，一声吼叫从小星子家厨房里冒出来，"谁在乱骂！"

话音刚到屋外，一个黑粗的人影拍马杀到，让我们三个孩子猝不及防。

小星子的娘盯着三义，"可是你在骂街？我就是他娘。来来来，你说哪儿，你今天要是不干，你就是孬种。"

小星子的娘一边对着三义吼叫，一边作势要解自己的裤子。

三义脸吓得煞白，如同面对一座高不可攀的大山，愣了半天，突然哇地一声大哭，转身就跑。

我记得那天的太阳热辣辣的，我坐的石头上却阴冷异常。穷尽一生，我都会记得那一刻，从我心底喷涌出四个大字：张牙舞爪。

我真的不知道，女人可以如此彪悍，如此肆无忌惮。

从那以后，我再也不敢去小星子家了。

从此以后，我对身材高大健硕的女子产生无边的畏惧……

秋天一过，冬天快来了，树林里不能上课了，牛老师带着我们转到了镇里的小学。那是一个地主家的四合大院，有着整排的教室，还有高大的门楼，门楼里还有一个青砖铺地的厢房。至少，没有小星子的娘那样的怒骂。

学校新建了教室，我们那一个班就成了树林里最后一批学生。

促使镇里取消树林一年级的原因，主要是因为树林边的池塘里在秋天淹死了一个人。是一个刚嫁过来几个月的新媳妇，和她的婆婆吵架，一气之下头朝下跳到了河里，据说是被池塘的淤泥闷死的。

尸体打捞上来后，盖着一领芦席，就放在我们上课的树林里，她娘家人围着呜呜地哭，然后和婆家人吵了半天，最后，娘家人发一声喊，一伙人呼啦啦冲到死者的婆家，把屋里噼里啪啦乱砸一通，丢下尸体扬长而去。

婆家也不愿意把尸体拉回家，于是，那个死去的女子水淋淋地在树林里又躺了一天，最后才由丈夫找人安葬了事。

但是，这样的意外严重干扰了我们的教学生活。那几天，我们没办法上课，就在那噤声围观，胆大的孩子，还敢趁人不注意偷偷掀开芦席的一角，看看那个女子的容貌。我可不敢。

更多的孩子，像我这样胆小的，在事故平息之后，再次坐在树下，每每脊背发凉，连知了的叫声都变得凄切，池塘里的青蛙彻底没了声音，树林暗寂下来，我们的日子索然无味。

于是，没有挥手，我们作别了那片小树林。

私奔

"王帅,还不上学去吗?"一群孩子正在玩耍的时候,突然头顶传来这么一声,那个叫王帅的孩子头都没抬,轻声嘀咕一声,"我爹",随即丢下弹子就往小学跑去,斜挎的蓝布书包一起一伏地拍打着他的屁股,让人有用手掌击打节拍的冲动。

我一动没动,"王帅,还不上学去吗?"这句话像定身符一样,让我呆呆地定在原地,使劲瞅着这个说话的男人。要知道,在淮北平原上闹闹嚷嚷的方言里,突然有一个人,用戏剧里念白的方式,字正腔圆地吐出这样一句京腔,对我,无异于醍醐灌顶!我不知道一句话用不同的音节说出来,竟然会有如此震撼的效果。尤其是那个"帅"字,尾音还带着那么一点旋转,透着那么一丝爱抚,初春的微风一样让人沉醉。这和镇上其他人喊自己的子女有着完全不同的效果。通常是,一个汉子或者妇女,往街上一站,扯着嗓子喊:"大建子,你个死砍头的,可回来吃饭了!"声音咣当咣当地响彻小镇的每个角落,马上,就有一个孩子缩头缩脑地朝家里溜去。

只有在广播里和戏台上才能听到的声音,让我如醉如痴。一连几天,在上学的路上,我都会不自觉地模仿着这样的腔调,反复念叨"王帅,还不上学去吗?"由此,我对那个叫王希平的男人,也就是王帅的爹,不得不重新仰视。

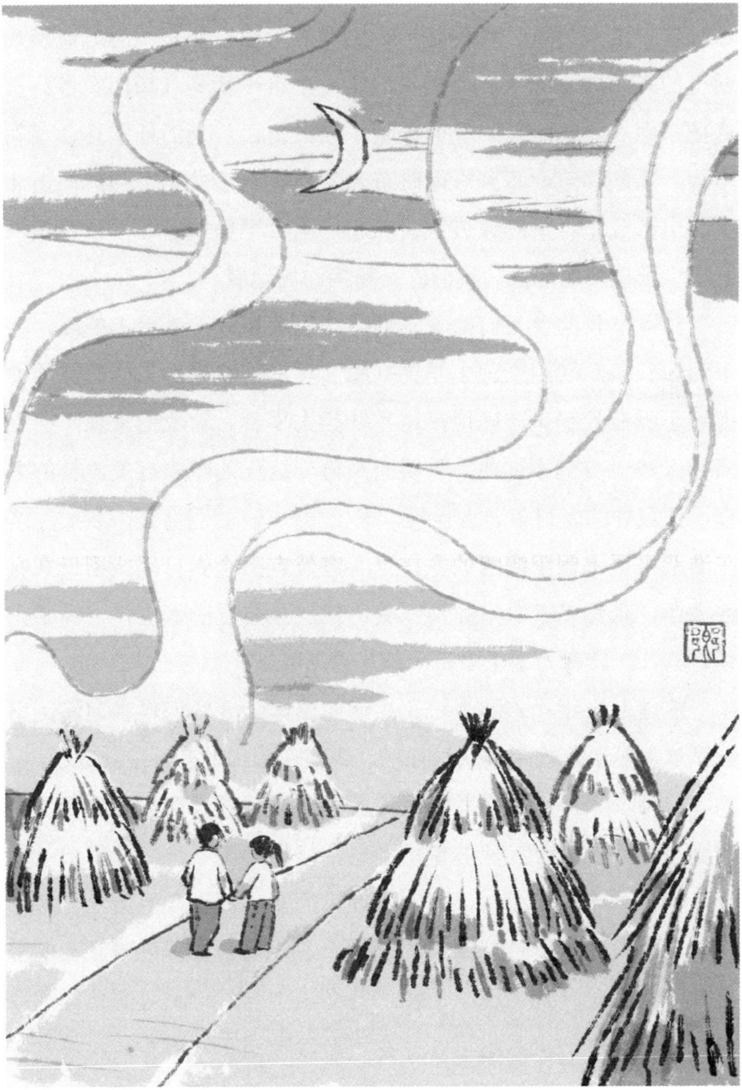

这个男人个子不高，五官清秀，有着皖北农民完全不同的白净，走路时腰板挺得笔直，不抽烟不喝酒，和街坊四邻聊天打招呼时也说淮北方言，要不是那天突然的念白，我是不会把他和戏剧里的人物联系起来的。在我们镇，王希平就是《杨门女将》里的杨宗保、《打金枝》里的郭暧、《三岔口》里的任堂惠、《朝阳沟》里的栓宝。每到农闲时节，尤其春节后的半个月，在街北头的电影院里，一阵锣鼓铙钹响起，王希平粉墨登场，带着镇梆剧团一场接一场地演，我们就一场接一场地看。

台下，我的乡亲们抽着旱烟，聊着农事，看着台上的戏，孩子们在长条凳间跑来跑去嬉笑打闹，卖瓜子花生的七奶奶灵巧地迈着小脚在人缝里准确地接过零钱扔去零食。对我们来说，台上演什么戏一点都不重要，重要的是借着这样的喧闹打发漫长的冬夜，让寂静的乡村多一点喜气。

王希平就在缭绕的烟雾里合着锣鼓点唱念做打，一招一式雅致极了，全然不管台下如何吵嚷，他就是自己的武生，一挥手千军万马，一转身万水千山，一场戏春夏秋冬。

那是七十年代末的乡村，久违的温饱让乡亲们精神饱满，田野里欢声笑语，戏院里歌舞升平，我们在那样的乡下茁壮成长。

但梆剧团很快面临着人才青黄不接的难题，镇长本人就是个梆剧爱好者，有时候还登台玩个票。他找到王希平，拨了一笔费用，叫他从初中毕业生里招一批俊男靓女，每天在西塘边上的柳树林里学戏。统一的黑T恤、灯笼裤、白球鞋，腰里扎着宽大的松紧带，整齐划一地踢腿、下腰、劈叉、小翻，早晚对着塘面咿咿呀呀地吊嗓子，可养眼了。王希平叉着腰站在一边看着，随时纠正他们的动作，讲解动作要领。我那时羡慕地呀，就想，等我初中毕业，一定拜王希平为师学戏，演不了武生，红脸也成，最不济，演个黑头，能登台演戏就行。

　　我的邻居二影就是其中的幸运者。她长得漂亮，但性格却有点像男孩子，也能吃得了苦，王希平对她辅导最为上心，她很快就成了这一帮小演员当中的头儿。王希平田里的活儿缠手时，就让二影带着大伙练功。她也一点不含糊，小老师一样板着脸站在队伍前面踢腿、下腰、劈叉、小翻、吊嗓子，围观的人越多，她越来劲。我们一帮小屁孩有时候也跟着在后面比划，遇到二影心情好的时候，她还会主动给我们点拨一下，被点拨的孩子立刻看人的眼神都拽上了天。

　　两年之后，这帮年轻演员到了登台的时候了，镇长在王希平的陪同下进行考核。结果，只有二影一个人的水平可以演个配角，其他的，只能扮上妆演个中军小番虾兵蟹将啥的，一句台词没有。

　　年初二的晚上，演的是《西厢记》，王希平演的是张生，第一次登台的二影，毫不怯场，竟然演活了红娘。身材玲珑的二影对着张生嬉笑怒骂，极尽调侃，水灵灵的眼神让趴在舞台边上的我们看得如醉如痴。她咋恁会演呢！

　　很快，镇上有了风言风语，大约是说王希平对演员偏心，给二影喂戏多，还给她捧场，反正，俩人关系不正常。也许是他俩毫不在意，也许是不知道流言，照旧带着其他人练功排戏。据说，县里来人看了，说这个青年戏班子有前途，等到县里汇演的时候，可能要抽几个演员去县剧团。大家都说，如果只要一个，肯定是二影，连镇长喝醉了都这么说。

　　春末夏初的夜晚，是乡下的孩子捉知了的黄金季节。说是捉，其实是捡。土壤被春风一吹，又松又软，蛰伏几年的知了趁着夜色从土里钻出来，爬到树上脱壳。孩子们拿着手电筒一棵树一棵树地照过去，运气好的话，一晚上能捡到半竹篮子。第二天用热锅一炒，只放盐，就是一盘美味的佳肴，它丰盛了那个年代的餐桌，也丰富了少年时期的回忆。

有一次，手电筒没电了，我才发觉独自走得离家太远。我提着篮子，赶紧往家的方向疾走。

已经是深夜，漆黑的空气里除了树叶摩挲的声音，只有我的脚步声和心跳声。我希望能听到熟悉的声音，来驱赶心里的恐惧，不让夜色把一个孩子吞没。

我听到了，很熟悉的声音，从塘沿边的麦秸垛后面传来，是二影的声音。

那一刻，我兴奋得想哭，高兴得想叫。

但另一个声音立刻制止了我，声音也是在麦秸垛后面。

我停下脚步，靠着一棵树。"我明天去偷家里的户口本，咱俩去领结婚证，你可敢偷你家的？"二影的声音在黑夜中像新发的树叶一样青翠。

"我今天找了一天，没找到，不知道俺娘把户口本放哪里了。"一个后生的声音，一样脆生生的。

"那咋办？你不想跟我好吗？"

"我想，咋能不想呢。"

"你想，咱俩就得想办法在一起。"

"可是俺娘和你娘都不同意咱俩在一起啊。"

"我不管。王希平说了，等我抽到县剧团，他就不在咱镇上干了，也去县里。"

"你不能跟他在一起。"

"我当然不跟他了，他是有家有孩的人。"

"那咱俩跑？"

"好。咱就学《夜奔》里的卓文君和司马相如，跑到上海过几天，等生米做成熟饭，家里人也没有办法。"

第三天，二影家里人到处找她。街南头的一家也在四处找他们的儿子万顺。

那时，我只是一个孩子，当然没有人问我，就是有人问，一个孩子的话，他们信吗？告诉了他们，那么大的上海，他们咋可能找到。

王希平找到镇长，让镇上的广播一遍遍播送寻人启事。那几天，"二影"和"万顺"的名字在我们镇的上空闪亮无比。

半个月后，二影和万顺回来了。他们成了镇上第一对私奔成功的青年，再之后，他们开设了镇上第一家婚纱照相馆，小日子过得挺红火。也是从那一年，喜欢梆剧的镇长调走了，梆剧团很少演出了。当演员挣不了几个钱，人都出去做生意，搭不起来台。逢年过节演一场，只有王希平带着几个老演员硬撑着。

台上的他，声音明显没有了底气，一唱起来，破窗户一样漏风，脸上涂抹了再厚的油彩，都遮不住越来越多的皱纹，再演小生，怎么看也不像。

剧团解散了，王希平开始驼背，本就不高的个子，突然变得像一只麻虾。也是从那时起，我再也听不到他一句京腔的念白，只看到他每天在街边摆个摊子卖卤菜，也不吆喝，就那么佝偻着站在摊边守着。有人来买菜时，他麻利地过称、收钱、递菜，唯独这一刻，还能看出他举手投足间的舞台风范。

现在，王希平还在我们镇上卖卤菜，他的卤菜摊子，就摆在二影家的婚纱影楼门口。

要是有一天，他突然用念白叫卖他的卤菜，该多好！

那一夜，一战成名

尽管到处可以见到用粗大的排笔写在墙上的红色大宋体字"人定胜天"，但一个孩子绝对无法想象人对自然改造的力量竟然如此巨大：收过大豆玉米和山芋，天就短了，天一短，空气就凉了，乌泱泱的人群拉着板车、扛着彩旗从四面八方涌到我家门前三条平行的小河边安营扎寨，一个村子的妇女被安排到我家东厢房的三间屋子里。每天早晨天不亮，架在我家门口大枣树上的喇叭就开始放高亢嘹亮的歌曲，穿着黑棉袄的农民（当时叫河工）从各个帐篷里、屋子里钻出来，在工地上抡锨挥锹，一直到日落西山……进入腊月，黑压压的人群退潮一样撤去，大地一片干净，三条河流已经被生生抹去，"切"成了一个清波荡漾的四方大湖——湖是新的，水是清的。

湖在镇子的西边，我们都叫它西塘。

曲尺一样，居民们都住在西塘的东面和北面，南面是一座调水闸，连接着北澨河，西面是一条砂礓路和路两旁蓊郁的柳树。

柳叶间蝉噪渐次盖过人声的时候，夏天就到了。夏天一到，西塘就热闹了。

挖河翻出的沙土，在塘北岸西庙的旧址上堆积起来，压实，就成了镇子的广场。夏天傍晚，从塘里提几桶水，在沙土地上均匀泼洒，水嗞嗞地洇下去，顺便把热气也带到地下，一个不规则的水渍印子，就是一家的地盘。再搬一张网床，晃着一张蒲扇，对东家说几句，朝西家拱几嘴，直到热风变成清风，人就困倦得不行，随身一倒，沉沉睡去。

我家住在塘的北岸，出门是父亲的菜园，过了菜园，就到了塘边，洗衣洗菜方便极了。我家东边，隔着一户人家，是一个四合院，宽大的双扇铁门经常关闭着，是当年全镇最气派的建筑，一任公社书记走了，再来一任，都住在这个神秘的院子里。

但对我来说，这个院子一点都不神秘。因为现任的公社书记的儿子李大雷比我大两岁，比我高一届。还有一重关系，是一同跟镇东头的牛师父学武术，算是双重师兄弟。从扎马步开始，牛师父就盛赞大雷是天生练武的好材料，领悟性强，协调性好，叫我多跟着大雷多练习。很多个晚上，从牛师父家习武回来，觉得还没过瘾，就在大雷家的院子里再复习一遍，其实就是大雷以师兄的样子带着我再走几遍套路。

李书记长得有些彪悍，整天板着横肉丛生的脸，和邻居从来也不打招呼。据说他当过兵，所以走起路来底盘牢固，缓慢而威武，看起来威风极了，一副不怒自威的样子。大雷不但长得像他爹，行为做派甚至粗声大气的说话，都像极了他爹，自然地成为同龄人中的孩子王。

有天下午，他爹不在家，大雷把一群孩子叫到家里，神秘地拿出一个红绸布包，一层层打开，天！竟然是一把乌黑锃亮的手枪！还有十几颗黄澄澄的子弹！大雷背着手站着，努着下巴指挥孩子一个个上去摸一下手枪，每人只能摸一下。因为和我是师兄弟，我被破例可以拿起来掂量掂量。在众人艳羡的目光中，我手颤抖着握起那个沉甸甸、冷冰冰、黑黝黝的精巧玩意，"啪"，大雷照着我的后脑勺就是一巴掌，"谁叫你枪口对着人的！"

真疼！我把枪一扔，转身就走，"不就一把破枪吗？谁稀罕！"

"敢跟我掉脸子，看我不弄死你！"大雷的怒吼在背后逐渐减弱。

从此，一对小师兄弟成为陌路。

夏天的晚上，全镇几乎一半人都到西塘来洗澡，男人在塘北面洗，女人在塘东边洗，各有自己的地界，互不干扰。女人洗澡的时候，总有浑人从水底潜过去，碰到女子的身体随手摸一把再潜水回来。时间长了，总有一两个中年妇女拿着手电筒在塘东边站岗，一旦水里哪个女子发出尖叫，两束灯光立刻精准地投射到水面，一道波纹迅速地向塘北窜去，塘东面响起一阵极荤的笑骂声，让夏天的晚上充满遐想。

"是小顺子！"大雷的投诉在水面幸灾乐祸地响起。

"不是我，是你在水底下摸的！"我站在水里，借着月光瞪着大雷。

"就是你！"大雷吼叫着扑过来，试图把我按在水里，我一闪，从水里抢到岸边，大雷抓起一把淤泥朝我投掷过来……我俩从岸上打到水里，再从水里打到岸上，两条赤裸的身子在观众的叫好和加油声中来回奔跑。我现在回忆一下，我们的打斗大概持续了二十多分钟，直到双方家长赶过来呵斥住。中间是否用了武术套路，就不得而知了，在那样的情急之下，要想中规中矩地使出牛师父教的动作，估计很难。

回到家被父母训斥后，检查身体，只有耳朵后面被抓出几条血痕。论身高、壮实和灵敏度，我绝非大雷的对手，但那时也是抱了拼命的心了，所以才能和他打个平手。

镇上几乎所有同龄的孩子都不敢跟大雷顶撞，我竟然和他交起了手，而且是在那么多人的注视下，这样的事情显然让我的母亲极为不安，第二天就拧着我的耳朵到大雷家赔礼道歉。这让我刚刚生出的英雄之心瞬间崩塌，从大雷家出来，我挣脱母亲的手，朝着一望无际的麦田一路狂奔……

之后几天，我神情沮丧，落落寡欢。晚上洗澡时，我舍近求远，宁可跑到两里路外的溉河边——西塘的伤心地，尽管年少，我也不愿再踏足一步。

"小顺子，你真勇敢，我们女同学都支持你。"傍晚，我从地里割草回来，邻居翠萍拦住我，红通通的小脸儿笑意盈盈，没等我反应过来，她把一个手绢塞给我，扭头就跑，像受了惊吓的小兔子，一眨眼就消失在柳荫深处。

粉红的手绢里，是五颗大白兔奶糖，已经被她攥得异常柔软。

牛怀才

闸口坐落在从我家到中学的路中间。在我考上高中离开老家以前,每天八趟经过闸口:早自习来回,上午和下午上课来回,晚自习来回。我对闸口的熟悉,胜过家门口的街道和街道两旁的房屋。

曹市集有两个闸口:一个就是我日日经过的、横跨在涠河上连贯南北两岸的,我们叫它大闸口;还有个小闸口,连接的是涠河和西塘,都是用来调节水位的。

闸口是大兴水利时修建的。那一年,在北京的一个大领导说,一定要把淮河修好。为了响应他老人家的号召,我们家乡无数人浩浩荡荡地奔赴离家几百公里外的淮河上去兴修水利,还参与开挖了一条连接茨河和淮河的人工运河茨淮新河。也就是在那个时候,县里在涠河上修建了这个提水闸,其实也是一座桥,在此之前,人们只能靠渡船过河。

那时的涡河还没有受到工业污染,不像今天惨绿而浑浊,飘满各色生活垃圾。作为涡河的支流,涠河清澈无比,水草摇曳,打鱼人撑着小船在河面上穿梭,手一抖,扇形的渔网唰地罩住河面捞起,就是一网扑棱棱的鱼。运气好的时候,还能看到鱼鹰。它咕叽咕叽叫着,突然把头扎到水下,再出水面时,嘴里叼了一条惊慌的鱼儿。渔家把竹竿一伸,把鱼鹰提到船上,用手在鱼鹰脖颈扎着绳子的地方一捏，鱼便倏然掉落船舱。渔家从鱼篓里捏出一条小鱼，给鱼鹰喂下，手一抖，鱼鹰心满意足地重回水面捕鱼。

清冽的河水是大自然的恩赐，家家户户都去闸口两边洗衣服。台阶上、平台上，棒槌上下翻飞，乒乒乓乓响成一片，真个是万户捣衣声。从桥上经过，花花绿绿的衣服在河水中花儿一样舒展。有人还带来一根绳子，找两棵树系上，洗好的衣服就挂在绳子上晾晒，迎风招展，河两岸便飘着肥皂的清香，一点也不亚于炊烟带给人的惬意。

在河里洗衣服需要一点技巧，尤其是洗被单这样的大件衣服。打上肥皂，用棒槌在石头上均匀捶打，然后要把衣服或被单拎着，使劲向河面撒开：劲小，衣服抻不开，涮洗不干净；劲大了，衣服会脱手，甚至会把人带落河里。每到有人落水，旁边洗衣的人赶紧丢下手里的衣服，嘻嘻哈哈过来帮忙打捞。落水的人黄着脸上来，并不着恼，反而站到水里，顺便洗个澡。

更多的人在离闸口远一点的地方洗澡，从立夏开始，可以一直洗到秋分。有胆子大且水性好的，远远地游过来，一直游到闸附近。洗衣的人就停下手中的活，和水里的熟人唠几句闲话，提醒别往闸底下去，有漩涡，危险，再啪啪地捶打衣服。

这样的提醒并不多余。水大的时候，河水带着水草从上游冲过来，从河岸上看波澜不兴。知水的人都明白，河面下水流湍急，潜藏暗流，人一不小心就会被裹入漩涡，如果被水草缠住，就会有生命危险。几乎每年，都有人口耳相传，谁家的孩子游泳时被淹死。老家人不说水草缠人，只说河里有水猴子，会抓住人的脚踝往河底拽，口耳相传之间，竟能把水猴子的长相描述得栩栩如生，让孩子们屡屡在夜半吓醒。还有种说法，上一个淹死的人魂灵不散,一直到找到下一个替死鬼才能走远。

其实,这都是大人们为了阻止孩子在河里游泳而想出来的把戏,朴实,愚昧,却又充满善意,无论多么惊悚,总胜得过冷漠的视而不见。

我们最喜欢的,是夏天涨水的时候。站在桥上看水,脚下水流轰隆山响,万马奔腾,冲击得桥面微微颤抖,人也跟着兴奋起来。远远地,河水携带着水草,还有谁家的门板,自西向东,梭鱼一样迅速冲来,河面上盛开着大大小小的漩涡。工人在闸顶使劲搬动几个磨盘大的齿轮圆盘,把闸门尽可能高地提起,让水顺利通过闸口,向下游淌去。门板树枝以及成团的水草堆积在闸门外面,急的团团乱转,却不得其门而过。

桥上的人指指点点,惋惜谁家的房子被大水冲塌。有人站在桥墩上,提着一根绑着铁钩的长竹竿,满怀希望期待河水再带来令人惊奇的物什。路过的人也停下来看,男男女女,老老少少,河水是愤怒的景色,桥上的人是兴奋的另一种景色。

便有顽皮的青年顺着台阶爬到闸顶,谓之登高望远。孩子可不敢,水的雷霆万钧会让登高的人眩晕。

河水迅猛地淌了几天才消停下来,水一停,天就晴了,水也清了,下河游泳的人就多了。

靠近闸门的地方水位最深,也最清澈,能看到小鱼儿在风摆杨柳一样的水草间灵巧地洄游。于是有胆大的人游到闸门旁边的石墩旁,在桥孔里大声喊叫,让自己的声音发出嗡嗡的回声,英雄一样志得意满。

更胆大的,爬到闸门上,一个猛子跳到水里,各种姿势都有:脚朝下直挺挺的冰棒式的,头朝下双臂前伸的飞鱼式……总以能引起路人的喝彩和惊呼为荣。技术生疏的,会斜斜地掉入水中，腰部或肚皮啪地打在水面，听着都疼，等他爬上岸，一看，腰部或者腹部已经被河水鞭出一片红来。

最大胆的人，敢爬到闸顶往水里跳。我记忆中，能这样做的人不多，毕竟闸顶离水面将近十米，可不是玩的。

牛怀才就是不多的几个人之一。他在街上一向以"葡种"著称。"葡种"的意思就是胆大，什么都敢干，不计后果。

中午，我们放学的时候，桥上已经站满了看水的人。下了两天的雨，河水漫过了闸口的平台，空气中弥漫着玉米抽穗的气味，带着一丝丝甜蜜的气息。地是湿的，人无法下地给玉米大豆锄草，正是一段农闲的空隙，看水和到河里游泳，就成了大多数人打发无聊时光的最好方式。

几个年轻人正在桥面上比赛跳水。站定，双手上举，身体慢慢向前倒下，人就像一条舒展的鱼，划着弧线钻入水中。围观者便叫起好来，"我的乖乖，这个过劲。"偶有人在跳入水中的时候，穿的大裤衩被水冲掉，跳水的人不知，撅着白白的屁股在河水里拱啊拱的，岸上响起一片哄笑，跳水人钻出水面，走到岸边，一手提着大裤衩的松紧带，一手把头发使劲向后一捋，冲着岸上的人做个鬼脸。

牛怀才在桥面上跳了几次后，退出了跳水的队伍，爬到闸顶上站着，一边抽烟，一边大声对跳水人的动作进行点评。牛怀才无师自通地学会跳水，无论姿势还是高度，都在年轻人当中数一数二，再加上平时习武练就的一身茶色腱子肉，俨然一群年轻人中的头儿，他的话，几乎无人敢于正面反驳。

"你说我跳的不对，你从上面跳下来给我看看。"终于，有一个被评点的人发出挑战式的抗议。

刷的一声，所有的脸扭过去，齐齐仰对着闸顶上的牛怀才。

牛怀才似乎没有料到会有人用这样的方式挑战自己的权威，一下愣在那里，却又不知如何反驳。对着下面向日葵一样的脸，他显得无所适从。

有一个人带头鼓起掌来，向日葵们立刻掌声雷动。

牛怀才向水面看看，又退回去。下面又传来一阵掌声："老怀，还有你不敢的事吗？"

牛怀才终于把烟头狠狠扔到河里，看着旋转着落入水里的烟头，定定地站在闸边。

桥上的人屏住呼吸，这是雨后死一般的寂静，所有的眼睛都盯着高高在上的牛怀才。一个骑着自行车路过的老头，把车子停住，一条腿搭在车杠上撑住，仰头看着闸顶，嘴里叼着的香烟灰落在脖子里却浑然不知。

牛怀才身子直挺挺地前倾，头朝下跳了下来。

"唔！"向日葵们发出整齐划一的惊叹，随即四散开来，抢占观看河面的有利位置，等着牛怀才从水里钻出来。

被牛怀才砸出的硕大水花消失很久了，人却没有从水里出来。

岸边的人叽叽喳喳，各种猜测喷涌而出……

过了好一会，牛怀才终于从水里露出头来。当他踩着水，习惯地用手捋头发的时候，他的手停在头上，凝固不动。

岸上的围观者像惊呆了的鸟。

牛怀才的一块头皮被揭开，碗口一般大小，软软地耷拉下来，河面一片洇红……

几个水性好的人赶紧跳下河，把牛怀才拖上岸来。

坐在地上，牛怀才用手把半块皮按在头上，脸色苍白地对围拢过来的人说："我跳了，谁知道下面有一块石头，差点把我撞死!"说着,他艰难地笑了一下。

那个夏天,人们经常看到牛怀才头上缠着绷带在街上走过。傍晚的时候,牛怀才坐在闸口,见有人往闸顶上爬就制止:"别葡种,河底下有石头。你看我的头,缝了三十多针,鬼门关上走了一趟。"

那以后,闸管部门在闸顶装了一道铁门,再没有人能随便爬上闸顶。

闸口今天还矗立在溅河上,水边再没有了洗衣的人,也没有人敢到河里洗澡。回老家的时候,经过闸口,我把车停下来,把牛怀才的壮举说给儿子听。儿子望望长满水草污浊不堪的河面,再抬头看看已经苍老斑驳的闸,他无论如何也不敢相信,三十多年前,这里竟然是他父亲嬉戏的乐园。

"水这么脏,鱼都活不了,咋能游泳?"

结扎

我对振江的记忆,总是与中山装和白衬衣有关。在七十年代的皖北农村,一个始终穿着中山装的男人,要么是公社或者大队的干部,要么是镇上的"吃商品粮的",至少,也得是个民办教师。

振江什么都不是,他只是村里记工分的会计。会计不算干部,不吃商品粮,当桃园边上大柳树上挂的犁铧头敲响时,他得和其他农民一样到地里干活儿。

有所不同的,是振江的穿着和步伐,还有,脸上一贯的微笑。夏天的白色的确良衬衣,春秋冬季的中山装,使他在皖北的乡村上显得异常另类。一到夏天,淮北平原上到处盛开着黑黝黝的胸脯和胳膊,让一望无际的田野从早晨醒来就亢奋着,彪悍着,有一种喷薄的力量从男人的身体里通过踏踏的大脚渗透到土里,迅速蔓延。

振江曾经给我说过一个唯一一个略带些荤的故事。夏天,他的邻居,那个叫刘北城的民办教师,穿着宽大的裤衩给小学生上数学课,讲到忘情处,一屁股坐在第一排学生的课桌上。坐第一排的两个男孩子死命盯着刘老师的裤裆看——那时,他们的心里一定只有一个词"雄伟"。

后来,刘老师从全班学生的眼光中发现了自己的走光,不急不忙地站起来,整整大裤衩,自言自语地说:"皮带头子咋出来了。"

北方人穷着随便，像刘老师这样经常无意中把"皮带头子"露出来的，应该不是少数。

但振江不。任何时候，他都衣衫干净整齐。

我一度怀疑振江不是皖北人，应该是上海下放知青一类的，因为他的生活方式和我们村里的人有着很大的不同。他从来不让他的老婆去麦场上吃饭，两个人在堂屋里摆一张桌子，面对面坐着，你替我搛一口菜，我给你递个馍，偶尔两个人还抬头相视一笑，然后继续埋头吃饭。

"不下蛋的娘们"，这是村里人对振江老婆一致的叫法，当然，只能在背地里叫。有一次，村里的一个小青年把割的草送到公社，在称重量时和振江发生了争执，突然把这个私底下的称呼说了出来。振江像一只在早晨突然惊醒的豹子，拿着一把叉子，撵了半里地，非要"拍死"他。

那是村里人唯一一次见到振江发火。从此，再没有人敢再拿这样的话说振江。

"振江，麦收都不让老婆下地，是怕晒糙了皮肉晚上用着不过瘾吧？"对这样的玩笑，振江并不恼火。他只是笑着说，她身体不好，干不了重活呢。

午收大忙，多一个人下地割麦，就多挣一份口粮。但振江充其量只让老婆送送水啥的，或者让她在架子车后面帮着推一下。金灿灿的麦田里，振江孤单的身影从容地出没着，动作没有丝毫紊乱，刚一累了，他的老婆就神奇地出现在他身边，递给他一碗凉茶，笑眯眯地看着他喝下去。

这让村里人对振江的夫妻生活生发无限的兴趣，他们不止一次猜想振江在床上如何享用这个细皮嫩肉的女人。

那时的乡下，宁静无比，没有电视的喧嚣，广播还不到八点

"广完了",村民们只有躲到自己家床上制造些声音来。夏天的晚上,谁要是没到麦场上睡觉,一准是在家里"造人",于是大家呼喝着去那家人门外偷听,再嘻嘻哈哈地回到麦场上交流听后感,凭借听来的呻吟声演绎出无数活色生香的细节来。

村里的小青年在振江家窗户下无数次偷听之后,终于达成一致的观点:人家的老婆是哼哼,振江的老婆是娇喘。

在振江老婆的娇喘声里,计划生育政策开始施行。

仿佛是在一夜之间,上环、结扎之类的词语野草一样疯长在祖国的各个角落。就连我们小孩子也突然知道,原来我们从家里找出来经常吹成很大泡泡的气球,其实是应该叫作避孕套的。

村头的大喇叭里一遍遍地毫无羞耻地宣传着避孕知识,仓库的红砖墙上用黑体字刷上了"一胎上环、二胎结扎"、"少生孩子多养猪"、"持证怀孕"的口号,凝重的空气一直弥漫到乡村的夜里。

原来,一到夜晚,木板床的吱吱声、女人的呻吟声、男人的闷哼声从村子里接力一样向黑黢黢的田野里蔓延,和村西头奔流的河水一起让乡村无时无刻不在亢奋中显示着生命力的顽强和博大。现在,人们变得小心翼翼,手续繁琐,乡村的夜晚在对生命诞生的阻击中平静下来。很多早晨,都能在人家的屋后,看到用过的避孕套,皱巴巴地蜷在地上,里面黄浊的液体让我们产生无穷的畏惧和幸运——如果我们再小几岁,是否也会成为被曝之野外的液体?

村子里时常开会,通告村里育龄妇女已经上环的人数,结扎的进度,基本原则是,一胎上环,两胎结扎。老村长紧缩着眉头磕磕巴巴地传达着红头文件,让村里的气氛一天比一天凝重。麦场上吃饭的人们,也没有了往日的调笑,掰着指头都可以算出来,谁家的婆娘要挨刀了,谁家的婆娘要在体内塞进一个金属的"戒指环"。

振江家的西墙上有块黑板,是村里经常出通知的地方。每一天,振江都要捏着粉笔,在黑板上写上:某年月日,某某家媳妇上环;某年月日,某某家媳妇结扎。

有的人家带着已经怀孕的媳妇逃到外地,一旦被追回来,立刻送到医院做流产手术;凡是超指标生育的,还要接受重罚,一些类似"一引二流,超生扒房牵牛"的标语已经在不少地方出现了。

偏偏在这个时候振江要去做结扎手术!

"一个老爷们,要把自己骟了?"

"啧啧,那么嫩的一个女人,以后不就守活寡了?"

在农村,扶犁拉耙、挑水打场之类的重活,都是男人干的,正因为如此,男人才可以犁了野外的地后心安理得地享用家里最好的食物,即便在物质极度贫乏的年代,也可以奢侈地弄二两白酒喝喝,然后微醺着往床上一倒,继续"犁"自己家里的"地"。

在村民们想来,一个男人做了结扎,就等于废了自己裤裆里的家伙,没有了这个家伙,哪有力气犁地呢?家里的"地"哪有本事"耕"呢?

和男人们的惋惜不同,村里一向对男人言听计从的女人们开始用无比羡慕的口气议论着振江和他的媳妇。从嫁到这个村子里,女人们除了刚结婚的时候能享受几天男人的温柔和体贴,在坐月子的一两个月里安享男人的伺候外,其他时间,他们得像男人一样丢了扫帚拉木锨,她们唯一能感受到男人的疼爱的,就是在床上,蜷在男人热气哄哄的胸前,那时,她们才会蓦然记起自己还是个女人。

"看人家振江的媳妇,男人要替她挨一刀?咋摊个这么会疼人的男人呢?"

说着说着,一些女人抹起了眼泪。

一直到振江做了结扎手术从镇上的医院叉着胯慢慢走回来,人们的眼光一直盯着他的裤裆,他们急切地要知道,振江是不是从此就成了太监,那个代表着男人尊严和张狂的"皮带头子"是不是还在。

半个月后,当振江走出家门的时候,村里的男人女人都盯着他的下巴看,奇怪的很:振江的胡子似乎比结扎前还浓还密。

"振江的家伙还在!"在偷窥了振江小便之后,村里人的这个发现让这个村庄又一次迎来了热议的话题。男人们很快就遭到了自己家女人的鄙视和奚落,甚至以前在自己身下欢腾的劲头也没有了,只是木头一样地等男人完事,一边扭身睡去,一边叹气,"还是振江的媳妇命好。"

男人们在这样的埋怨里头低了下来,他们懊恼地想,早知道不会变成太监,说啥也得替自己的女人挨这一刀!现在,就是和人打架挨上十刀,也找不回来在自己女人心里的男人雄风了。

在男人们委顿的气息里,村庄像是被一块巨大的黑布扫过一样安静,玉米黄灿灿地挂在檐下,放眼望去,地里的玉米秸灰不溜秋地瑟缩着,只有蛐蛐在急吼吼地赶在天冷前叫上最后几声——秋天来了。

百鸟朝凤

小时候，看过一篇文章，好像是《故事会》里的，文章说，吹了一辈子唢呐的人去世之后，劈开他的唢呐杆子，能看到密密麻麻的血丝。从那以后，每逢看到吹唢呐的，我都怀着无限敬畏的心远远看着。我就纳闷了，一截竹竿，几个孔，再加上前面一个碗状的黄铜喇叭口，咋就能吹出千变万化的高亢调调呢？唯一的解释，就是吹奏者真的是拿命在吹，用心在吹。

我们老家管吹唢呐叫"吹响"，请唢呐班子来表演，叫"请响"。家里娶新媳妇，要请响，吹《抬花轿》《万家欢》；故去了老人，要请响，吹《孟姜女》《小寡妇上坟》；孩子满月，也要请响，吹《全家福》；甚至男孩十三岁剃后脑勺上象征娇贵的辫子，也要请响，怎么喜庆怎么吹。

乡下人平日里生活寡淡，风平浪静，一旦哪家有事，都上赶着去帮忙，要是这家再请了一班响，在门口呜哩哇啦地吹，整条街大人孩子都会被吸引过去。孩子吃着糖在大人腿间钻来钻去，女人抱着孩子站在树下听，边听边随着音乐节奏不自觉地抖着怀里的孩子（现在每次回忆起来，似乎村里的每个少妇总是时时抱着一个孩子），家主一边忙碌地招呼着客人，一边抽空给吹响的人续水递烟，还不忘叮嘱：吹，吹，别闲着。

一个唢呐班子，当然不仅有吹唢呐的，还有吹笙的，我们叫

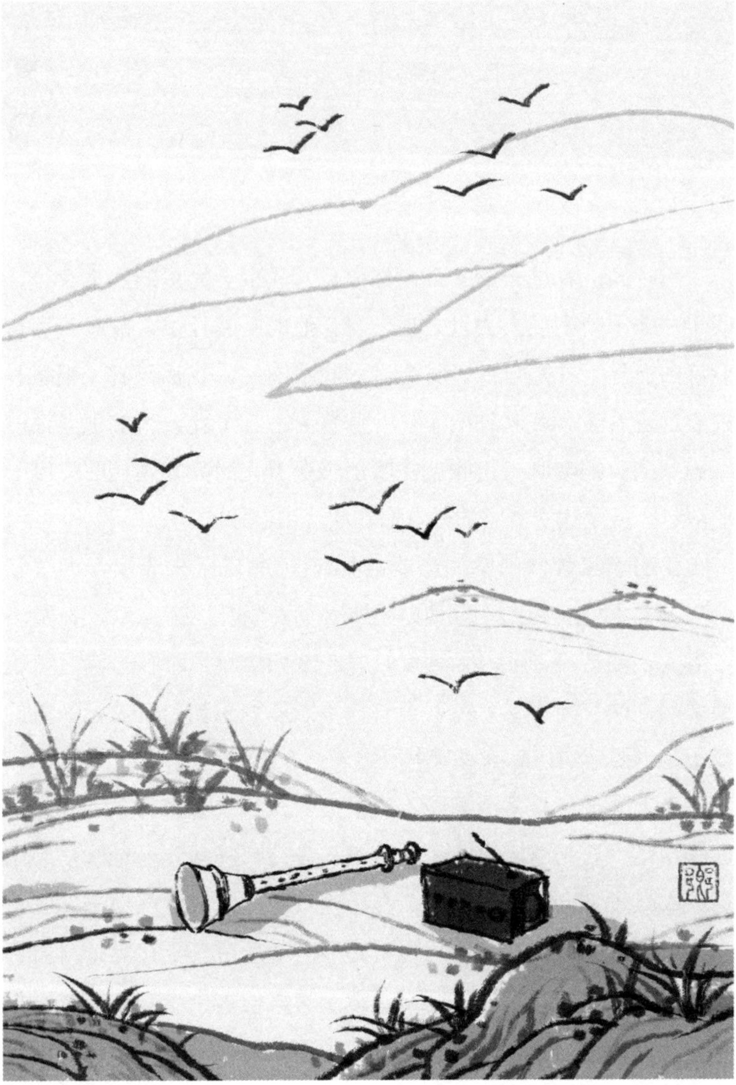

它"秫秸团子",形象得很。此外,再加上梆子和铜镲,齐活。现在,皖北和河南、山东一代还活跃着很多唢呐班子,大多加了电子琴之类的西洋乐器,已经失去了唢呐的原汁原味,吹奏的曲目也新增了流行歌曲,更显得不伦不类。最煞风景的,是竟然有人穿着极为暴露的衣服、涂着厚厚的脂粉在台上又唱又跳,无一例外地跑调,简直不能看。

任何一个唢呐班子,都有保留曲目,所有的保留曲目中,肯定少不了《百鸟朝凤》。无论谁家请了响,先根据主人家是红事还是白事,吹奏完程序性的曲目后,围观者就开始一遍遍怂恿吹奏《百鸟朝凤》,如果不拿出这一段曲目压轴,观众不会散去,家主也不付钱,一场狂欢就不算圆满和高潮。于是,在千呼万唤中,唢呐艺人仅凭一支唢呐,不间歇地模仿出几十种鸟的鸣叫,刹那间,办事的场地变成了鸟鸣啾啾的树林,所有的人都安静下来,恍若置身丛林——不胸有成鸟是绝对不行的。

据说,不会吹《百鸟朝凤》,就不能出师。

吹了《百鸟朝凤》之后,办事的人家就开始抹桌子扫地送客了,一场狂欢接近尾声。

牛家俊是我见过的最喜欢听《百鸟朝凤》的人。谁家办事,给唢呐班子预备的八仙桌刚一支开,他就捧着茶杯准时出现,往桌子边的长凳上一坐,一边和艺人们聊着天,一边听他们演奏。围观的人遇到不懂的曲子,问他,他打开茶杯,浅浅地喝上一口,微微扭着头看着问话的人:"喊!这都不知道,《三娘教子》。"不但问话的人惭愧,连艺人们也赶紧给牛家俊递上香烟:"管!您在行!"

牛家俊在供销社工作,也算街上有头有脸的人物,办事的人家看到他来,也觉得长脸,好茶好烟待着。给唢呐班子准备的八仙桌，别人不敢坐，只有他敢坐，家主赶紧塞上一包香烟，有他陪着艺人，这一家的唢呐，注定不会偷懒。

牛家俊开始只捧着茶杯来，后来，突然怀里多了一个黑色的长方形布袋。他坐下，等家主把茶给他泡好，吹唢呐的把预备曲演奏完，他才解开布袋，拿出一个黑色的塑料匣子，上面有四个黑色按钮和一个红色按钮，啪的一声，同时按下红色按钮和一个黑色按钮，然后坐着静静听曲。

有相熟的问："老牛，这是个啥家伙？"

牛家俊把眉头一皱，举起一根手指贴到嘴上，"嘘"。周围的人被他严肃的表情镇住，个个肃然而立，互相用眼神提醒别人噤声。唢呐艺人边吹边瞪大眼睛瞅着两块砖头大的塑料匣子，手指因紧张而微微颤抖起来。

一曲吹毕，众人仍不敢吱声，只把眼睛看着老牛。

老牛把两个按下的钮弹起，再啪地按下另外一个按钮，那匣子里竟然响起了刚才吹的曲子，一模一样。仔细听，还有那句弱弱的："老牛，这是个啥家伙。"

算起来，牛家俊应该是我们街上第一个买录音机的人，红灯牌。

以后谁家再办事，牛家俊都抱着录音机坐在人群中间，从头到尾把演奏录下来。等家主事情办完，往往还要请老牛到家里来，再请几个有头有脸的人陪着，一边喝酒，一边放录下的曲子，让欢乐的气氛再延续一天。听说，他至少录了几十个唢呐班子演奏的《百鸟朝凤》，能如数家珍地指出哪家的水平高，哪家属于"二把刀"。

牛家俊是拿国家工资的，吃商品粮，老婆是农民，家里有地，这样的家庭，叫作"一头沉"。最大的好处是，吃粮食不用买，是自己地里种的；家里有一个人领工资，不缺钱，也不缺布票粮票油票，是国家发的。在街上，算是殷实人家了。

所以，他家的三个闺女，不但长得水灵，脸上没有别人家女孩常见的"农村红"，而且穿得时尚。人靠衣裳马靠鞍，鲜灵的衣服一上身，更显得三个闺女个个像仙女一样。街上的人都说："老牛家三个闺女，谁娶了都是上辈子修来的福分。"

地里的农活再忙，老牛从来不管不顾，都是他女人带着三个闺女去干。他除了上班，就是抱着录音机到处转悠，谁家想听唢呐了，一场酒，心满意足。他最疼的是二女儿，听响的时候，二女儿和他如影随形，像个骄傲的公主。街坊们都说，老牛其实就是一只凤凰，百鸟之王，一家四个女的照顾他，天生享福的命。

一次一家人娶媳妇，请来的是河南永城的唢呐班子，吹唢呐的竟然是一个眉清目秀的年轻女子。

牛家俊理所当然要坐在八仙桌边陪着吹唢呐的人，一边录音，一边眼睛不住地往那女子脸上扫。偏那女子啥事都好奇，第一次见录音机，惊奇得吹了两遍《百鸟朝凤》，老牛也就录了两次，放了两遍。

女子放下唢呐，一口一个叔地对着老牛叫，老牛高兴，就让女子坐过来，演示给她看如何录音，如何播放。

那是秋天，农闲时节，往往也是办事最集中的时候。那个唢呐班子在街上红白夹杂地吹奏了五天，老牛就跟着听了五天。

唢呐班子走了，带走了老牛的魂。连续几天，他坐在家里的躺椅上，一遍遍播放女子吹的《百鸟朝凤》，一根根地抽着闷烟，一次次地对家人发火。

终于，借着去县城办事的机会，老牛坐上了县城开往永城的汽车。

老牛到了永城，顺利找到了那个女子，女子陪了他两天，把该做的事都做了之后，收下他送的录音机，然后告诉老牛，她早就结过婚，男人在煤矿上工作，所以，请老牛回自己的家吧。

老牛回来后，家里爆发了一场战争。

一向沉默寡言的女人打开院门，一脚门里一脚门外地坐在门槛上哭骂老牛吃嫩草，竟然吃到河南去了。他家的三个闺女一边抹眼泪，一边指着老牛的鼻子骂他不要脸，害得她们以后都没脸见人。

硝烟散后，一切归于平常，只是老牛从此不再到处抱着录音机转悠，他把录音机锁在箱子里，每天低着头去上班，顺着眉下班。只有等女人带着女儿下地干活儿的时候，他独自一人把院门关上，从箱子里拿出录音机，放低音量，闭着眼听《百鸟朝凤》。

听着听着，老牛就老了。一个冬天过去，老牛的头发全白了，肚子越来越大，饭量却越来越小。

还没到退休，老牛就生病死了，肝癌。

老牛死的时候，大闺女已经出嫁，二闺女正在镇上的梆剧团学戏。

老牛的女人说，老牛是被唢呐勾走了魂魄死的，坚决不同意给老牛请响。

不管怎么说，老牛毕竟是街上有脸面的人物，葬礼上没有响，怎么行？老牛的二闺女不顾家人的反对，从箱子里找出老牛的录音机，放起了《百鸟朝凤》。

下葬的时候，又是二闺女做主，把录音机还有一摞磁带，放进老牛的棺材里。

两年后的一个夏夜，老牛的二闺女，跟着镇上的一个年轻后生私奔了。

1986年的春游

我们出发的时候,天还没有透亮,铅灰色的天空里透着槐树的青气。宿舍周围,都是槐树,有些年头了。不久前,白簇簇镶着一道细细红边的槐花落了一地,便枝繁叶茂起来,把我们住的四合院包裹着,就像绝不容许任何人伤害我们的班主任。

那天是星期天,校园里一片寂静。平常到了这个时辰,广播早就响了起来,各个年级的班主任吹着哨子把我们从床上催下来,迷迷瞪瞪地扣好衣服,再稀里糊涂地到操场上跑步,校园到处是凌乱的忙碌。

星期天最大的好处,就是放风。穿过涡河上的浮桥,到市内漫无目的地转悠一天,在地摊上看看小人书和武侠小说,去白布大街上的清华池泡个澡,到大剧场看一场电影或者录像,饿了,买几个烧饼,下一碗面条,或者吃一碗炒凉粉,午饭就算解决了。如果比较宽裕,花几毛钱买一包花生米,或者一包饼干,回来放在枕头边上,夜里饿了,随时抓些塞到嘴里。

那天,我们起早,是为了一次远足,准确地说,是去春游。

"春游"是我上了高中以后才知道的名词。在此之前,一直蜗居在镇中学和村小学,房屋边上就是农田,上学的路上穿越农田,哪里想过专门去乡下看麦田,看河流,看鸟窝,看据说非常艳丽的芍药花呢。这么推算,之前我过的每一天,都是在春游,夏游，秋游，冬游了？

我比我的同学们幸福多了。

春游目的地是一个叫大寺的地方。据说那是涡河上一个重要的码头，还有一个水闸以及大片桃花。而从亳州市区到大寺，必须经过一个叫十九里的镇子，这个季节，那里遍地盛开着芍药花。

这个行程的确定者当然是班长，而起意，一定是因为带我们劳动课的老师。

我已经忘记了那个老师的姓，他姓什么其实一点都不重要，我们都喊他"万元户"，要知道，在八十年代初，"万元户"是一个不得了的称呼，放在今天，大概相当于拥有别墅豪车的人。据说，当时的亳县，能称得上"万元户"的，不到百人。能有一个万元户给我们当老师，虽然我们估量不出一万元是多大一堆财富，但能让我们近距离接触富豪，这有多么幸运。

"万元户"每周给我们上一节课，劳动课嘛，无非就是带我们到操场上拔草，打扫校园里的卫生，到食堂帮厨啥的。没有活儿的时候，万元户给我们上室内课，讲他如何通过种植白芍发家致富的，讲芍药的药用价值，讲芍药的扦插种植技术，讲芍药花开时的壮观。通过他的讲解，我们才知道，原来鼎鼎大名被誉为国色天香的牡丹，竟然属于芍药科、芍药属，就像老虎属于猫科一样。

但不能就此说先有芍药后有牡丹，它只是一个科下不同的品种而已。唐代诗人刘禹锡有诗："庭前芍药妖无格，池上芙蕖净少情。唯有牡丹真国色，花开时节动京城。"这样分析，芍药和牡丹是和谐共处的，只不过妖艳的牡丹后来名气越来越大，到清代被当成"国花"，而芍药因为颜值不高，渐渐被人淡忘罢了。看来，不但人要拼颜值，植物也是，谁不喜欢姹紫嫣红呢。

根据万元户老师说的芍药花期，班长确定了那个星期天去春游。响应班长号召的，有十多个人，亳县县城的占了一半。班长让他们每人骑一辆自行车，每辆自行车上驮着一个我们外地的学生。至于谁坐谁的车，班长没有分配，只说自由组合吧。

我们到校门口集合点的时候，自行车已经排成一排。真是让人感动：他们不但提供了自行车，还带了面包、卤鸡蛋、榨菜，自行车把头上，还挂着装了开水的军用水壶。

从亳县到十九里是省道307线，路两边全是高大的阔叶杨，遮天蔽日，向路的远处望去，视线的尽头，树冠几乎连在一起，形成一个阴凉的穹顶。出了县城，一骑上307省道，就是向着太阳进发了，人也精神了不少，有人开始唱当时流行的一部电影《红衣少女》主题曲，"我想唱可是不敢唱，小声哼哼还得东张西望……"开始是一人小声唱，到最后，所有的同学都跟着唱了起来，唱了一遍又一遍。

那个早上，长长的一溜歌声，撩得杨树叶子稀里哗啦，它们是被吵得不耐烦，还是为我们打着拍子？

唱歌的时候，有穿裙子的女生坐在自行车的后座，扭在一起的脚一前一后地晃悠，白色而小巧的鞋子，逗得男生的眼光晶晶亮亮。早晨的微风吹来，骑车的男生长发飘扬，后面的女生裙子摇摇曳曳，我们的女生，都成了"红衣少女"。

无边的花海铺开，我们在地头停下车子，欢呼着冲进粉红的海洋。其中一位同学带了一台胶片相机和几卷黑白底片，他于是成了炙手可热的人物，每个人都追着他请他拍照。胶片是有限的，也是珍贵的，每个人拍了一张之后，他便一脸严肃地说，剩下的只能拍合影。

但这丝毫没有影响我们的兴致,在花海中,除了照相,我们有更多的乐趣,比如采摘花朵,然后比较哪一朵娇艳,哪一朵足够大,我们称之为"斗花"。想想那时,我们是多么容易满足,看个蚂蚁上树能够花上半天时间,"斗花"更让我们为之兴奋不已,喧闹声、欢笑声充溢整个田野。

芍药是一种多年生草本花卉,种植下地之后,一般要三年才能收割,取地下的根茎,也就是白芍作为中药,具有镇痉、镇痛、通经作用,对妇女的腹痛、胃痉挛、眩晕、痛风、利尿等病症有不错的效果。我记得小时候,我家旁边有一家染坊,染布的时候,一定要放些白芍的,据说染出的布不容易掉色。

药农在芍药含苞待放的时候,一般要剪掉花苞,为的是不让花朵和根茎争夺养分。对于我们这些大惊小怪的游客的采花行为,药农们是丝毫不在意的,毕竟,我们是在帮他们的忙呢。

每个人都捧了一束芍花,我们继续向大寺闸奔去。

路上,开始有人打趣,怂恿某个男生把花献给某个女生,一般的打趣对象,都是平日里互相有好感的一对,大家看得出的。被怂恿的男生嬉笑着避开话题,被打趣的女生红着脸,捂嘴笑而不语。如果被打趣的一对恰好在一辆车上,男生低头卖力地蹬着车子,女生扭过脸去,让男生被风吹起的衬衣遮住一脸的羞涩。

我该把花送给谁呢?这个问题困扰了我一路。

我当然是有明确对象的,但是,我不敢。

我家弟兄六个,没有姐妹。所以,从小,生活里就很少和同龄异性打交道,以至于我直到现在只要和异性说话就紧张,在那个时候,还让我把花送给某个女生,想想就令人哆嗦。八十年代,中学生之间的交往单纯而又含蓄,即便有了好感,谁敢表白,何况还当着那么多同学的面,传到学校,是要被处分的。要知道,如果背上一个"早恋"的名声,从此就要被指指点点,抬不起头的。

路有多长,忐忑就有多久。一直到春游结束,没有一个男生把芍花送给女生,但我知道,和我一样,每个人心里都有过冲动,也无数次想象献花时的场景,但我们没有,也不敢。

回到学校,男生把花摆放在四合院中间的洗脸池上,也算祭奠我们高中第一次春游吧。至于女生,据说,都找了一个玻璃瓶,把花插到瓶里,放在窗台上和桌子上。

现在,旅游已经成为热点。原来十个人一块吃饭,拿出名片,九个人都是房地产商,现在还是这一拨人吃饭,九个人的名片上都自称文化旅游开发商。原因据说是,如今拿一个旅游开发公司的名片有可能见到市长,拿房地产商的名片可能连村主任都见不着。就像,今天哪个人再被称作"万元户",就等于奚落他一穷二白一个道理。

如今,亳州已经有了二十五万亩芍花,从四月下旬到五月中旬,芍花渐次开放,亳州城就成了花海中的一艘船,每天吸引数以万计的游客前来观赏。在亳州大地上行走,随处都会看到朝霞一样的芍花,让人随时有在花海中躺下的冲动。芍花,已经成了亳州旅游的一张靓丽名片,也成了亳州人热情迎接游客的笑脸。

但是,1986年的那次春游,我们迎着太阳骑的自行车,被风吹起的裙角,还有那一束束没有送出的芍花,已经定格在青春的底片上,永远不会褪色。因为,那是一个属于我们自己的时代记忆。

1987年的高考

　　1987年7月6日下午，我们这些住校生在班主任王尚志的带领下，从亳州城北关的亳州一中来到市中心，住进粮食局上面的一个招待所，第二天，我们要参加那一年的高考。

　　没有送行仪式，没有誓师大会，没放飞孔明灯，也没有撕书扔试卷，更谈不上有所谓心理专家给我们进行减压，甚至，连个送考的家长都没有，班主任把我们送到招待所后就回家了。

　　那个年代车少，街道上谈不上车来车往，但人流依旧熙熙攘攘，骑自行车的人摁着铃铛来来往往，自行车的铃声是不需要禁鸣的，那个年代的人还似乎不知道在高考期间需要禁鸣。市民慢慢悠悠地过着一如既往的生活，如果家里没有考生，他们也许不知道高考的具体日期，小商贩们依旧扯着皖北人特有的嗓子叫卖。7月，是一年中最燥热的季节，皖北大地刚刚收割完麦子，太阳的热气无法在田地里藏身，热浪便漫无目的地流浪，遇到城市，立刻在楼宇间扎根下来。所以，拉三轮车的、摆大排档的，还有坐在街道边乘凉的汉子，一概赤着胳膊，只穿着宽大的短裤。大排档边，不知道有多少人在喝酒划拳，输了的人仰头喝下一杯啤酒，拍一拍肚皮，继续八匹马五魁首地划拳。

　　招待所房间里没有空调，只能开着窗睡觉，所以无法阻挡外面市井的噪声。事实上，我们也从没想过这样的噪声会对我们产生什么影响,按照过去三年的习惯,不到十二点是很难入睡的。到十二点,街上已经人影寥落,只有昏黄的路灯偶尔拉长一两个行人的影子,说不定连路灯都要入睡了呢。

班主任之所以让我们提前一天住进招待所,只是因为我们的考点在临近招待所的亳州二中。这里离我们的学校有半个小时的路程,他想让我们尽可能多睡一会,除此之外,他没有别的应对办法。这么多年来,他送走一届又一届学生,每一届,他都是用这样的办法。

不巧的是,我们学校所在的城关,那几天电路维修,学校停电。如果在学校住,没有电,无法利用最后一个晚上临阵磨枪地再看看书,三间打通住了二十多人的宿舍也闷热不堪,如果休息不好,肯定会影响高考的发挥。

在此之前,我们的班主任王尚志老师,那个有着又红又大酒糟鼻子的老头,已经单枪匹马地找过供电部门,拍着部门负责人的桌子说:"如果再不供电,我就带着学生上街游行。"

王老师教我们历史,是年级组长,每天早晚都在操场上练气功,鹤翔庄,据他自己说,长期练气功让他酒量一直居高不下,而且某个方面的功能特别强大。他和我们这些男学生炫耀的时候,他的夫人,也是教我们生物的黄老师,就在旁边笑骂他"不要脸"。在我们看来,王老师练气功最大的功效应该是他上课的气势,底气十足。那时,还不像现在的老师上课腰上别着麦克风,那时全凭老师肉嗓子。王老师讲课的时候,即使坐在最后一排的角落,他也能把浑厚的声音送达,而且竹筒倒豆子一样清爽。尤其是他训斥学生的时候,嬉笑怒骂信手拈来,什么话痛他捡什么话说,而且让你无法反驳,也不敢反驳,否则,他扬起他那蒜白子大的拳头的时候,估计没有几个学生能招架得住。

我们怕王老师，但供电部门一点都不在乎他，被拍了桌子的供电部门负责人仰着头说："高考关我们屁事，你带学生游行去呀，就是县长来了，我们也得慢慢修电路。有本事你让县长去修电。"

与供电部门交涉无果之后，王老师回到学校，站在教务处门口对着校长办公室叫嚷，尽管离我们教室很远，坐在安静的教室里复习的我们也能清楚地听到他的咆哮。那一刻，我想到母鸡：带着一窝小鸡的母鸡，一旦遇到可能对小鸡造成威胁的动物，立刻支棱起翅膀，把小鸡们聚拢在翅膀下，咕咕怒吼着冲向对方。

但王老师这一次的对手是供电部门，在八十年代，那是个权利极大的部门，他们才不管你什么高考，只是按照自己的进度，慢条斯理地维修。

没有办法，王老师和其他三个班的班主任商量后，让四个毕业班全部提前一天到考点附近的宾馆去住。

这么多年来，每到高考前，我都会莫名地紧张。高考前几天，总是梦到自己在高考，不是丢了准考证，就是迟到，被监考老师拒之门外，有时还能梦到作文题目。但是，那年高考的时候，我一点压力都没有。六号入住招待所，五号晚上还跑到市内看电影，四号下午还在操场上踢了一场足球，三号晚上和几个老乡在学校后门外喝了一场不大的酒。是王老师教导我们的："大考大玩儿，小考小玩儿。"我们当然知道不对，临阵磨枪不快也光嘛，但为了能多玩一会，有王老师这话在前，我们当然要拿鸡毛当令箭了。

快到十二点的时候，空气稍微凉爽了些，城市也静了下来，我们准备入睡备考。

但是，楼上的印刷厂叮叮当当的机械声一刻也不曾停止，是那种老式印刷机，盖钢印一样一下一下地敲，在夜空中越发清脆。

我们公推班长上去交涉，印刷工一脸不屑："你们考试我们就得停工？人家明天一大早就来取活儿，耽误了你们可赔钱？"

没有投诉电话，没有市长热线，没有禁噪令，我们灰溜溜地从楼上下来，躺在床上使劲睡。睡觉这东西真是奇怪，你越使劲，越睡不着，那种叮叮当当的声音反而像在耳边一样，一点一点把你的睡意赶走。

有几个同学忍无可忍，愤然起身——他们拎着书本回学校宿舍睡觉去了。

我们这些不愿回校的，只能数绵羊一样，数着印刷机的声音，慢慢哄自己入睡。我们坚信，反复的同一个旋律，一定会让人产生听觉疲劳，噪音就会变成催眠曲。我忘了是哪个同学说的了，至今让我钦佩不已。

果然，在静心凝听了一个小时之后，我们疲倦地进入梦乡。

第二天一大早，我们精神抖擞地走进1987年的高考考场。

三天高考结束，我带着行李回到涡阳老家。

到家时，恰是雨后。父亲刚从豆地里回来，两脚污泥。我问父亲，我应该报什么学校什么专业，父亲一脸茫然，"俺也不知道，你自己看着办吧。"我"哦"了一声，拎起粪筐，下地割草去了。收麦的时候没能回来帮忙，家里养的近百只长毛兔，还在等着我喂养呢。

那时，高考实行的是估分填志愿，重点大学、普通大学、大专每个档只能填一所学校，不像现在的知分填志愿而且每个档可以填四个平行志愿，根本不知道当年的录取分数线会有多高，只能根据前一两年的录取线作为参考填报志愿。一旦估的分数和实际分数悬殊太大，填报的志愿就会"死档"，所以经常会出现高分进差校或者低分进好校的现象，没办法，那时的填报志愿就像赌博，愿赌服输。

数学一直是我的短腿，那年高考自我感觉考得一塌糊涂，估计对重点大学不敢奢望。按照班主任的建议，保险起见，只填报了省内的高校，至于专业，随手填了喜欢的中文。

分数出来后，令人沮丧，我的成绩竟然高出重点高校录取线十五分。前一年成为热点的某著名重点大学新闻系，1987年的考生望而生畏，报名的不多，所以录取线竟然比我的分数低两分！那个学校，那个专业，一直是我梦寐以求的，只是因为胆怯，永远与之失之交臂了。

但一切都无法改变，一个月后，我收到了安徽师范大学中文系的录取通知书。

我怯怯地向父母表示了复读一年的想法，父亲吧嗒吧嗒地抽着烟，好一会才说："家里背了一屁股账，复读一年，又得一大笔钱，还是去上吧，师范出来当老师，挺好。"

赔我一座浮桥一轮月

十六岁那年,郭襄如果没有在风陵渡邂逅杨过,如果这个花季女孩没有那样一份好奇,如果十六岁生日那天没有杨过订制的烟花,她的人生会不会有另一种走向?答案是肯定的。

金庸的小说,时常有一个婉转得叫人心疼的女子,纤尘不染,自然无法和世俗所共生,所以结局无一例外令人扼腕叹息。比如小昭,比如阿朱,比如郭襄,她们玲珑剔透,明眸皓齿,纵然韶华老去,依然保持一颗深潭明珠一样的心,皎洁明月般让读书的人欲罢不能。

甚至,连改变她们人生走向的地方,都有着不胜唏嘘的名字:风陵渡。有敝的风,有孤的陵,还有脉脉的黄河流水以及沙尘漫漫的远方,多好,多令人断肠,一生尽付风陵渡,只缘在此遇杨过,从此的天涯漂泊,莫不是前生注定的运数。

我知道"风陵渡"这个名字,是在亳州街头一个小人书摊上,每个周末,我都要到那个书摊上泡上半天,花几分钱看武侠小说。从我所在的学校到那里,必须经过一个渡口——灵津渡。这个渡口的名字起源于宋朝,而我在书本上看到的故事,也发生在宋朝。——这,也许是另一种运数。

我所在的学校坐落在涡河北岸,而城区却在涡河南岸。从学校出门,顺着街道向西走几百米,左转,就到了这个渡口。我们

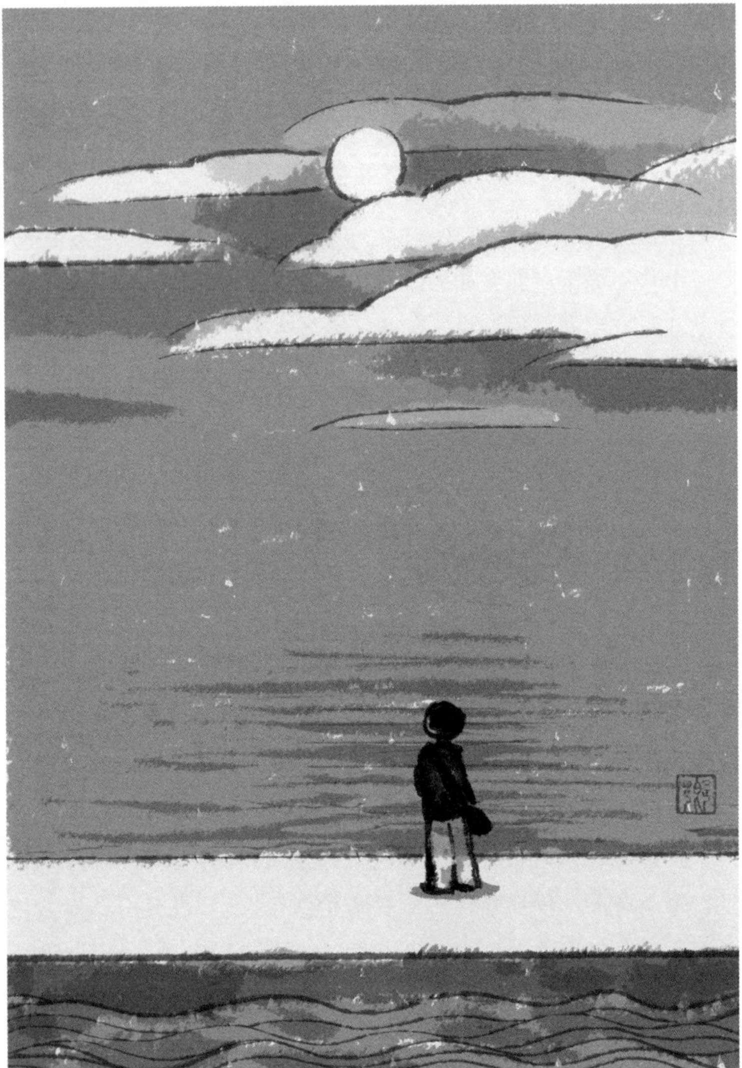

上学的时候，这个渡口已经没有了渡船，取而代之的是一座铁浮桥。浮桥的北岸，有一座临河的房子，门口永远摆满各种爆竹，屋子里，一个头发花白的老人，戴着老花镜，埋头在盘好的爆竹上加火药、埋捻子，门口脚步杂沓。他毫不分神，只是偶尔端起茶渍斑斑的紫砂壶，对着壶嘴抿上一口，顺便往河面瞅一眼。他的眼光，一定掠过行人的头顶，他看的是河，是风，是水，人来人往，与他没有一点关系，或者，在河边，他已见过太多的人，有什么稀奇的呢。

如果你对老人和他的手艺没有兴趣，可以径直踏上由六十节梯形铸铁浮箱组成的浮桥，晃晃悠悠地走过河面，就到了南岸一条狭窄的街道——筛子市。筛子市两边的门面摆放着各种竹制的器物，竹帘子、竹篮子、竹箅子、竹灯笼，最醒目的，是挂在街道上空的竹鸟笼，簇新的是商品，朱红中泛着黝黑的，是店主自己的玩物，里面要么是一只机灵跳动的画眉，要不就是黑衣老僧一样的八哥，我们叫它老鸹，不经意地在你头顶一叫，街道便有了市井的气息。

筛子市是主城区笔直射向涡河的一支箭。主城区还向涡河射了其他"箭"，凌乱地落到了地上，便成了打铜巷、白布大街、灯市口……横七竖八地勾连着，就成了老亳州城的棋盘，那些居民，棋子一样在棋盘上走来走去，从明清走到今天。

我已经记不清高中三年，多少次往返于浮桥，每一次从浮桥走过，都能看到不同的人和事。

早晨，河面上氤氲着水雾，打鱼人已经摇着小船聚拢在浮桥边，把刚捕捞的鱼虾放在船头，行人站在浮桥上，看中了谁家的河鲜，并不问价，手一指，一手交钱，一手接过鱼虾，买到的，都是菜园里新摘瓜果一样的时鲜。来得迟的，也是手一指，渔家也不称了,"估堆给你吧"。估堆,就是大约摸重量,钱,看着给,皖北水上人家的豪爽,就在"估堆"里熠熠发光。

浮桥最热闹的,一般出现在傍晚和夏天的晚上。夕阳西下,在河面上洒下粼粼的影子,从水面到天上连成一条锦缎,风没来由地吹着,日子便慢了下来,行人的脚步也慢了下来。两岸的居民摇着蒲扇,肩膀上搭着毛巾,站在浮桥上聊天抽烟,话绵绵不断,烟婷婷袅袅,整个城市的家长里短就在河面上漂浮着了。

亳州人一般把浮桥叫二桥,原因是东边有一条更大的水泥桥。亳州人说到"二桥"的时候,就像叫家里的"二子",原来,桥,也是有排行的。

从那些老亳州人的闲聊中,我们得知,浮桥所在的位置,原来是涡河上的一个渡口,"灵津渡"这个名字,据传是北宋大中祥符七年(公元1014年)宋真宗拜谒老子祠时赐的。如果此说属实,那么,信奉道教的宋真宗应该是从亳州西北的开封专程而来,从北岸渡河,也是穿过筛子市,才到市区里的道德中宫的。如此,我周末的行走路线,就是当年赵家老倌走过的。所不同的,赵家老倌从渡船上走下的时候,一定是黄土垫道、净水泼街、行人回避、戒备森严;而我的行走,坦荡自然、红日当空、鸟笼当头,不知道站在电线上镇定自若的燕子,是不是从旧时赵家皇宫里飞来的。

明清时期,亳州是连接山陕的通衢,富商咸聚,百货云集,贸易频繁往来于两岸,灵津渡人气较旺。所以,明嘉靖年间,亳州刺史范旸为方便客商往来,在灵津渡修建一座木桥,当时人称"范公桥",但总不如灵津渡叫得响亮,而且几经战火,木桥很快被毁,这里重归渡口。

20世纪八十年代,搭建了这座二百米长、五米宽的铁浮桥,从此，灵津渡徒有其名。

我们日日经过浮桥的时候，正是和郭襄相仿的十六岁，心底里，也曾生出隐隐的渴望：在某一个细雨霏霏的午后，遇到一个一袭白衣的女子，她未必叫郭襄，但一定要撑着一把油纸伞，还要有从北宋而来的浅笑。

可是，郭襄只属于一个人，我们也没有气魄给那个一袭白衣的女子燃放照亮半个襄阳城的烟花。

但我们有月，涡河水面之上的月。

那些个周末的晚上，从城区的电影院出来返校，经常会看到浮在河面上的月。便在浮桥上停下脚，敞开衣襟，有风顺着河面吹来，衣襟飘动，便觉得自己就是那青衫施施的少年书生，心里漫上无边的雄心壮志。很多时候，心里的志愿和少年的心事一样，是不能说出口的秘密，但站在河面上，就可以对月和盘托出，月和清风会为你保守秘密，且对你笑，让你的心事更加踏实。

唯一打破浮桥静谧夜色的，是人。

对于好斗的人来说，浮桥是天然的好战场，要围堵一个人或者一群人，只要在桥的两端各自埋伏好，等要攻击的对象走到浮桥中间，一声呼哨，两边夹击，被围在中间的人只有束手就擒，即便稍作抵抗，毕竟比不得有预谋的袭击者，会水的跳下河遁逃，不会水的，只能倒地求饶。那是八十年代两次严打的中间地带，很多年轻人为着一点恩怨，在河面上摆开战场，用一顿拳脚解决。亳州尚武，也有年轻人精力无处释放，便到浮桥上袭击路人练手练胆。我们学校有很多像我一样的外地人，时常莫名其妙成为他们袭击的对象。三年中，我目睹过无数次河面上的战争，庆幸的是，自己没有遭到过袭击。

我们毕业后不久，浮桥就拆了，说是为了航运方便，在灵津渡口的西边修建了水泥桥，就叫灵津渡大桥。但几次从桥上走，总觉得不搭，而且离水面太远，没有了渡口，什么样的津还有灵气呢？

浮桥虽好，终不利于航运，这倒是真的。可是，修建了大桥，水流通畅了。糟糕的是，水日渐污浊，空气日渐浑浊，河岸垃圾遍布，甚至连水草都不见了，没有了水草，河还能叫河吗？那个在渡口边做爆竹的老者，估计也早已不在了吧。

"二子"一样的浮桥没了，河面上的月也没了，沉浸到喧嚣的时光深处，我们再也看不见了。

诗人车前子说，一回到苏州，他就忍不住为周围的人事生气，所以，他气鼓鼓地说："赔我一个苏州！"那么，我该对谁说"赔我一座浮桥一轮月"呢？

大哥哥好不好,我们去捉知了

一过淮河,夏初的雨季便有了另一个叫法,叫"梅雨季"。一个"梅"字,真好!纤巧剔透,就像从轩敞阔大的殿宇走进黛瓦粉墙的苏州园林,日头不再热辣辣地烤人,而是透过蓊郁苍绿的树冠轻柔地抚摸着人的脸颊,视线也不再是一眼望不到头的直线,每一个拐角处,都藏着一个竹布衣衫的少女,对你微微一笑,拈花碎步而去。

淮河以北的雨,来得猛,走得急,像脚步踏踏的侠客,一不留神,侠客已把一碗烈酒仰头灌下,斗篷一闪,人便在十丈之外。所以,一场雨后,大地松软如豆腐,这个时候,最适合蝉的出土。如果到了江南,梅雨缠绵接着缠绵,"雨打黄梅头,四十五日无日头",细雨反而把土地的缝隙浸得密实,即便有蝉,也不得其缝而出了。江南这个时节的雨,实在是应该叫作"梅雨"的。

此刻,我就坐在"梅雨"里读着一条新闻。新闻里说,淮北这个季节村民把夜里捉到的知了拿到路边去卖,一天能挣上千元。我丝毫不怀疑这条新闻的真实性,因为所配的照片就是村民用塑料盆出售知了的场景,而且,村民脸上露出的是发自内心的笑容。在我看来,这样的笑容,除了赚一笔前后的收获感,还有一份童真充盈期间。

在我的印象中,每到这个季节,活跃在乡村夜晚中提知了的，都是年轻人，而且孩子居多。因为，这种事本身就是孩子的游戏。那个时候捉再多的知了，也没处卖，只能给馋嘴的孩子弥补吃不到肉的缺憾，不挣钱的事，自然要交给孩子，大人们需要把更多的精力放在田地里，田里的粮食才是养家糊口的收成。

"捉"知了，其实更准确的说法应该是"捡"知了。

知了是文雅的说法，学名叫蝉，我们那里叫"知了猴子"，大概是因为其飞行速度较快，"吱"的一声，画着直线就从你头顶飞过去了，顺势洒下一丝细细的尿线，所以有些猴性吧。也有人称之为知了狗子，可能是因为刚出土的知了，像极了刚出生的狗子，缩头缩脑的，一副纯朴呆萌的样子，这样称呼的时候，觉得是在叫邻居家的孩子，透着一股子亲切劲儿。不喜欢知了的人，则叫"叽了子"，或者因为其颜色麻灰发黑，故称"麻叽了子"，这样的叫法，口气里满是不屑甚至厌恶，也是，越是酷热难耐的时候，人心情已经够烦躁的了，"叽了子"偏偏就在头顶的枝叶间"叽了叽了"地叫个不停，而且叫声单调重复，想屏蔽都没有办法，让人越发焦躁起来，"蝉噪"这个词就充满无奈的厌弃。

这颇有些把知了一棍子打死的味道，其实知了的一生，在卵和幼虫时期，都是免开尊口的，在地下一藏就是几年，一点声息也无。只有等钻出地面，脱了最后一次壳，变为成虫，才长出翅膀和发出尖叫的"哨子"，憋着劲把地下几年的噤声一股脑发泄出来。

有人会用马鬃拴成一个圆圈，或者用面粉和成的面筋，去套去粘树枝上的知了，那才该叫"捉"知了，很需要一定的技术含量。有点像钓鱼，必得眼尖心细，动作轻巧麻利，才有可能手到擒来。但这样捉到的知了，已经有了一层坚硬的外壳，是不能吃的，只能给孩子当玩具——握在手里，在耳朵边摇一摇，手心里的知了就"叽了叽了"地叫上几声,稍一停住,"叽了"声也停住,再摇,再叫,一般不超过半天,知了就会气竭而亡。

知了从地下爬出来,一般都是在太阳落山之后,光线不太强烈,不会损伤他们幽闭地下太久的眼睛。钻出地面,它们本能地寻找一棵树,爬上树干,静静地等着热空气蒸发掉身上的水分,让包裹在体外的壳从背部裂开一条缝隙,然后像缩骨术高手一样,一点一点地从那条缝隙中爬出来。这个过程安静而缓慢,往往还没有等到缝隙开口,它们就成了孩子们手中的战利品。

吃过晚饭,天还透着麻麻的灰,我们就成群结队地揣着手电筒或者马灯,拎着小桶或者塑料袋出发了。篮子不行,因为知了会沿着篮子壁爬出去,桶壁光滑,知了只能在桶底窸窸窣窣地挣扎,却上不来半寸。我们先是沿着公路两边的行道树一棵棵地找过去,看到知了,随手捡起,放进袋子,然后继续在地面和树干上搜索。

人越走越远,天越来越黑,马路上的人开始向着田野里分流。那个时候,每一块田地四周都有一排排白杨树,阔大的树叶在晚风中稀里哗啦地翻动,人打开手电筒,沿着树线一点点照过去,总会看到同样孤零零的知了趴在树上。

一晚上下来,两节电池基本耗光,没有电了,看看,也有半桶收获了,于是相互吆喝着结伴回家。

也有不甘心的,继续朝前走,也不用任何灯光,见到一棵树,手顺着树干自下而上地捋过去,也能捡到知了。那时,我家兄弟几个同时出去,家里没有那么多手电筒,我就全靠一双手在树干上捋来捋去,竟然练就了一手"盲摸"的功夫。

捉知了,是在晚上,田里没有路灯,必得几个人结伴来回,否则会有迷路的危险。我家邻居小星子,做事情一向磨叽,我们顺着大路向前摸知了,兴高采烈争先恐后地朝前跑,不知道什么时候他就落在后面。等我们用光了手电筒里最后一丝电,往家走的时候,才发现他不见了。一路吆喝回来,一直到家,都没见到他的影子。

那一天夜里,小星子的爹娘提着马灯,沿着马路和田埂一遍遍地寻找,小星子的娘扯着嗓子在野地里喊:"小星子,你个死砍头的,快回家。"他爹则低沉地吼叫着:"小星子,你这个挨千刀的,在哪?"整整一夜,小星子没找到,倒是吓哭了不少婴儿。

第二天吃早饭的时候,小星子腆着肚子,揉着眼睛回来了,大裤衩破得一条一条的,身上无数红印子——他手里一只知了都没有。他娘问:"你个龟孙跑哪去了?"他爹则一瞪眼:"你骂谁呢!"

从小星子哭哭啼啼断断续续的讲述中,我们才知道,他和我们走散后,摸着黑走到了一大片树林,在里面怎么转也转不出来,大声哭叫也没人听见,后来,他又累又困,就在一棵树下睡着了。

根据他的描述,小星子的娘当即白了脸色,原来,小星子迷路的地方叫"枕头地",其实是几里路外的一片乱坟岗子,长满了松树和柏树,整日里阴森森地,茶余饭后,人们总是面色凝重地说着枕头地里发生的诡异事件。别说夜里,就是白天,我们都不敢一个人进去,小星子竟然一个人在那里睡了一夜,难怪他走不出来。

当天下午,小星子开始发烧,蔫头巴脑地,脸色蜡黄。老人们说,小星子的魂丢了。

等小星子昏睡几天复原的时候,捉知了的旺季已经过去,小星子的娘为此咬牙切齿地骂他"败家子",骂了好几天哩。

迷路是一种危险,还有一种危险是你不知道在夜半的树林里会遇到什么。

要知道，就那几天的工夫，我们能拾到多少知了啊。第二天，用刷子把知了洗干净，用热油爆炒，家家餐桌上就多了一份平日不见的荤菜。家里油不多的，就把知了直接在热锅上炕熟，把知了的体内的油炕出来，撒上盐，别提多香了，一顿吃不完，放在陶罐里，可以放好几天不坏。

我家不会这么吃的，母亲觉得这样太浪费。我们拾来知了之后，会倒在院子里的土地上，上面盖上一个竹筛子。第二天早上，掀开竹筛子一看，知了已经脱了壳，嫩绿嫩绿地趴在筛子上。母亲说，脱了壳的知了干净，没有土腥气，也没见过日光，特别娇嫩可口，更好吃。

其实，我们知道，母亲是舍不得我们把知了的壳吃了。知了的壳叫蝉蜕，是一味中药，据说可以清热利尿。

母亲把知了做成菜给我们吃，却把蝉蜕晒干收集起来。我们下地割草的时候，也留心路边的树，看到蝉蜕就捡回来。

半个月下来，我们补充了大量的高蛋白，家里也囤积了一麻袋蝉蜕。母亲拎着，卖给街上的中药铺，竟然够两个人一学期的学费。

假如，那时知了也可以像现在这样卖钱，母亲肯定不会把我们半夜拾的知了炕给我们吃，她一定会拎着去路边，卖给那些城市里来的人。

柳树的铁匠铺

麦子在锅屋里擀面条,柳树一个人在堂屋里坐着抽烟,也不开灯,如同破败庙宇里斑驳的塑像,这让端着面条进来的麦子吓了一跳:"你咋了?不得劲?"

柳树不说话,扒拉几口面条,把碗一撂,背着手走出家门。

麦子一扭头,发现柳树的背似乎在几天间驼了许多,突然有些伤感。她还清楚地记得,刚嫁过来的时候,最喜欢看柳树打着赤膊抡大锤的样子,小麦色的肌肉上缀满汗珠,被炉火一闪一闪地照着,就是一尊红铜的雕像。那时,抡了一天的大锤,一到床上,柳树精力丝毫不减,铁箍一样把她搂在怀里——那些个夜晚呀,麦子觉得自己就是一个小巧的铁块,被柳树捧在手里反复锻打,从懵懂的少女一直锻打成风韵的少妇。

麦子在镇上也是排名前几名的美女,按照派出所所长于冠军的说法,一朵鲜花插在铁渣子里了。有人把这话说给柳树,柳树也不恼,嘿嘿笑着,半天后说了一句:"铁渣子也有营养,只要能让麦子一直像一朵花就管。"

这话很快成了镇上的笑谈,麦子没想到,一向笨嘴笨舌沉默寡言的柳树能说出这样的话,嘴里说"他胡嘁",心里却甜蜜蜜得像灌浆,暗暗发誓要一辈子对柳树好。

让麦子不开心的是,结婚十多年,自己却没有能给柳树生一个孩子。这样的烦恼反反复复地折磨着她,让她时常陷入矛盾的抉择中。她的父亲是个好的庄稼把式,小时候跟着父亲下地干活,父亲最常说的就是,地不怕耕,耕得越深,产得越多。她想,人也是一样,女人,可不就是男人的一块地嘛。每天晚上,她心疼柳树打铁累,就想安安静静地趴在柳树鼓鼓紧紧的胸口睡觉,可是,她又不心甘,一颗种子下地没发芽,也许下一粒种子就破土了呢。估计柳树也是这样的心思,只要她钻到他怀里,两个人之间的火炉腾地烈焰冲天,两个人在床上翻来覆去地锻打,最后以一场甘霖熄灭火焰。她不知道,柳树想的不是孩子,柳树是抵抗不了她肌体的诱惑,打铁的人,总是火大。

老天就是这么不公,明明是一块沃土,明明是一个勤奋的耕作者,沃土上硬是结不了一个果子,连发芽都不让。

前年,回五里庙的娘家,麦子的爹说,认命吧,庄上有户人家,连生了六个孩子,都是丫头,还想要个男孩,最小的丫头想送人,他去看了,健健康康的,不如麦子领养算了。

柳树欢喜得很。麦子给她取名小昭。麦子心里,其实另有一个孩子,他或者她叫"小招"。听人家说,不生育的夫妻领养一个孩子后,往往会"招"来一个孩子。只要他俩这么恩爱,小昭一定会给他们带来好运。

想到这里,麦子突然觉得脸上有些发烧,微光一闪。

柳树没往这方面想,他是男人,是一家之主,又是铁匠铺的当家人,他得帮家门支撑住。

穿过一条街,就到了镇中心广场。正是夏天,广场上坐满了乘凉的人,有的人家已经把绳床搬到了广场上准备睡觉。没有路灯,广场上烟头明灭闪烁,话语断断续续,一个镇上的邻居,太熟了,只要听声音就知道谁是谁。

柳树站在广场西边一户人家的院子门口,这是派出所所长于冠军的家,四方四正的院子,堂屋厢房加起来有七八间,平时两扇大铁门紧紧关闭,不像其他家那样只要家里有人大门一直敞开。

柳树在门口站了一会儿,发现大门竟然是半开的。他的心砰砰跳了起来,他觉得这扇门就是专门为他打开的,那是不是意味他的事就有了转机呢?

在柳树犹豫着是不是进门的时候,一个男孩拎着土簸箕走过来,是于冠军的儿子于淼。于淼才上小学,经常跑铁匠铺玩。一进铁匠铺,他就瞪着惊奇的眼睛盯着铁砧看,看一块烧红了的铁块如何慢慢被捶打成镰刀、抓钩。有一次,他突然露出像于冠军一样严肃的神情,对着柳树说:"柳树叔,我长大了要跟你学打铁。"

"你爹是所长,你长大了也要当所长,哪能打铁呢,打铁多累。"柳树也有些喜欢这个孩子。

于淼不买账:"我不管,我就要学打铁!"

"要打铁,先打你爹。"黑高放下大锤,锤把子抵着下巴,像看一个怪物一样逗于淼。

黑高是柳树的徒弟,专门抡大锤,矮短的身材,一身黑亮的腱子肉,啥都好,就是嘴"贱",一天到晚叨唠个不停。

"为啥打我爹?"

黑高得意地笑了,"你爹咋可能叫你打铁,你爹不同意,你还不得跟你爹打架?"

"我先打你。"上小学的于淼一头撞向黑高,黑高纹丝不动。

柳树连忙陪着笑脸把于淼拉开,转头骂黑高,"别絮叨(皖北话,啰嗦的意思)!你跟一个孩子瞎扯个啥。"

柳树拿过一个小锤，从地上捡起一个铁片，交到于淼手里，"你去那边打着玩吧。"

于淼朝黑高吐一口，蹲在地上，用小锤敲打着铁片。

从心里，于淼是亲近柳树的，柳树也知道。

透过院子里的灯光，于淼看到柳树站在自家门口："柳树叔，你来弄啥？"

"我没事，吃过饭出来转转。你爹可在家？"

"在。你进来。"于淼一边说，一边拉着柳树进家。

这是铁匠柳树第一次走进于冠军的家。派出所长的家，哪是随便谁都能进的？

进院，是一个葡萄架子，站在葡萄架下，柳树突然觉得自己被黑暗吞噬，眼前却是一片亮堂，他像个拙劣的演员，一下被眼前雪亮的灯光晃得头晕眼花，站在那里，不知是该进堂屋，还是该立刻转身逃跑。

于冠军坐在堂屋里的沙发上抽烟，看到葡萄架下柳树的脸膛，"谁啊？"

柳树还没说话，于淼跑进堂屋说："是打铁的柳树叔，他找你有事。"

"去做你的作业去！"于冠军对儿子吼了一声，随即把威严的声音降一个调子，对着葡萄架说："进来吧。"

缩着身子坐在于冠军旁边的沙发上，柳树恨不得抽自己几个耳刮子。他拿出自己抽的烟，准备递给于冠军的时候，才发现于冠军抽的是他只听说过的高档香烟，他举着自己抽的八毛钱一包的烟，僵在空中。

于冠军笑笑，主动接过柳树手里的香烟，随手放在茶几上，却拿起自己的香烟，递给柳树："来，尝尝这个，红塔山，和你的红三环都是一家。"

柳树接过香烟，嘿嘿地笑着："你看，于所长，我这是用杂面馍换你的好面馍呢。"

于冠军把香烟点着，却不接柳树的话，只问："铁匠铺生意咋样？"

柳树把红塔山夹在耳朵上："就是不好呢，现在都是买铸造厂里的家什，质量好，还便宜。俺只能打打菜刀这些手边上使的，挣不到啥钱。"

"哦。这是大势所趋呀，你可以考虑开个店，卖铸造厂的农具嘛。你打铁，懂行，开铁器店能行，还不要天天出汗。"

"所长说的是。"柳树没想到第一次和自己正面说话的于冠军竟然帮他出主意，说话的口气立刻流畅起来，"于所长，你说的这个，我回去就和麦子商量一下，按你说的办。"

"嗯。你家麦子人漂亮，又灵光，你们要开个店，麦子在店里帮你，生意保准好。"于冠军把烟灰猛地往烟灰缸里弹一下，再看柳树时，眼神似乎亮了一些。

"所长，听你的。"柳树迟迟疑疑地说，"俺还有一个事，就是小昭的户口，老入不上。俺想……"

于冠军端起茶杯喝了一口，挥手打断柳树："这个事我知道，他们跟我汇报了，你领养的孩子没有手续，又是农村户口，要落到镇里，就得办农转非，政策不允许。"

"我知道。"柳树在心里抽了自己无数个耳光，直骂自己是傻子：这么大的事，找派出所所长，竟然空着手。但是，谁想到竟然见到了所长，还坐在人家家里的沙发上，人家还给自己抽红塔山呢。这样一想，柳树就原谅了自己。

"这是工作上的事，在家不谈工作。明天到所里说吧。"于冠军说着站了起来。

柳树只好耳朵上夹着红塔山，倒退着出来。

回到家，麦子已经把小昭哄睡着了。听说柳树到了于冠军家，还接了人家的香烟，麦子一个劲地埋怨，"镇上除了书记、镇长，就数派出所所长了，你一个打铁的，什么身份，求人家办事，空着俩爪子，人家还帮你铁匠铺找出路，你吃了鳖胆了吧。"

柳树只是笑，一边听麦子说，一边把红塔山在鼻子底下滚动着闻："嘿嘿，香，好烟就是香。"

"所长叫咱明天去所里谈？咱以前去所里多少趟了，都不管。他今天说到所里谈，是不是有希望？"麦子说。

麦子的分析让柳树激灵了一下："是的呢，差不多，也许咱小昭的户口就有着落了呢。"

两个眼睛对望着，人便兴奋了起来，竟然忘了关灯，柳树一把抱起麦子扔到床上……

镇子里的狗，锣鼓点一样紧密地叫了起来。

第二天，估摸着到了上班时间，柳树买了一包红塔山揣在口袋里。因为有于冠军的话打底，再加上一包好烟，柳树第一次发现，原来进派出所还可以挺直腰杆，这让他心情大好，路上见了人不再像以前那样只是笑笑，而是大声问："可吃了？"

派出所院子里，办理户口的警员正把自行车拆开了仔细清洗。柳树叫不出他的名字，但他不怕，有好烟呢。他抽出一根红塔山递过去，那人接过，愣了一下，随即不耐烦地说："你又来办户口吧？和你说多少遍了，办不了。"

"嘿嘿，我来找于所长。"柳树说出这话，有一种排了宿便的快感，自己也点上一根烟抽了起来，抬头，阳光灿烂。

那人直起腰，用狐疑的眼神把柳树透透地扫描了一遍："你？

找于所长？喏，所长来了。"

于冠军左腋下夹着黑色的公文包，右手拎着茶杯，脸对着那个警员，却用眼睛看着柳树，"来了？"脚步不停地朝自己的办公室走去。

柳树忽然想起一句话："左手包，右手杯，不是河南，就是安徽"，心里想笑，腰却不自觉地弯了下去，手心里微微出了些汗。他跟着进了于冠军的办公室，抽出一根红塔山给于冠军点上："于所长，小昭的户口……"

"嘶……"于冠军抽了一口香烟，把柳树的话打断，"我昨天不是跟你说过了嘛，你们没办领养手续，不合法，入不了城镇户口，也不符合农转非的条件。回去吧。我马上得去镇里开会。"

柳树只好讪讪地出来。

打铁的时候，柳树觉得自己连个学徒都不如。

平时，黑高拉着风箱，把炉膛顶的通红，铁块在炉火里烧成熟柿子一样的颜色，柳树用铁钳把铁块夹到铁砧上，左手拿着铁钳，右手拎着小锤，柳树小锤打一下，黑高抡起大锤跟着砸一下。不需说话，小锤如蜻蜓点水，大锤似巨雷轰顶，一声叮，一声当，小锤轻盈似小鸡啄米，大锤沉重如牛蹄踏泥，铁钳夹着的铁块，娴熟地根据锻打情况翻动着，铁块便像一坨软泥，在铁锤下随物赋形。

今天不，柳树小锤的起落失去了灵性，几次差点和黑高的大锤碰撞在一起，铁块翻动得总是慢了半拍——打铁，是一门传统技术，讲究辗转腾挪，一个人打，叫细活修理，两个人打，叫粗活造型。那天的柳树，眼前老是闪现于冠军威严的脸，还有那个民警悻悻的眼神，"不能办，昨天还叫我去办公室跑一趟弄啥？"

晚上和麦子一说，麦子也有些懵，两个人闷声闷气地吃了晚饭,麦子突然放下碗筷,"是不是怪咱没送礼?你没听人家说'大盖帽,两头翘,吃了原告吃被告',咱又不符合条件,不送礼,人家凭啥给咱办?"

柳树想想,是这么个理。

夜里,破例地,两个人之间的炉膛也无焰火也不热,清锅冷灶地,麦子搂着小昭早早地睡了,柳树和麦子背对背靠着,瞪大眼睛在黑暗中趸摸来趸摸去,也不知道啥时候才迷迷糊糊睡去。

第二天,麦子去街上买了一箱高炉双轮池,两条红塔山烟。晚饭后,柳树拎着去了于冠军家。敲门进去,于冠军却不在家,出去喝酒去了,和所长夫人推让了一阵,柳树丢下烟酒,跑了出去。他不担心于冠军不知道送礼的是谁,于淼认识他呢。

第三天,他再去派出所找于冠军,于冠军板着脸训斥他:"谁叫你搞的这一套!咱都是街坊邻居的,还要絮叨吗!"他喝了一口水:"这个事吧,是你家麦子从她娘家抱来的,要办,得叫她去办。"

"那该咋办呢?"柳树突然觉得眼前一亮,就像每天早上铁匠炉生起的火。

"这个嘛,你叫麦子去她娘家那个村开个抱养证明,然后我再想想办法吧,反正,得她本人去办。"

"俺知道,俺知道。"柳树把剩下的大半包红塔山丢在于冠军桌子上,"俺这就回去叫麦子去办。"

那一天,柳树觉得身上有使不完的劲,不但小锤指挥灵活,铁块也显得异常柔和,怎么打怎么有,打出的菜刀怎么看都比平日的秀气。

麦子回了娘家一趟,生产队长是她叔,很快就把证明开了回来。

柳树把证明交到派出所，一连几天，都没有消息。

已经是秋天，地里的农活剩下得不多了，再收了玉米和山芋，没有了庄稼的田地一马平川。铁匠铺的生意惨淡得像即将到来的霜降，连个修补农具的活都没有。是得转行了。

但黑高不同意转行，他是个孤儿，从小跟着柳树打铁，除了回家睡觉，其他时间都在铁匠铺里，对他来说，铁匠铺就是他的家，他的饭碗，柳树要是不干了，他咋吃饭。

"师傅，实在不行，咱把炉子搬在架车子上，一个村一个村地转，村子里总会找到活的。"黑高说这话的时候，柳树诧异地看了黑高一眼，他原以为，黑高除了一身牤牛肉和一张嘴，别的啥都没长，没想到他还有脑子。

"师傅，我看人家下乡收粮食的，都是这样干的，人家能下乡收到粮食挣钱，咱也能下乡找到活儿干。"

"这个再说吧，我得和麦子商量商量。"柳树知道，铁匠铺早一天关门和晚一天转行，问题不大，捱个半年，饭还是有的吃。小昭的户口不能等了。他是打铁的，当然知道办事也要趁热。

过了几天，派出所那个警员来到铁匠铺，通知柳树，于所长对他们的事非常关心，准备去麦子的娘家调查一下，"孩子是麦子抱养的，明天麦子得跟着去一趟。"

"肯定的，肯定的。"柳树忙不迭地说，"明天就叫麦子先回五里庙等着。"

"于所长明天开车去，叫你家麦子跟车一起去吧，不耽误时间。"警员翻看着柳树打出的铁具："嗯，这把菜刀不错，怪不得都说你打的刀好使。我家的刀都卷刃了。"

柳树赶紧拿起两把刀，用牛皮纸包起来："这个你拿去用，厚的砍骨头，薄的切菜。"

回到家和麦子一说，麦子不敢相信，"俺的娘哎！人家给咱办事，还叫我坐派出所的车？可是那辆绿色的小宝车？咱镇里就两辆吧，听说镇长一辆，派出所一辆，我哪有这样的福分坐小宝车啊。"麦子的脸激动得发烫。

"就是。要说，这于所长还真是热心肠，好人。"柳树说，"于淼喜欢到铁匠铺玩，还喜欢枪，我明天给他打一把手枪。"

"柳树，人家都说坐小宝车晕车，可是真的？我会不会也晕车？"

"嘿嘿，谁知道哩，我又没坐过"。

第二天天麻黑的时候，麦子回来了。脸色苍白，进了家，也不和柳树说话，调了奶粉喂小昭，又去厨房给柳树下了面条，就躺在床上早早地睡了。

"麦子，事办的咋样？"柳树掀开麦子的被子问。

麦子腾地坐起来，眼睛红红的地看着柳树一会，想说什么，又裹着被子倒头睡了下去。

"麦子，你咋了？办不好就算了。"

"过几天就能办好。"麦子的声音有些颤抖，从被子里传出来，像秋风中的枯草。

"啥！能办？能办你咋不高兴？"柳树扭头看看熟睡的小昭，在昏黄的灯光下，小昭圆圆的小脸儿像月亮一样光洁。

"我晕车，不舒服，早点睡吧。"麦子缩在被窝里，含糊不清的声音。

五天后，警员到铁匠铺告诉柳树，户口办好了，叫麦子去派出所找于所长去拿。

"师傅，真办成了？"黑高瞪着牛眼看着柳树。

"嘿嘿，成了。"柳树丢下正在打的一把铡刀，向家里跑去。

麦子却没有丝毫高兴的样子,沉默着换了干净的衣服,梳了头,去了派出所。

麦子拿回来一张纸,柳树不识字,只看到上面盖了一个通红的公章,中间还有个五角星。但在柳树看来,简直比大鼓书里说的圣旨还光芒。柳树拿着那张纸,对着灯光一遍遍地瞅。

晚上,柳树像被点燃的炮仗,使劲在麦子身上折腾,嘴里喃喃地说"麦子,麦子,咱一定要生一个自己的孩子,麦子,麦子……"

麦子躺着,不像以往那样应和他,也不发出一点声音,连个喘息都没有。柳树第一次在床上知道一个感受:僵硬。

黑暗中,柳树没看到,麦子已经泪流满面。

霜降之后,地里的庄稼颗粒归仓,麦种已经播下,乡村进入了一年中最闲的时光,铁匠铺也没有了生意。黑高成天和镇上一帮半拉橛子打牌喝酒,柳树也不管他,他合计着,等过了年,关了铁匠铺,就在镇上开一个门面,专门卖农具和化肥。他去看过,街东头那家卖化肥的,天天门口排着队,他要是开一家,生意一定不会比那家差,他有的是力气,养得活麦子和小昭,要是黑高愿意,就让他在店里帮忙。

晚上吃饭的时候,黑高突然闯了进来,一脸惊慌。一进门,他噗通一声跪在柳树面前,倒把柳树吓了一跳,"黑高,你起来,这是弄啥?"

"师傅,我把于冠军打了。"黑高说。

"当"的一声,麦子把手里的碗重重地敦在饭桌上,小昭吓得哭了起来。

"你疯了!你敢打于所长?"柳树哆嗦了起来,"你为啥打他?"

黑高不抬头："你问麦子。"

麦子的眼泪喷涌而出，她捂着脸冲进了厨房。

黑高和那一伙半拉橛子喝酒时，有人喝多了，说看见于冠军带着麦子去五里庙的路上，路过一片玉米地，于冠军把车停下来，说是要尿尿。然后打开副驾驶的门，一把把麦子抱起来冲进玉米地。

那块地里，正好有人在打玉米叶。玉米地里偷欢，是常有的事。打玉米叶的人碰到这样的事，常会搞些恶作剧，借机敲欢腾的人几包烟抽。打玉米叶的人走近，听到麦子的哭声，再走近，看到的是脱在地上的公安制服。

打玉米叶的人魂飞魄散，蹲在地上一声不敢吭。

那个警员也调到另外的镇里去了，临走前对人说，麦子去拿户口的时候，于冠军把麦子按在办公桌上……

柳树一次次攥紧拳头，胳膊上青筋纵横，火焰一样蔓延："他是公家的人，是公安，你打了他咋弄？"

于冠军在外面喝了酒回来，夹着公文包，从马路一拐，就是派出所的院墙，再前面几步，就是他的家。突然从背后冲过来一个人，于冠军本能地转头，一块砖头迎面拍过来……

"黑高，你打了公安，这事不能算毕（完结的意思），你赶紧跑吧，连夜跑。"柳树慢慢冷静了下来，他从抽屉里拿出一叠钱，递给黑高。

黑高不接，"我不跑，一人做事一人当，我跑了你咋办？"

"又不是我打的，他们最多把我抓进去关几天。你赶紧走吧，别回来。"

麦子从厨房走到堂屋，拧了毛巾擦把脸，对黑高说，"就你本事大，连派出所所长都敢打。俺家的事，要你管？"

"他糟践了你，我就要打他。"黑高拧着脖子说。

"你以为你是什么好东西？"麦子脸色苍白着坐下来，看着黑高，"茅厕的那个洞可是你挖的？"

黑高痴痴地呆了。

黑高对着柳树"砰砰砰"连磕三个头，转身消失在黑夜中。

从那以后，我再也没见过黑高，镇上的人也没见过。

我也没见过柳树和麦子，还有小昭。

于冠军在县医院躺了几天，他老婆对人说，他是喝酒喝多了，倒在地上栽的。

我还听说，不久之后，柳树一家也搬走了，至于去了哪里，似乎也没有人知道。

有一天，我百无聊赖地上网，忽然看到一篇没有署名的帖子《我的铁匠梦》，竟然提到了柳树和他的铁匠铺，那篇文章里说："那天，去上早学，打开我家的院门，一把铁打的手枪赫然挂在门上，精致，逼真。我知道，那是柳树专门给我打的，几天前，我去柳树的铁匠铺玩，他说这把枪打出来，可以以假乱真，绝对是全县独一无二的。我赶紧跑到铁匠铺，大门紧锁着。再到柳树家，他家的堂屋门开着，屋内空无一人。柳树去哪里了呢？他带走了我的铁匠梦。"

捡砂礓

我住原单位院子里的时候,楼下一对职工,夫妻俩都来自皖北,和我算是半个老乡,他们的儿子又是我的学生,自然十分亲切,因为年龄的缘故,我对他们也"叔""婶"地称呼着。他们也像皖北乡下一样,家里做了什么好吃的,比如包了饺子,或者菜地里收获了时鲜蔬菜,总是让孩子送来一点。无以回报,逢年过节的时候,我也拎两瓶酒过去坐坐,在合肥这个江淮方言地区,无缝对接地说着侉掉渣的皖北方言,竟然找到了小时候走亲戚串门子的感觉。

这对夫妻都是单位的勤杂人员,工资在单位算是中等,但在合肥,已经不算低了,养活两个孩子,肯定不成任何问题。但夫妻俩有一个共同的习惯,走在路上,见到什么都往家里捡,硬纸板、木板条、塑料瓶子,谁家扔掉的旧家具,他们家住在一楼,一个院子堆得满满的,像个百货仓库。我曾经在装修房子时少了几块瓷砖,正准备去买,遇到他们,到我家看了瓷砖之后,他回去拎了几块过来给我,大小颜色花纹和我用的没有丝毫差别。

他们原来都在食堂做炊事员,食堂和学校围墙之间,有一块空地,这对夫妻挖挖刨刨,整出了一块很像样的菜地,还在菜地边上用竹篾扎出了一个不小的鸡圈,养了一群鸡鸭。城市搞创建,学校让他们限期把鸡鸭全部处理掉,把菜地恢复平整,夫妻俩毫不理睬，校领导带着后勤处、保卫处的人过来，男的把上衣一脱，拎着一根木棍，摆出一副谁来放倒谁的架势，女的则冲到校领导面前，指着校领导鼻子骂，搞得一干人众灰溜溜地走了。在学校发生这样的事，也算斯文扫地了。

说实在的，住在楼上，看着他们一楼院子的东西一天天堆满，卖给收破烂的后，再一点点长高，也是有些不舒服，至少视觉上就是一种凌乱。但是，对于他们的行为，或者说是习惯，我又深深理解。过日子的人，要的是踏实，而对于他们这样经历过物质严重匮乏的一代来说，踏实就是蚂蚁搬家一样让家室充盈，需要的东西随时可以找到，最好再有那么一点富余，以备不时之需。几千年来，我们的祖先就是这样把日子的碎片拼凑成今天，也把"捡拾"这个词牢牢揳进生活的备忘录。

小时候，几乎不需要人教，我们在路上遇到一切家里可能用得着的东西，都会顺手捡回家：一根树枝，一堆不知谁的马车上掉下来的麦秸，秋天落下的树叶，甚至，谁家的猪粪……

我的邻居，不知道他的名字，村里的人都叫他"三老抠"，路上见了什么都往家拿，尤其是砖头瓦片之类。村西头有个窑厂，出窑之后，不成形的和断裂的砖头扔在河边，三老抠捡出相对好的，用粪箕子一筐筐往家背，几年下来，他家的院子外堆了小山一样的砖瓦。他大儿子结婚前，三老抠竟然用这些砖瓦给儿子盖起了三间新房，只花了人工费和一副木梁的钱，其他的全部是他从路上田野里捡来的，给他盖房子的泥瓦匠一边干活一边骂三老抠，要知道，把那些不规则的断砖头砌成墙，可不是一件容易的事。

三老抠家里养了两头猪，是他的身家性命，每天一大早，他赶着猪出去觅食。他放猪时一定拿着一根棍子，首先把猪赶进自己菜园,让猪的大小便留在菜园里,而且不许猪吃菜园里的一根菜叶。为了完成这项几乎不可能完成的任务,三老抠眼观六路,口手并用,万一哪头猪啃了一口白菜,三老抠一个箭步赶到,手中的棍子准确地落在猪身上,猪嗷的一声蹿出菜园。时间长了,那两头猪异常乖巧,绝不贪图口舌之快,只在菜园拉撒,之后,快步走出菜园后,才低头边走边啃。

三老抠放猪的时候,挎着粪箕子,一路上把自家的猪和别人家牲畜粪统统捡回来,目光所及,毫无遗落。估摸着家人做好了早饭,三老抠赶着猪回家,猪吃得肚子溜圆,粪箕子也装得满满。有一次,他家的粪箕子底漏了,还没来得及修好。早上放猪时,他只好拿着一个铁锨,说起来那天也该三老抠"丰收",才出去不远就捡到了两坨牛屎,三老抠急忙铲起来往家送。就在这个时候,他家的一头猪拉了一泡屎,这就给他出了一个大难题:再铲,铁锨已经装不下了;把牛屎送回家再来铲猪屎,生怕别人捡了去,损失大了。三老抠急中生智,脱下褂子铺在地上,把牛屎、猪屎铲到褂子上,兜起来,一手拎着褂子,一手拎着铁锨,急急忙忙往家跑……三老抠有他的理由:褂子脏了,洗洗又干净了,被别人捡去,就没有了。

笑话归笑话,村里人最佩服三老抠的是,他家的庄稼从来不缺有机肥,所以枝繁叶茂,颗粒饱满,产量是全村最高的。凭着这样的节俭,三老抠的三个儿子结婚两个女儿出嫁,都风风光光的,每个儿子三间瓦房,每个女儿嫁妆饱满丰盛。每当对儿女有所不满的时候,三老抠就会直着嗓子骂:别忘了,你们都是吃我拾的粪长大的!

在乡下,拾粪,从来不是一件见不得人的事,和拾麦穗、拾柴火一样,是持家人水到渠成的习惯。那时的乡村和田野,就像一个蕴藏着无尽宝藏的魔术箱,什么都深藏其中,无论取出什么,都能滋养每个家庭。

小的时候,我家边上有个翻砂厂,铸造各种铁器、铁锅、铁犁铧、铁锹。翻砂厂不但收购各种废铁,还收碗茬子。我们没有那么多废铁,就在村里到处转悠,见到谁家碗碟碎片就捡回家,反正往屋山角一撂,也没人在意。一直到小学毕业,每天上学放学的路上,一路上低着头,看见碗茬子就放在书包里,别人的废弃物,在我们眼里就是宝。等积攒得多了,就卖到翻砂厂,换几毛钱,最多的,我竟然卖了两块钱!发财了!要知道,那个时候,我一学期的学费才两块钱呀。手上攥着这么大一笔钱,我们还不舍得走,看翻砂厂的工人把废旧钢铁扔进熊熊的炉膛,再用铁锹铲起碗茬子扔进去一起炼,直到融化成红彤彤的铁汁,稀饭一样黏稠,这些通红的"稀饭"颤巍巍地被倒进一个个模具,冷却后敲掉外面的砂模,一个铁器就铸成了。我们被这神奇的变化惊得目瞪口呆,全然忘了那些纸币已经被我们攥得汗津津的。

捡碗茬换的钱,和我们在小河沟里捉鱼卖给饭店里挣的钱,成就了我们少年无羁的快乐,我们用自己的劳动所得,去街上的书摊看小人书,买一本新华字典,或者在过年的时候学着大人打扑克小赌一把……

最无聊的,就是捡砂礓,因为没有任何回报。

20世纪80年代以前,县乡道路还是土路,一场雨下来,泥泞不堪,经常有骑自行车的人摔倒在路上,牛车走着走着就陷进坑坑洼洼的泥淖,太阳一晒,泥坑变成了坚硬的泥墙,横七竖八地拦在路上。公社摊派任务,要求家家户户上交砂礓铺路,一般是按家庭人头计算,一口人交多少方,无论老幼。

我们家人口多,要交的砂礓也多。一放学我们就拉着板车到河边捡砂礓。涡河流域曾经是黄泛区，堆积着大量的淤沙，在河岸上稍微用抓钩挖一下，就露出了沙土，砂礓就藏在沙土里。我们要做的就是，瞅准一个地方，把抓钩高高扬起，狠狠砸下，刨开上面的土层，寻找裹在沙土里的砂礓。严格地说，应该是像生姜一样的砂块。

运气好的时候，几抓钩下去，就能挖到密密麻麻的砂礓，我们称之为"砂礓窝"，碰的巧，一个砂礓窝就能挖出一板车砂礓，省工又省力，定会引起小伙伴们的惊叫。运气不好的时候，无论怎么刨，只见沙土不见礓，只好垂头丧气地再换一个地方挖。

我们年龄小，抡不动抓钩，挖砂礓的事都是由哥哥们完成，我们主要负责把挖出的砂礓捡到车上。比如春天和夏天，哥哥们挖砂礓，我们小一点的会顺便割些青草回家喂猪喂兔子。一板车砂礓，上面苫着青草，哥哥们在前面拉，弟弟在后面推，那种丰收的喜悦，丝毫不亚于拉一车麦子回家。

捡来的砂礓堆在门口，越摞越高，越积越广。和麦秸垛一起，成为那个年代乡村人气旺盛的象征。

收砂礓的日子到了，生产队队长和会计拿着本子和皮尺，一家一户地量。会计报出谁家几口人，应交多少方，还欠多少，必须什么时候补齐。交够了的家庭长出一口气，没有完成任务的人垂头丧气，转过脸就对自家孩子大骂：就会吃！你看人家咋挖的砂礓！

有心计的人，在砂礓堆中间，藏了大量的土，外面用砂礓码得整整齐齐。量方的人，只管尺寸，谁会扒开看呢。

量完后，一辆辆大型马车从家家户户的门前经过，把那些砂礓运到路边再堆积起来，我们的任务就算完成了。上学路上，经过堆着的砂礓时，我们还能认出哪是我们家的，哪是二狗子家

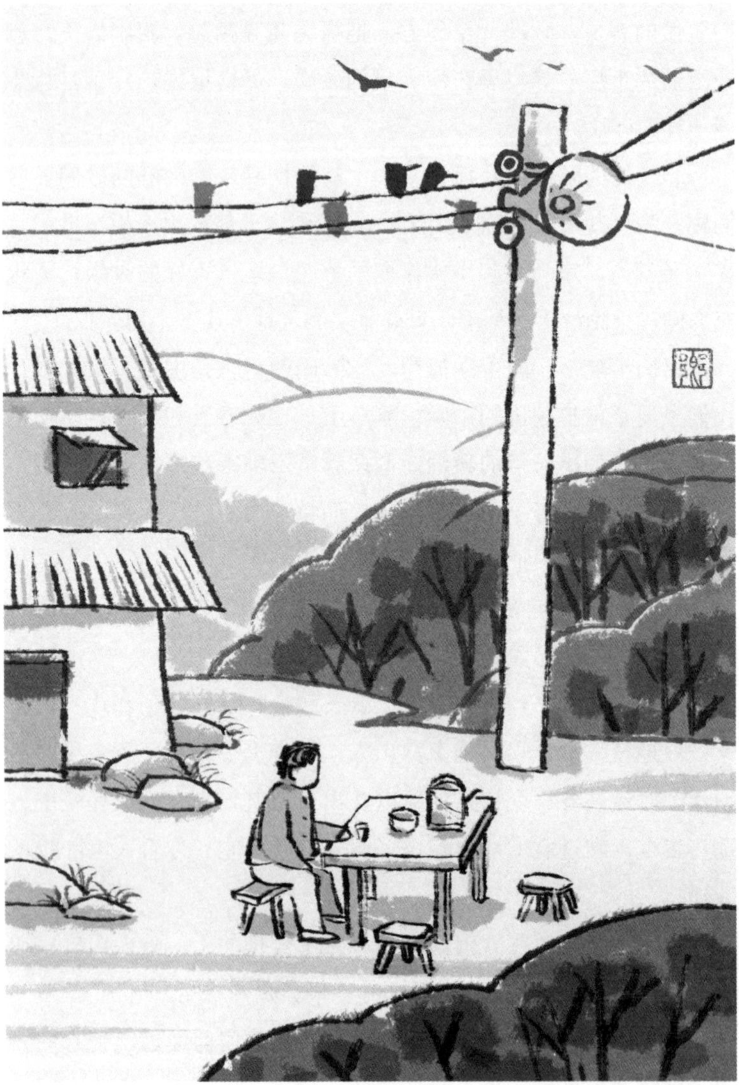

的，谁家的砂礓好看，谁家的砂礓够硬……

不久，施工队来了，把砂礓平铺在路面，再之后，庞大的压路机从县城轰隆隆地开过来，慢慢压上暄腾腾的砂礓层，那些生姜一样形状的坚硬砂礓啊，在更加坚硬的铁碾子面前，温顺得如同海浪，一点点被熨帖被驯服，再望过去，就是一马平川的"海岸线"了。

压路机开走之后，也带走了乡村的喧闹和乡下人的好奇，却给我们的乡村留下一条条平整顺畅的路面，走在上面，别提多舒服了，无论下多大的雨，都不会有泥巴，我们叫它"新路"。

踩着这样的新路，我读完了我的小学和初中，也从此告别我的乡村，走进陌生的城市。以后出现在我脚下的，不是灰白的水泥路，就是黝黑的柏油路，它们更加平整细实，但永远没有了土壤的气息。

在城市，我不能随手把认为有用的东西带回家，这让我十分失落。

冬天的耳朵

和现如今相比,过去的那些年,真冷!冷得坦坦荡荡:天不像话地蓝,风肆无忌惮地吹,雪恣意地下,整个旷野连空气都被冻住,狗都懒得叫,生怕叫声会被冻住。要是谁在村口喊一声,不需要声音太大,那些话语就溜冰一样,沿着各家的房檐,急速地蹿了出去,叮叮当当地碰着屋檐和树枝,刹不住车地溜出村庄,一直落在野地里又厚又软的雪被上。寒冷,让所有的乡村呈现出冬天特有的空灵和透澈。

学校绝不因为冷而停课,我们得每天挣扎着钻出热乎乎的被窝,再咬着牙行走在上学和放学的路上,周而复始,暗地里数着离放寒假还有多长时间。奔走在上学路上的我们,是一群被剥夺了睡眠和温暖的苦孩子,我们是多么羡慕能够睡到太阳升起的大人。

家里兄弟多,穿衣服的规矩是给老大做新衣服,"新三年,旧三年,缝缝补补又三年",往下,一般是母亲把哥哥穿小了的衣服稍作改动,继续给弟弟穿。幸运的是,我上面几个都是哥哥,所以衣服尽管旧,毕竟还是男孩子的衣服,没有落下小星子那样的笑话。小星子上面三个姐姐,他娘的针线活又粗糙,做出的衣服针脚大,经常绽线。有一次,几个孩子不知道逮到了谁家的狗,轮流往狗身上骑,小星子一使劲,裤裆嗤啦一声绽开了,露出了他姐姐曾经穿过的红棉裤。从此，我们学校和镇上就流行了一句话："小星子狂，小星子脏，小星子骑狗烂裤裆。"开始，谁这样喊，小星子还追着打，后来小星子也就破罐子破摔了，冬天穿他姐姐的花棉袄来上学，索性外面连罩褂也不穿了。

早上五点多钟，天还没亮，我得去三里路外的学校上早读。我在弟兄中排行靠后，等哥哥们的衣服流转给我，非小即破，能穿的衣服少得可怜。零下10多度的天气，没有秋裤和毛线裤，我哆嗦着爬起来，把哥哥退役下来的两条单裤穿着，伸出一双布满冻疮的手，一拉门，哗啦一声，半人高的雪一下倒进屋内。借着雪的反光，我看见整个村子只有几棵光溜溜的树立着，表明人迹的存在，父亲的菜园，和远处的塘面已经没有了区别，白茫茫一片，若有若无的雪际线在提前到来的晨光中把天和地连成一体。

穿着棉鞋在没过膝盖的院子里捧了一把雪洗脸，我深一脚浅一脚地向学校走去。

去学校的路熟悉得如同自己的双腿，不需要任何参照物，闭着眼都能走到学校。困难的是每走一步都要费很大的劲，才能把脚从雪里拔出来。每踩下去拔出来一次，就有雪粒落入棉鞋，从被窝里带来的温暖本就<u>丝丝缕缕</u>，不一会就变成了冰冷湿漉的水。从家到学校是一条砂礓铺成的路，路两边是参天的白杨树。三三两两的同龄人从各自的屋子里走出，在白杨树隔出的路面上无声地汇合，缓缓地向学校方向挪动。没有人说话，在那样滴水成冰的早晨，嘴唇已经不再利索，吐字变得异常困难。每个人都低头弓腰行走着，嘴里呵出的热气，很快在头发梢上眉毛上化成白霜。

今天，只要天上飘一点雪花，地上刚稀稀拉拉地积了一点雪，就有无数人憧憬着打一场雪仗，或者堆一个雪人，微信朋友圈就会掀起一轮狂热的雪景"摄影大赛"。小时候,雪那么大、那么厚、那么白,咋就没有人有这样的念头?而是一任雪被踩成厚实的路面,或者被铲到一边,成了臃肿的一坨,一直到春天才完全融化掉。想想,真是浪费。

刚到学校,我们就被老师催促着用扫帚、铁锨,把校园的路清理出来。显然,这比在冰冷的教室里背书更能引起我们的兴致。很快,路出来了,树杈一样在校园里延伸着,末端就是一个个教室,最细小的一个枝节,笔直地指向校园最南边的厕所。

一番折腾,身上是热了,能明显感觉到背上细密的汗水,而露在外面的手已经冻得僵硬,最没有感觉的是耳朵,仿佛是每个人的两个"外挂"。这个时候,谁要是突然走进温暖的屋子,或者耳朵被揉一下,一定会疼到刺骨。我们很小的时候,就听说,某个人在隆冬的野外走了一夜,没戴护耳的棉帽,进家后一揉耳朵,掉了。这个故事我们不知道真假,反正,在冬天,任凭耳朵上遍布冻疮,我们是从来不敢轻易揉耳朵的,万一掉了呢。

偏偏那个时候,一个同学,叫作军华的,突然从背后跑过来,以迅雷不及掩耳之势,双手分别捂着我的两只冰冷红肿的耳朵,一阵猛搓……

谁被搓,谁都得疯!因为,那是让人窒息的疼,一直疼到心的最深处,并迅速扩散到全身每一根神经,久久不能散去。

本能地,我迅速转过身来,口中咆哮着,用最短的时间、最快的语速问候了军华全家,一边拖着大而重的棉鞋离弦之箭一样冲向他:那个时候,如果能追上他,我会揳死他!肯定的。

军华当然知道这种恶作剧的后果是什么,兔子一样向着校园外的麦地跑去。

追逐的结果是,一块隐藏在雪地里的石头把我绊倒,两层单裤在膝盖处划出一个大口子。而军华,在迷蒙的晨色中一路狂奔,一头跌进皑皑白雪覆盖着的河水中……

那一天,放了早学后我就没再去学校,而是在被窝里缩了一天:耳朵倒是安然无恙,主要是因为母亲不在家,没有人帮我缝补裤子上的两个破洞。

空荡荡的村庄

春天赐予石潭的,是满山满目的繁华,尽管皖南特有的地形试图把石潭与世隔绝,但独有的风韵,一两座大山又怎么能遮蔽得住?

车子沿着蜿蜒曲折的盘山公路一直向上攀爬,抵达山顶的那一刻,眼前豁然开朗,开阔得让人有些眩晕,还没来得及清醒,铺面而来的嫩黄和桃红再次令人目不暇接。向阳的一面山坡上,油菜花从山尖瀑布一样漫下来,一直到你的脚边,像给巨大的山坡披上了一面扇形的鹅黄绸缎,上面,天空湛蓝,白云如缕。如果在西藏,那就是天然颜料绘就的唐卡;如果在九寨沟,那一定是冬日里冰封的诺日朗。可这里是皖南,群山遮隔了视线,却从不让人感到单调,谁知道那鹅黄的绸缎下面,覆盖着一个多么丰富多彩的世界。

有桃花盛开,妖妖娆娆地散立在山路两边,也有几棵点缀在鹅黄的油菜花海中。向下,是一个漏斗形的巨大山坳,粉红的杜鹃、洁白的野梨花、红色的桃花,还有错落在山坡上几个黛瓦粉墙的村庄,星星点点地陪着无边无际的油菜花,给这漏斗铺上了绒绒的、五彩斑斓的内衬,目光所及,都是浓得化不开的色彩,都是嫩得不忍碰触的花瓣。

皖南的群山,就是一个法力无边的魔术师,任何季节都会给你意想不到的惊喜。

就像这一次，歙县的石潭就是一朵突兀绽放于眼前的花，猝不及防，目瞪口呆。

更意料不到的是，顺着山道向下走，同样在向阳的山坡上，突然出现一个荒凉颓败的村子——湖山村。

在村子后面的山道上，有一个卖水果和榨甘蔗汁的农民，他原来就是湖山村的村民。问他湖山村的历史，他说不出个所以然来，他只记得，从他记事开始，就看到村子里错落有致的、带着马头墙和砖雕的古民居，看到村子里参天的古木，挺直的银杏树，树冠蓊郁的香樟和黄楸树，还有一棵几百年的罗汉松。

远远看去，湖山村像一件锈迹斑斑的铁质农具，被随意扔在山坡上，风吹、日晒、雨打，时光侵蚀，流云无心抚摸，一副颓败丧气的样子，很多人家的房顶已经被掀开，只剩下山墙孤零零地站立着。更多的屋舍门窗被卸了下来，留下的门洞和窗户睁着空洞的眼睛，看着日出，看着晴岚，看着晚霞，看着黑夜一点一点将山坳和村庄吞噬。

歙县的朋友告诉我，湖山村原是一个一百五十多户人家的自然村落，村里人大多姓吕。据传，三百八十多年前，他们的祖先在明朝时为躲避战祸，从河南应任迁徙至此安居。湖山村因为坐落在山坳里倚山坡而建，面临山谷，山谷中常有云雾，尤其在雨后初晴，云海翻腾，像飘渺的湖水，故名湖山村，其实，哪来的湖呢？不过是他们吕氏先人的浪漫想象罢了。

如同世外桃源一样的山村，生活一定是安谧舒缓的，可以想象，古树掩映下的古村落，炊烟兀自袅袅，农人孤单地劳作，耕种、插秧、采茶、挖笋、编织竹篓，连村中的狗都悄无声息，没有生人前来，狗为什么要叫呢？

然而，时光停滞一般的农耕生活，在2008年怦然破碎。

那年的暴雨后，村后山坡上出现一条大裂缝，后经地质勘探，认定随时有山体滑坡的可能。当地政府紧急动员全部村民迁徙下山异地安置。三百八十年前，因为战火，他们的祖先历经千江水千江月来到徽州，三百八十年后，一条裂缝，让他们再一次匆匆撤离，执手相别。这样看来，在天灾和人祸面前，个人的归宿本就是一枚消了磁的指南针，哪怕以村落的形式抱团，终究敌不过强大的外力。

沿着废弃了十多年的小路，踏着蓬生的野草走进村子，大多数人家敞开大门，屋子里犹如大战刚熄的战场，胡乱丢弃着破旧的棉絮和衣裳，檩条和坛坛罐罐，曾经一尘不染的灶台落满了灰尘和蛛网，锅盖歪斜到一边，不知道，这户人家在村里吃最后一顿饭时，该有怎样的不舍和眷恋，也不知道他们撤离时如何的慌乱和匆忙。还有人家在油漆剥落的大门上加上了两把大锁，看得出来，他们一定从容地搬走了家里值钱的家具，也许还打扫了卫生，出门，最后巡视一下遥远的山顶，瞅一眼菜园里尚未成熟的莴笋，吧嗒一声，锁上门，决绝地走了。或许，他们锁门的目的，是因为心里还存着一丝侥幸，万一哪天再回来呢。

村里的小道起起伏伏，错落无序，你可以想见，当年建设这些楼宇屋舍的时候，他们是怎样弓腰低首地把砖石木料从山外背进山，再从山脚背上山腰……如今，人去，楼空。屋舍没有了人气，就没有了生气，似乎是一夜之间，村庄空空荡荡，屋宇苍老颓败，只有四季的风，从山外吹来，沿着村道蜿蜒逡巡，东家看一眼，西家看一眼，哧溜一声，风又走了。村庄太荒凉，连风都留不住。

不少人家的门头上，还贴着春联，看那色相，应该是春节的时候主人回来贴的。搬到了新家，他们没有忘记旧舍，不能回来住，一抹中国红，加上几个"四季平安"的祝福，也算是对故土最好的缅怀了吧。

清明节刚过，那些安坐在茶园和竹林里的坟墓，显然刚接受过祭拜，土是新的，幡是艳的，连祭品还没来得及撤去。

没有人烟的村子里，废弃的菜园中，油菜花依然倔强地绽放。有摄影爱好者在村子里转悠，一边唏嘘感慨，一边举起相机记录下这不可逆转的衰败。

这是一种残缺，让人爱得欲罢不能的美，以无声的姿态震撼着我们的灵魂。

村口，粗壮的老银杏树，已然站成了恒久的风景，它不是在等它的旧人，它是在守护它自己的守护。

村子四周，山坡上，山谷里，油菜花湖水一样涌了过来，让空空的湖山村成为花海中的孤岛。

湖山村隶属歙县霞坑镇。

在二十公里之外，另一个乡，歙县金川乡，同样经过人烟稀少的盘山公路，路的尽头，一座大山截断了本就不宽的道路。

下车，穿过几乎没有道路的山谷，再爬上悬挂在山腰的石梯，就在你恍惚觉得山穷水尽的时候，一个村子赫然出现在眼前。它有个好听的名字——搁船尖。奇怪，本是海拔一千四百多米山上的一个村落，为啥叫"船"，还是"船尖"呢。

当地人对此有非常神奇的说法，说汉代道教灵宝派祖师葛玄曾在此修炼，故称道教第三十六福地。是否如此，恐已不可考，不过，葛天师喜欢遨游，神龙见首不见尾，某一天也许真的误入此山，也未可知。而且，搁船尖地处歙州、杭州、睦州三地交界处的昱岭关，属于天目山的余脉，而葛玄是江苏丹阳人，距此不算太远,传说大体可信。

但是,当地人介绍说,搁船尖"经证实是《倚天屠龙记》中现实的光明顶",这就有些让人哭笑不得了。不过,当地据此发起"大战光明顶"的户外巅峰活动,已经成为户外界喜爱的运动品牌,也算一个用心的营销了。

景区煞有介事地根据传说"石门九不锁,天门夜不关",称此地为"紫薇洞天",从山脚到山顶,依次设置了十道关,并赋予每道关一个极具禅意的名字和说法,原因是"南北朝傅大士因为悟道'歙'字,传承维摩诘菩萨,而创立维摩禅,为后来的理学建立了最早的雏形"。这样的解释,总是让人忍俊不禁。因为,他们在介绍搁船尖时,更愿意也更通俗的说法是"搁船尖是中国唯一的明教总舵遗址"——道教、佛教、明教,竟然在这个名不见经传的、非常封闭的山里,和谐共处。

如果顺着只容一人的小路徒步登上山顶,就会恍然大悟。原来,山是喀斯特地形,从上往下看,像一艘倒扣的船。在山顶开朗处,也就是当地人称为"光明顶"的地方,有一块上千亩的高山草甸,那就是翻过来的"船底"了。

船翻了,还能不搁浅?

那个村子,正好位于倒扣的船的一端平缓处,所以,叫搁船尖。

上山,必须穿过搁船尖。

人从村子的石板路上走过,脚步杂沓,竟有着沉闷的回响,却少见有村人出来张望。

我们在村子里唯一的民宿停下来,试图找点吃的。

老板娘是个一说话就笑的中年妇女,在和我们的交谈时,竟然数次害羞地掩口而笑。她打开冰箱让我们看,里面空空如也,如果非要在此吃饭，只能给我们每人下一碗面条。她说，村子至今没有通公路，和村里很多人一样，她早就搬下山居住，只有客人提前通知她需在搁船尖吃饭时，她才根据客人的数量把食材带上山。

我们没有别的选择，整个村子，只有她一家提供食宿。

等待面条的空隙，我在村子里转了一圈。

这也是个依山而建的村落，每一栋房子，就像层累"梯田"上的一棵庄稼。拾级而上，有的人家修饬一新，更多的人家大门紧锁，细心的，还不忘把家门口一株红豆杉用塑料袋罩起来。

在村子中间，我遇到一位中年人，他告诉我，因为不通公路，生活很不方便，孩子上学全部要送到山下，所以，慢慢地，越来越多的人干脆搬了出去。目前，村子里只剩下不到三分之一的人，大都是老年人，还有周末回来探望的孩子。"再过几年，村子里就没有什么人了"，他指指他家的两层徽派小楼，"做这房子的时候，材料全部是找人一点一点扛上来的，花了十几万呢。"

递给他一支香烟，我和他蹲在他家的平台上，远远地，是另一座山的山头，脚下面，不知道是谁家的屋顶。他一脸愁容，我满眼空虚。

他对我笑笑，起身回屋。我听到下面喊我"吃面条喽"。

第三辑
一方食材一方人

1984年的一碗干扣面

一九八四年夏天,一个孩子开始了人生第一次忧郁。他的忧郁缘于那年的中考。当时几乎所有的初中生,尤其是农村的孩子,都希望初中毕业后考入粮校、商校、银行学校之类的中专,再不济也要考上师范学校,毕业后不但分配工作,农村户口也自然变成了城市户口,成为"吃商品粮"的,可以穿着四个兜的中山装成为国家干部,否则,只好接过父辈们的锨耙耩犁回到农田,继续"修理地球"。

那个孩子在当年的中考中败北。十三岁那年的春天,他曾在麦地里割草时对小伙伴们发下誓言:如果考不上中专,就一头跳进溉河。一直到今天,他还记得自己指着河面时的坚定和肃穆。如今,誓言落空,等待他的是要么复读,要么回家种地。

孩子把自己反锁在房间里整整三天,他的母亲在门口流着眼泪守候了三天,饭菜凉了又热,热了又凉,作为一个农村妇女,她只能用最平常的方式表达着对儿子的关切,此外,她实在不知道还能做些什么。直到第三天,邻居告诉她,有一个邻居在县城中学当老师,他也许会有办法。

在母亲低三下四的反复哀求下,孩子终于走出房间,答应和母亲一道去一趟县城试试。

那是他第一次去县城,也是母亲为数不多的一次。

早上天不亮,他们挤上去县城的第一班车,到县城时,人家还没有起床。母亲带着孩子来到一家干扣面馆。干扣面是涡阳特有的一种面食,只在早上出售。先在碗底放两勺蒜汁,加上用葱白切成的葱花和酱油醋麻油胡椒等佐料,洒上芝麻和辣椒粉,用滚烫的沸油浇上拌匀。再用煮熟的黄豆芽铺到碗底,一碗香辣鲜艳的调料就算完成了。

面是加了碱的,颜色略微发黄,比一般的面条略粗。滚水煮好,捞出,盛在放了调料的碗里。不过,涡阳的干扣面一般不用碗盛,而是用更大些的搪瓷小盆,便于拌开。对于口馋的人来说,拌匀的过程中已经口水大动,单是那香味已经让人的口水微微沁出,一口下去,瓷实极了。

吃干扣面一定要配上一碗清冽的豆芽汤,豆芽汤是免费供应,目的在于解腻,如果愿意,还可以在豆芽汤里打上一到两个荷包蛋,面条浓烈香辣,豆芽汤清爽可口。碰到奢侈的主顾,还会加上几块钱的狗肉,配上几粒蒜瓣,那叫一个杀馋。

一九八四年的那个早上,母亲带着那个孩子怯生生地走进面馆,指着食客桌上的面说:"给俺来一碗,加两个荷包蛋。"孩子诧异地问母亲:"娘,你不吃?"母亲说:"娘不饿,喝点豆芽汤就饱了。你几天没吃饭了,多吃一点吧。"

孩子擦了一把眼泪,吃下了人生第一碗干扣面。母亲眼睛眨也不眨地看着孩子的吃相,又从口袋里拿出手帕,打开,数了一下手帕包着的纸币,抽出两张五毛的钞票,对店主说:"再给俺加1块钱的狗肉。"

"娘,我不吃了,真吃不下了。"孩子带着哭腔说,然后把头埋到盛豆芽汤的碗里,眼泪啪嗒啪嗒滴落到金黄色的豆芽汤里。

后来,那个孩子听从了邻居老师的劝告,上了高中,之后考上大学，在省城工作安家。

现在，干扣面馆遍布涡阳的大街小巷，成为涡阳这个以种植小麦为主的县城代表性的美食，甚至有人把涡阳干扣面和兰州拉面、重庆小面、武汉热干面一起并称中国四大面条。

每一次回涡阳老家，当年的那个孩子、如今已入中年的我一定要去吃一次干扣面。可是无论在哪一家面馆，再也吃不到当年的味道。但每一次吃干扣面，我总会记起母亲的眼神，记起母亲皱巴巴的手帕，记起母亲点面时缺乏底气的声音。

不久前，和母亲说起这件事，母亲显然已经淡忘了当时的情景，她只记得我把自己关在房间里三天时她的担忧："我那会真的吓坏了，生怕你想不开做出傻事。哦，那次去县城，还是从邻居你高姨家借了三十块钱呢。"

炸馓子的老勤叔

一进腊月,老勤叔就成了街上最受欢迎的人,家家户户都赔着笑脸去找他:"你哪天有时间,能帮俺家炸馓子?"

无论是允诺,还是拒绝,老勤叔都朗声呵呵笑着接过人家递过来的香烟,然后掰着指头算日子,能与不能,立刻有个答复。

过了腊月二十三,我们才开始准备年货:太早,没有年味,准备的东西易被提前吃掉,怕过不到二月二;太晚,又担心找不到帮手,临时抓瞎,年也过得不顺心。

现在好了,无论什么样的年货,在商场超市都能买到,而且,过了年初六,各家店铺纷纷开门,谁费劲地自己做呢。

小的时候,过了正月十六,年才算过完,商贩才陆续开门营业,年前准备的东西,有的要吃到二月二。龙一抬头,万物复苏,一切回归正常,该下地的下地,该上学的上学,该打孩子的打孩子。

说起来,那个时候准备的年货少得可怜。一般的家庭,把平时积攒下来的白面和香油拿出来,炸上一草篓子馓子,蒸上几百个白面馍,再准备些猪头、羊头、猪下水、羊杂之类的便宜货,基本就算齐了。只有家境好的,才会买上猪腿、羊腿这样的精细肉,再讲究些的,还要做好各种"合碗",就是把肉切好,配上不同的配菜和调料,先蒸出来放着,吃的时候,放箅子上一馏,热

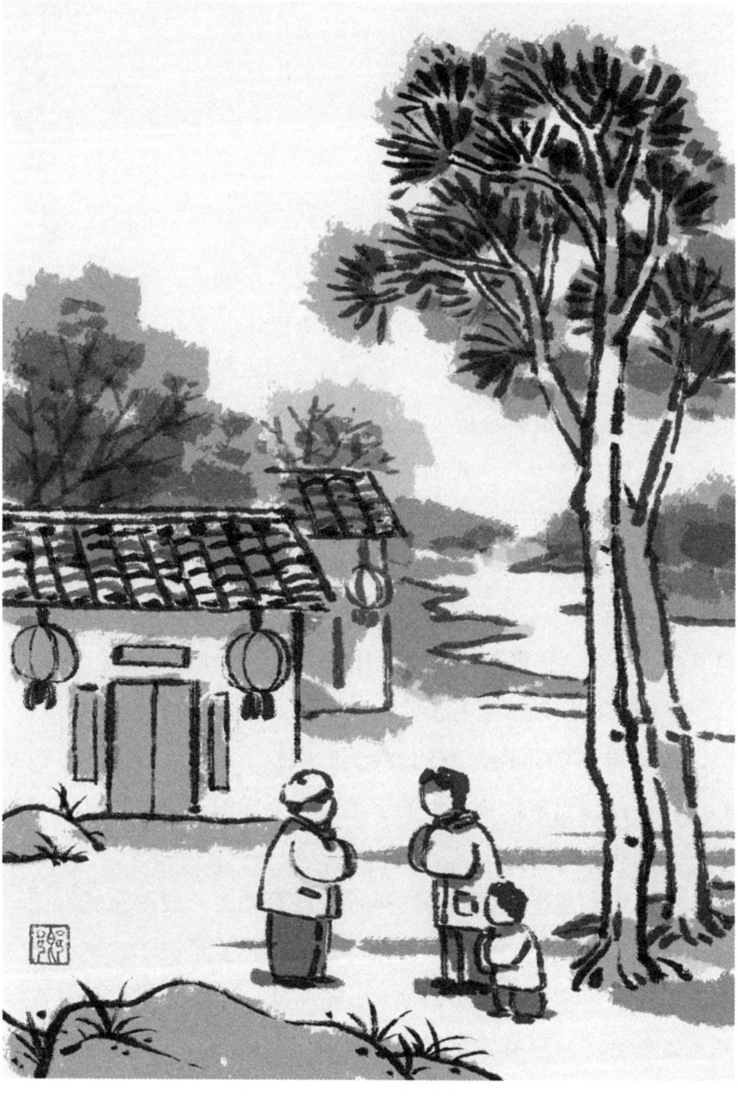

腾腾颤巍巍的，肉香四溢。

在镇上，会炸馓子的人不超过十个，大都是自学成才，手艺粗陋得很。其中，手艺最好的，就是老勤叔。他在商业联社所属的饭店当厨子，主要负责炸油条、炸馓子、包包子。

母亲也在商联工作，和老勤叔算是同事，算起来，和老勤叔还是拐弯亲戚，所以每年年前炸馓子的活计，老勤叔都会提前安排。

到了炸馓子的那天，一大早，老勤叔就端着一个大罐头瓶做的茶杯过来，泡上一杯酽酽的浓茶，和父亲一边聊天，一边抽烟，等把茶喝饱，他站起来洗洗手，把面倒进一个硕大的黄釉土陶盆里，加上称量好的盐，兑上水，开始和面。

老勤叔粗壮油亮的胳膊上下翻动，左右闪烁，如同一个身怀绝技的太极大师，散开的面粉在盆里不停搅动，最终变成光滑洁白的一团，温顺地躺在盆里。老勤叔拍拍面团，让母亲找一个布单把面盖上"醒着"。之后老勤叔端着他的大茶杯，又去了下一家。

到了午后，面醒得差不多了。老勤叔准时赶来，把面铺在案板上，不停地揉着，再切成均匀的几份，开始盘条。盘条是一项需要耐心的技术活，就是把面搓成拇指粗细的长条，不能断，在一个抹了香油的盆中一圈圈盘起来，每盘两层，就要再舀一勺香油倒进去，保证面条全部浸泡在香油里不至粘连。

腊月天黑得早，条盘好，差不多就是晚饭的时候了，母亲早已准备了几盘好菜，拿出平时舍不得喝的酒，不善言谈也没有酒量的父亲陪着老勤叔喝上几杯。老勤叔说话底气很重，脸膛黑中泛红，油汪汪的。常年的劳累和烟熏火燎，让他患上了严重的气管炎，稍微累一点，直喘粗气，喉管里不时发出嘶嘶的声音。按说，气管炎是不能抽烟喝酒的，但老勤叔不管，烟照抽，酒照喝，有时喝多了，还站在街口中气十足地骂人，多数时候，他骂的是老勤婶，因为老勤婶老是阻止他抽烟喝酒。其实，我从他和父亲聊天中得知，他之所以经常骂老勤婶，主要还是因为老勤婶连续生了四个女儿，却没有给他生一个儿子，他憋屈得很。

我们那里的规矩，家里来客的时候，女人和孩子是不能上桌的，只能躲在厨房里吃饭。但是，孩子在厨房吃着寡淡的素菜，心总是记挂着堂屋里饭桌上的肉。我总是借口给老勤叔续茶水，一趟趟去堂屋里，眼睛不停地在饭桌上逡巡。每到这个时候，老勤叔都会搛起一大块肉递给我。我双手捧着肉，快步从堂屋里出来，回到厨房，放到碗里，一点一点慢慢品尝，如果是卤牛肉，一定会撕成一条一条，再细细咂摸。

背后，老勤叔洪亮的笑声随之响起。

在那种毫无遮拦的笑声里，我对老勤叔产生了深深的亲切感，以至于对他和我同班的女儿也有了莫名的好感。

等把所有的面盘成条后，一盆盆地挨着，油汪汪地，在煤油灯下如同无数冬眠的黄鳝，温顺极了。

锅里的油烧得沸腾了，老勤叔把最先盘好的那一盆端过来，把一个类似"上"字的木架子拿过来，从盆里捞起拇指粗的面条，一只手捏住，另一只手虚握住面条，绕毛线一样，在木架的横木条上顺时针绕动，一边绕一边抻，拇指粗的面条自然而然地变得麦秸一样细，整齐地排成十几个"O"，再掐断，用面的一头在"O"里穿过去，系个结，双手一转，唰唰唰连抻几下，"面线"兜着优美的弧线在他两手之间撑着。

母亲（有时是父亲）用两根长长的竹筷从"面线"间穿过，接过来，放到油锅里，等炸至略成型，一边的竹筷斜着翻过来，让"面线"从中间弯折，形成一连串排列有序的"U"。然后抽出竹筷，剩下的就是不停地翻着，直到炸成金黄，捞起，控油，馓子出锅了……

如果翻炸馓子的人手够灵活，还可以把馓子炸成麻花状的长条，但那样不好储存，太长，容易折断。所以，一般只炸一小部分，等年初一时拿出来招待客人，体面。

老勤叔抻出的馓子，极细极匀称，所以炸得透，吃起来酥脆香，不像那些二把刀，抻出的"面线"粗细不均，一把馓子炸出来有的发黑，有的发白，像个愣头青。

老勤叔说，抻面的手艺可以慢慢练，但是炸馓子最主要的功夫在和面上，"他们是学不来的"，老勤叔说到这里，得意地呵呵大笑，接着猛喘几口气，喉咙里发出轰轰的声音。

馓子炸好，已经是半夜。老勤叔一边耳朵上夹着一根香烟，拎上母亲给他准备好的几瓶酒，一条烟，几斤肉，在父母一叠声的谢谢中呵呵笑着消失在冬夜的黑暗里。

第二天，已经晾好的馓子被整齐地码放进草篓子里，盖上盖子，等年初二走亲戚时用。掉下的碎条，我们弟兄几个每人分到一堆，美美地吃上一顿。

炸馓子就趁香油，有的人家没有那么多麻油，就用猪油炸馓子，凉了之后馓子上结一层淡淡的白霜，不好看，吃的时候口感也不好。

从十多年前，越来越多的人家不再炸馓子了，一个原因是有人春节前专门炸馓子出售。更重要的原因是年货丰富了，有了肉，谁还在面上做文章？

回老家过年，母亲也给我买了一些馓子带回来，怎么也吃不出老勤叔炸的味道。

老勤叔所在的商业联合社也在那个时候解散了。他在街上摆了个摊子,炸油条、做生煎包,生意还挺红火。

但他的酒瘾越来越大,炸油条的间隙,还得从摊子下面拿出酒瓶,抽空喝两口,再红光满面地忙活。

帮着烧火的老勤婶翻眼看看他,不吱声,低头继续烧火。柴火红黄的光照下,老勤婶的脸苍白中带着焦黄。

那一天,逢集。街上的混混大山站在老勤叔的摊子前不走,老勤叔用纸包了一兜油条笑着递过去,大山接过来,仍然不走,一只手坚定地向老勤叔收钱的抽屉伸着。

老勤叔捡出两张两元钱纸币,脸色已经憋得发紫,嘴角微微抖动,但脸上依然笑着。

大山把钱拿在手中,在油条包上拍了几下,突然把一包油条朝着老勤叔扔了过去,"你打发要饭的呢!"

老勤叔拎起案上的菜刀就向大山扑过去。

突然,蹲着烧火的老勤婶像一只瘦弱的灵猫,窜起来挡在老勤叔面前,夺下老勤叔手里的刀,一头撞向大山的胸口。

"好男不跟女斗",大山说着,落荒而逃。

老勤叔扶着案板,喘气越来越急越来越短,慢慢倒了下去。

那以后,老勤叔就像中风一样,腿脚不再灵活,喘得更加厉害,但还能支撑着维持生意,只是喝酒的频次更高了。喝了酒,难免说话口气冲,经常和顾客吵架,生意也就慢慢冷清了下来。

老勤婶整天不说话,默默地出摊子、烧火、收摊子。她的脸色越来越白,身子越来越单薄,街口风大,我常常担心她有一天会被风吹走。

果然,有一天上午,老勤婶正烧着火,头一歪,身体委顿在地上,死了。

她的命,被风吹走了。

老勤婶死后,老勤叔喝酒更加没有节制,听说半夜里起夜,都要灌上几口。

一年之后,老勤叔也死了。他的女儿,也就是我的小学同学后来告诉我,老勤叔夜里喝了一瓶酒,然后把之前喝过的空瓶子都找出来,摆放在老勤婶的遗像前,才倒头睡去。

这一睡,老勤叔再没醒来。第二天,邻居看他晌午了还没开门,砸开门,发现老勤叔已经凉了,他放在床头当茶杯的大罐头瓶里,还有半杯白酒。

红芋饭，红芋馍，离了红芋不能活

《舌尖上的中国》总导演陈晓卿来合肥为他的新书《至味在人间》与读者交流，其中一个嘉宾是前安徽电视台主持人、学者、网络上著名的"高老师"高健健，她分享了一个发生在她老公和女儿之间的亲情故事：女儿觉得烤山芋是人间至味，所以，给爸爸留了一个，还不停地催爸爸吃，爸爸推辞了两次之后，不得不说出实情——小时候吃山芋吃多了，所以现在一吃山芋就反胃。

高老师是著名的冷幽默型段子手，她说得绘声绘色，极有画面感。坐在下面，我能脑补出这对父女之间对话的温馨场景，甚至能嗅到烤山芋的香味扑鼻而来，但最引我共鸣的，还是那个词"反胃"。

淮北平原，农作物一年两熟，收了麦子种山芋，拔了山芋种麦子，所以小麦和山芋是主要的口粮，至于大豆和玉米，也种，但不是主要粮食。

小麦的做法比较单一，就是磨成面粉，然后以面粉为基础做出各种面食。而山芋，既可以直接煮了吃，也可以切成山芋片晒干，之后花样翻新。小麦做出的食物，洁白润滑，宛如城市里鲜衣怒马的少年；而山芋做出来的则一概黑乎乎的，怎么看都是风吹日晒的农家子弟。恰是这一白一黑，陪伴着很多人走过丰年和饥荒，也由此照出殷实和贫瘠。

父亲是供销社职工，吃商品粮，家里没有地，粮食都是买来的，当然是面粉居多，所以，我家虽然弟兄六个，但吃的都是白面馒头，这样的人家，在我们街上为数不多。我印象最深的是，乡下的亲戚赶集，中午留在我家吃饭，母亲总是想方设法张罗几样我们平时都吃不到的菜，煮上一大锅稀饭，馏一筐子白面馒头。吃饭的时候，母亲让我们弟兄几个在厨房吃寡淡的素菜，却让父亲在堂屋里陪亲戚喝酒，一个劲地劝人家"吃菜，吃菜哦"。母亲知道，乡下人辛苦，饭量又大，除非过年，平时难得吃到肉和白面，所以总是让人家酒足饭饱。一个表哥吃了四个馒头后，面对母亲又递过来的馒头，连说"不吃了，吃饱了"，母亲不容分说地说"再吃一个吧"。最后，母亲把馒头放到他的稀饭碗里，表哥愣了一下，用手拿起饭汁淋漓的馒头，几口就吃了下去。

可是，我家还有那么多等着吃饭的嘴张着呢，兄弟六个正是长身体的时候，无论父母怎样拆借腾挪，家里的粮食总是不够吃。我的父母放眼整个淮北大地，能够借以果腹的，只有山芋了。

霜降前后，山芋在土壤之下积储了夏秋两季的阳光和水，汁水饱满。那是山芋硕大内敛的乳房！遇到饥馑荒年，人和动物一起扑向大地的怀抱，扑向这朴实健硕的乳房，靠山芋洁白的乳汁度过寒冬和荒凉。

一夜霜紧，山芋的叶子便由油绿变成黑褐，没精打采的，如同暮年的老人，失去制造营养的能力。乡亲们手搭凉棚，遥远天际，"这红芋，能收了。"

我们老家，把山芋叫作红芋。淮河流域，甚至再远一点的黄河流域，也有叫红芋的。

牛拉着犁靶从乡村走向田地深处，走向一年中最后的收成。

犁铧锃亮，闪着深秋的光泽，无声没入土地。"驾！"鞭梢在寂寥的空中炸响，土地被再次翻开，红芋肿胀着跃出土壤。在我看来，收割麦子仪式感太重，程序整齐划一，总不如收获红芋时的亲民——麦子，可以直接吃吗？

红芋能！

大人们在犁地，脸色凝重，仿佛在谋划一个巨大的蓝图。孩子们可不管这些，我们总是能从四季的田野里找到属于自己的快乐。收获红芋的时候，我们最大的乐趣就是烤红芋。从被翻出的红芋里捡出修长圆润的那个，在地头挖一个半开放的坑，坑里烧火，火上面架上树枝，将修长的红芋摆放在树枝上面，我们就趴在地上，嘟着嘴对着土坑使劲吹。秋天的田野青烟袅袅，大人和牛看惯了我们的把戏，熟视无睹，慢腾腾地犁过去，再犁过来。

大火是烤不熟红芋的，即使把红芋的皮烤成焦炭，里面仍然生硬。最好的办法是把树枝全部点着，让整个土坑堆满火，直到把周边的土也烧得滚烫，这个时候，把红芋往火坑里一扔，用热土一埋，然后我们各自去游戏，只留下红芋被热土紧紧包裹——这样焐熟的红芋才通体绵软，掰开，白气氤氲，又香又甜。

我能有这样的经历，其实得感谢曾经的农业生产队时代。生产队收红芋，大家集体劳动，记公分，像我们不属于生产队的孩子，可以和生产队的孩子一起参加劳动，不记工分，不参与劳动成果分配，但可以在劳动时随便吃。

红芋收完之后，深秋的田地里堆满了小山一样的红芋，队长和会计拿着账本，按户分好。分到红芋的人，先是用板车拉回家一些，在每家的院子里，早已挖好了一个地窖，把红芋一筐筐送到地窖码好，一直把地窖码满。剩下的，就留在地里，切成片，就地晾晒，两个太阳之后，再把粉白干燥的红芋片收回家，过冬的粮食就算齐备了。

父亲也在院子里挖了一个红芋窖，虽然不能参与生产队的红芋分配，但左邻右舍总会在这个时节你一筐我一筐地送来。红芋如果不及时藏到地窖里，冬天一来，容易冻坏。那些乡下的亲戚，也在赶集的时候顺便捎来一麻袋红芋，我的父母总是聚沙成塔地把所有能吃的东西储存起来，他们看不到日子的艰难将延续到什么时候，他们必须小心翼翼应对随时可能出现的断炊问题。

扶犁收红芋的人，大都有一颗菩萨心肠。犁地的时候，总是故意在田垄中间提一下犁铧，或者在田边上早早地让牛转弯，这样，就在不为人知的地方留下了红芋，也给所有的人留下了公平的寻找红芋的机会——生产队收获后的田地叫"放敞"，谁都可以去捡拾遗留下来的果实。

于是，我们挎着柳条筐，提着铁锄，一块地一块地翻检，我们叫"shen红芋"。"shen"理所当然是个动词，意思是用锄头扒开土，寻找藏在土里的红芋。我猜，应该写作"审"。你想，一个人一点点扒开无边的土壤，找寻不知藏在何处的一枚红芋，可不是"审"吗？

"审红芋"，其实应该是"审地"，极其消耗体力，有时一垄地翻到头，也许一个红芋找不到，运气好的时候，会在面积极小的土里找到整棵的、累累的红芋，我们把那样的地叫"红芋窝"。谁找到了"红芋窝"，其他人立刻蜂拥而至，在旁边使劲扒

169

起来，仿佛红芋也和鱼洄游一样，成群结队。

那短暂的几天，也是我家丰收的时节，别人家忙着晒山芋干，收山芋干，没时间，也不屑费那么大力气"审红芋"，我们得趁这段时间把别人不要的红芋收归家中。

我们弟兄六个，每天上午下午挨个出去一趟，到晚上，就能收获十二筐红芋，你想，那是多么壮观的一堆！

我的父亲母亲在我们疲惫睡去之后，坐在一堆红芋旁，把完整的红芋拣出来，收藏在红芋窖里。被犁烂的、小的，单独堆放，它们将在随后的日子里率先被吃掉。

第二天早上，母亲已经煮好了一大锅红芋，我们每人盛一碗，蹲在院子里吃，吃饱了，再挎着柳条筐，提着铁锄去"审红芋"。

"一斤红芋八两屎，回头看看还不止"，这是老家的一句民谣。由此可知，红芋其实是没有太多营养的，偶尔吃一顿还行，顿顿都吃这个，胃实在受不了，往往是还不到中午，人就开始饿了，明知道回家也没有东西吃，就在地里挖个坑，继续烤红芋吃。说起来，烤红芋就是比煮出来的红芋香，尽管不想吃，毕竟扛不住饿，幸亏烤红芋的香甜能骗过味觉。

大人们当然知道连续吃红芋会"反胃"，就是胃里往外冒酸水，他们创造性地发明了"治疗"反胃的办法：再吃饭的时候，除了一碗接一碗的红芋，每人还能分几条腌萝卜，吸溜吸溜吃几口红芋，咔嚓咔嚓咬几口腌萝卜。别说，还真有用，胃里不冒酸水了，人的味觉也不再单调了，日子一下又有了奔头。

好一点的人家，除了提供腌萝卜条，还有生花生吃，治胃酸有奇特效果，但不是每家都能吃到生花生，像我家，弟兄六个要是都吃，那还得了。我的父亲母亲供不起花生，能供应一句话

"红芋饭,红芋馍,离了红芋不能活"。他们说这话的时候面带虔诚,让我们对着手里的红芋产生巨大的敬畏,并在敬畏中食而不知其味地吃到肚里。

红芋馍,其实就是把红芋干磨成粉后蒸出的窝头。现在流行吃粗粮养生,很多饭店把红芋面窝头当成菜品出售,对此,我只能哑然失笑,遇到有朋友点这道"菜"时,我总是警告他(她):"在窝头上来之后、我看到之前,请你们必须吃完,否则,拒绝买单。"

我还真不是矫情,现在饭店提供的窝头,大都是掺了面粉的,所以暄腾腾的,品相也好。在那时的乡下,纯红芋面做出的窝头,黑黢黢的,而且必须趁热吃,一旦凉了,像干泥巴一样坚硬,根本无法下口。而且,窝头吃到嘴里,又粗又淡,咬一小口,掉一地渣。于是,我充满智慧的乡亲们迅速找到了一种吃窝头最佳的搭档:腌辣椒,还是那种辣得你跳脚的辣椒。一口下去,口舌着火,只好猛啃窝头,不知不觉,几个窝头就啃了下去。吃完后,嘴一抹,还志得意满地说:"窝窝头配辣椒,越吃越添膘。"

直到今天,我之所以能够保持魔鬼般的身材,真得感谢那些年"红芋饭,红芋馍"的日子,让我正在发育的身体塞满了营养贫瘠的红芋,失去了日后肥胖的基础。

如果说红芋还有可口的吃法,过程则要复杂很多:把红芋打碎,挤出汁水,沉淀后做成山芋粉丝和凉粉。不过,这已经不再具有粮食的意味,而是以菜的形式出现在节日期间的餐桌上。

下雪的时候,年还在路上。推开门,寒风裹着雪花扑面而来,母亲提着篮子,蹚着齐膝的积雪,揭开红芋窖的盖子,踩着梯子走下去,过了一会儿,提了一篮子红芋上来,我们一家人的饭就有了。这样的场景，往往会延续到开春。春天一到，即使深藏地下，红芋也会发芽，发了芽的红芋，很少有人吃了，大多用来喂猪。贫穷的年代，这样的时节叫春荒。

红芋窖是一个温暖却充满危险的地方。冬天的时候，红芋窖里温暖如春，四壁都热得汗涔涔的。街上的"五保户"老牛，一到冬天，家里冷，就搬一张床到红芋窖里过冬。不料，那年腊月二十三死在地窖里，原因是那一年他分的红芋多，都堆在地窖里，红芋也是要呼吸的，红芋呼出的大量二氧化碳导致老牛窒息而死。

这是否能够说明，庄稼和粮食既能养人，也能伤人呢？

我想一定是的。

《本草纲目》《本草纲目拾遗》等古代文献记载，山芋有"补虚乏，益气力，健脾胃，强肾阴"的功效，使人"长寿少疾"，还言之凿凿地说，山芋还能补中和血、暖胃、肥五脏等。当代《中华本草》说山芋："味甘，性平。归脾、肾经。""补中和血、益气生津、宽肠胃、通便秘。主治脾虚水肿、疮疡肿毒、肠燥便秘。"现代研究营养学的专家们也说，红薯对于排毒养颜抗衰老方面有效果。

我一向对科学无比敬畏，所以，这些说法我都信，也信山芋具有一定药效。但，如果一个人每天把药当饭吃，结果会不会和把饭当药吃一样？

好在，农业合作社的时代很快过去，土地又重新分给各家各户，自己田里的红芋，农户一个也不会落下，"审红芋"就成了徒劳无功的活计，戛然而止。就在同一时候，商品开始丰富着集市，只要有钱，粮食可以随便买。也就是那个时候，我的大哥已经开始工作，二哥和三哥去了部队当兵，家里一下走了三张嘴，口粮便有了富余，用红芋接济粮食短缺的日子也就结束了。

从此，我和高老师的老公一样，再吃不得一口在别人看来俨然美味的红芋。

五马长枪弄银丝

办公室对面的银泰城四楼,有一个薛家老店,专门做陕西面,一直顾客盈门。我常去点的是三合一肉片面,实在;偶尔来一份臊子面,酸爽;如果再喝上一瓶老酸奶,简直就是一中午的完美。旁边,一度还有家锅品面吧,生意有些惨淡,关门了。银泰城北面的马路边,有一家太和板面馆,地道的皖北味道,什么都好,就是太辣,对我这个闻辣出汗的人来说,又爱又恨。东边,一间小小的门脸,做的是锅盖面,又是江南口味了。

办公室西面,合肥市政府的群楼里,有一家宽虹宾馆,一楼却开着一家陕西面馆,低调得很。若带着前一天的宿醉,来一份微辣的猪头肉面,汤汤水水地吃下去,顿时神清气爽,精神了不少。去那里最大的好处是,忙了一上午,约几个同在附近上班的好友,出办公楼散步,一路上花花草草四季不同,花木中穿行,一抬头就到。看着美景,食着美味,聊着八卦,不但解乏,还能为下午的工作长劲,比喝咖啡强多了。我们这些来自农村的人,咖啡是喝不惯的,也不像。

原来在宿州路上班的时候,逍遥津的西门边上,有一家刘记拉面,应该是合肥当地的土著面条。去刘记拉面,更多的是为了吃那里的牛肉,酱油色的卤牛肉盖在面条上,红油汪汪的汤汁和翠绿的香菜,扑面而来的是半江瑟瑟半江红的感觉。吃的次数多了,会上瘾,也会忽略小面馆简陋甚至有些污浊的环境。

再早些,刚到合肥的时候,经常去廻龙桥附近的007,也是牛肉面,而且是合肥名气比较大的老面馆了。华灯初上,树影昏暗,在店门口的板凳上一坐,一碗又香又辣的牛肉面引得人食欲大振,如果再叫一盘凉拌黄瓜,那一晚的人生立刻了无遗憾。

此外,合肥名气比较大的,还有胖姐面馆、春芹面馆、牛一嘴面馆,都是合肥人耳熟能详的烟火小吃。这几年,合肥变大了,一些外地的面馆纷纷前来试水,重庆小面、武汉热干面,甚至老家涡阳的干扣面,都能轻易见到。

面条真是种好食物,不挑人,平民出身,却也进得了权贵朱门;既能当主食,也可以作汤食;健康的人可以充饥,生病没了胃口的人可以拿来滋补;旅途奔波的江湖侠士呼哧呼哧连吃几碗消得了风尘的疲惫;绣楼闺阁的千金小姐掩口吃下半盏也抵了一顿美餐。面粉金贵的日子,用山芋面或者豆面,也能擀出筋道的杂面条,煮出来,撒上一把晾干的芝麻叶或者莴笋叶子,只要辣味能掩盖杂粮的粗陋,不是一样吃得满头大汗?

说起来,合肥虽然是一座省会城市,毕竟是从县城成长起来的,也算草根吧,所以一点架子也没有,很有些面条的气质。北方面条,南方米饭,合肥不南不北,当地没有特色明显的美食,也不对面食或者米饭特别偏好,反倒对四海八荒的美食一概包容。这么说吧,不出一环,各种菜系、各地的小吃都能找到不错的去处,而且不显得冒失。尽管由于食材和佐料以及烹制手法的原因,或许没有当地的美食地道,但足不出合肥,能吃遍全国,无论如何都不算一件坏事。

某天上午,朋友在微信群里推荐一家面馆,朋友的话极具煽动性,寥寥几句,就呈现了色香味俱全的画面,逗弄得人馋虫蠕动。中午一下班，立刻驱车从政务区疾驰到北城，虽然最后呈上的面条味道不过尔尔，但这样穿过大半个合肥去吃面，多少有些"老夫聊发少年狂"的意味，说走就走的旅行，大体也是如此了吧。

和皖北很多家庭妇女一样，我的母亲是个做面条的高手。我小的时候，就喜欢看母亲擀面条。原本是一团面，被母亲用擀面杖左一下右一下，慢慢碾成一张溜圆的薄饼，然后像纸一样折叠成一层层的长条。母亲右手持刀，左手轻按面，刀进手退，切下宽度均匀的面条，再洒上一些面粉，用手一抄，空中一扬，面条柔柔松松地落在案板上，像极了新开的金银花。

家里人口多，有时一顿饭母亲得擀三剂面条，就是把三个面团变魔术一样做成面条。面条擀好时，一大锅水已经沸腾，母亲把面条下到锅里，用一根长长的筷子翻动。原来的一锅清水，因为面条携带着面粉，很快变成牛奶一样白的汤汁，煮熟的面条，由洁白变得透亮。再洒入切好的白菜、青菜，清清白白的，如同一汪湖面飘着翠绿的水草和银丝。

每盛一碗，母亲都用筷子伸进油瓶里蘸几滴麻油，油花晶晶亮亮，厨房里蒸汽袅袅，面香幽幽。引得我们兄弟几个小鸟一样朝厨房飞去。

最后，我们兄弟几个各自端着自己的饭碗，在院子里或坐或蹲，稀里哗啦地吃起来。母亲总是最后一个吃——她在厨房里总是有干不完的活儿。等我们吃饱，她才端起剩下的面条，坐在锅台后面，默默地吃。

麦收前粮食青黄不接，吃一顿白面条就成了奢侈。母亲总能变着法儿填饱一家人的肚子。掇一瓢面粉，掺一瓢山芋面或者豆面，做出的杂面条，仍然让我们吃起来津津有味。

入了冬天,面粉越来越少,连豆面也紧俏了,母亲只能精打细算,擀的面条分量不到平时的一半。下面条的时候,沸腾的锅里已经煮熟了半锅山芋,母亲盛出的面条啊,从上面看依然银丝缠绕,用筷子一抄,才发现埋了半碗山芋。

山芋吃得多了,漕心,胃里泛酸水,母亲的办法是,给每人碗里放两个腌萝卜条。别说,一物降一物,还真有效果!

人对食物,不但有记忆功能,还能筛选,时至今日,我对面条情有独钟,却对山芋避而远之。大概,就是不喜欢山芋粗蠢的样子,却非要往面条下面藏的缘故吧。

成家后,又多了一个人给我做面条,我岳母。

岳母家境要好很多,至少,一家人吃饭不需要瓜菜代,更不会在面条下面藏着山芋来"哄骗"我们的胃。

北方人讲究下马的饺子上马的面。每次从省城去岳母家,第一顿未必是饺子(现在谁还稀罕饺子呢),但最后一顿,必定是面条。

说实话,岳母擀面条的手艺不比母亲差,做出的面条花样,一定比母亲多。清汤寡水的,有蒜面条,最大的特色是汤,蒜苗切碎,兑上醋,微辣微酸,一碗面半碗汤,绝不会吃撑,而且越吃胃口越开,人也被汤水滋润得神清气爽。

大荤大肉的,有卤面。这就得岳父帮忙了。岳父原来在部队当过司务长,厨艺出色。他把五花肉切成丝,配上蒜薹、黄豆芽、豆角,炒成卤菜。等岳母把面条擀好,把水烧开,放上蒸屉,撒一层面条,浇一层卤菜,层层堆积之后,大火蒸熟。起锅时再浇上麻油,连主食带炒菜,全都有了。而且,卤菜的汤汁在蒸的过程中,味道全部浸入面条,吃起来油而不腻,口唇生香,连对肥肉忌惮的人,也会把肥肉清清爽爽地吃下去。

岳母最拿手的，是做杂面条。日子好了，人的口味就刁了，白面条吃腻了，就想吃杂面条换下口味。岳母擀出杂面条之后，往往是用晾干储存的芝麻叶、莴笋叶、萝卜缨一起下锅，当然，自然少不了炒好的肉末，没有肉末，杂面条和干菜叶难以下咽，寡得很。人就是这样，再怀旧，总得有优良的生活作为支撑，否则，就不是有情调的怀旧，而是真的往糟糠里回归了。

别的人盛面条用的是碗，岳母给我盛面条用的是盆。

我端着盆吃面条的时候，总能看到一双双藏在碗后面的眼睛，还有被碗遮住的偷笑——妻弟妻妹们，还有侄子外甥们，全部停下来，看我在面条盆里捞起大串面条——他们看他们的，我照样吃我的，谁没有个喜好呢。

后来，岳母也觉得老是用盆给我盛面条有些不雅，就给我换了碗。那是什么碗呢？这么说吧，别人用的是普通的碗，我用的一定是家里最大的碗，分量大约相当于他们的一倍。

岳母的这一爱婿之举，迅速被她女儿继承了下来。

我说想吃面条了，夫人一通张罗，端上来的，果然是一大盆面条。

吃得兴起，我干脆蹲在客厅的木地板上，靠着沙发，捧着盆吃。从小的时候，我就这么一路吃下来的，哪怕一碗再精致的面，都要五马长枪地吃，这才是最解馋的姿势——我一直这么以为。

春在溪头荠菜花

公元1181年,即南宋淳熙八年冬,四十一岁的辛弃疾遭遇弹劾,隐居江西上饶。此前,他的职务是隆兴(南昌)知府兼江西安抚使,也是一方大员,但辛弃疾显然对这样的地方官吏不感兴趣,他心中有着更大的理想,那就是抗金北伐,收复失地,为此,他曾向朝廷提交过《美芹十论》《九议》之类的雄文。

辛弃疾的军事才干是有的,二十一岁时,他曾聚集两千多人,加入耿京的队伍抗金,并率领五十多人冲进数万人的敌营,把杀害耿京的叛徒张安国擒拿回建康(南京)斩首。尽管他的勇敢和决断成为当时的美谈,但南宋小朝廷似乎对北伐没有足够的信心和计划。当个人的理想和政府的决策出现矛盾的时候,辛弃疾的内心无疑是苦闷的,而他刚拙自信的性格,也让他很难容于"只把杭州当汴州"仕林。他知道,迟早有一天,他会被"暖风熏得游人醉"的官场所抛弃。

所以,在隆兴知府任上时,辛弃疾开始兴建带湖庄园,并取名为"稼轩",他的号"稼轩居士"也是从那个时候使用的。巧合的是,庄园修好之时,恰是他罢官之日。此后二十多年,辛弃疾除了两年出任福建提点刑狱和福建安抚使这样的闲职外,大部分时间都在稼轩过着闲散的乡居生活。

"陌上柔桑破嫩芽,东邻蚕种已生些。平冈细草鸣黄犊,斜日寒林点暮鸦。山远近，路横斜，青旗沽酒有人家。城中桃李愁风雨，春在溪头荠菜花。"这首著名的《鹧鸪天·陌上柔桑破嫩芽》，便是在罢官之年写的。南宋时期，商业相对繁荣，但是城乡还没有呈现二元化，那时的城市，只是比乡村多了一些烟火气和商业气，少了一些野性罢了。但远近山河横斜的路，似乎只有乡村才有。转过山脚，一面青旗在春光里微微飘动，粗陋的草房，浑浊的米酒，对辛弃疾来说，算得上江南寻常景色，如果当垆的是一个绿袖的少女，更好。

似乎没有，从城中闲步而来的辛弃疾看到的，是溪边上星星点点的荠菜，开着白花的荠菜，氤氲着春的气息的荠菜。

从辛弃疾的老家山东历城，到客居之地江西上饶，荠菜随处可见，它们卑贱地委伏于土地。春来发芽，夏至枯萎，至冬而没，一岁一枯荣，是它们的冷暖自知，除了春天里提着篮子挖野菜的妇女和儿童，没有人会记得它们。只有辛弃疾这随口的咏叹，荠菜，才成了春天的象征，而且以最文艺的形式，第一次，也是最后一次。

按照辛弃疾词中描绘的景物，他这次乡村信步并且捧红荠菜，应该是在惊蛰之后。这个时节，荠菜冒出小小的白花，还不算老，挖回去，在溪水里淘洗干净，水灵灵的，别提多美味了。

荠菜有着锯齿形的柳条叶，趴在地上，散开着生长，很容易辨别。沿着田垄、溪边或者路边，随处都能找到荠菜。我听过一种说法，越是被踩踏过的田野，荠菜生长越旺盛。开始，我是不相信的。

住在学校的时候，出去和小伙伴玩耍的儿子忽然满头大汗地跑回来，说后操场上有好多人在挖荠菜。我拎着塑料袋子和铲子，果然在后操场的足球场上发现，到处是星星点点的荠菜。

那一天，用荠菜包的饺子，儿子吃得可欢了。

荠菜除了包饺子，还有很多吃法，比如做荠菜豆腐羹。清汤里豆腐白荠菜青，飘飘漾漾，再滴几滴麻油，黄澄澄地浮在水面，别说喝，光看，心里就是一片春光大好。

在江南，荠菜还可以和豆干凉拌，把荠菜焯一下，用手挤干水分，剁碎，豆干切成丝，油盐一渍，哗啦一声，倒在白瓷盘里，不但清香幽幽，整个春天都在盘子里笑着呢。

此外，还有荠菜炒虾仁、春笋炒荠菜，河里的、田里的、山上的，搭配在一起，你才知道，原来，春天，真的只在乡间和山间徘徊。

所以，辛弃疾说"春在溪头荠菜花"，其实是说，一株荠菜包藏着一个蓄谋已久的春天，城里没有荠菜，城里就没有春天，没有春天，桃李能不在风雨中发愁吗？

在北方，荠菜却没有这么精细的吃法。挖来的荠菜，连根带叶，先剁碎了再说，就像北方人遇到事，不管大小，先拍了胸口应承下来。细致点的人家，包饺子，清汤寡水的，倒也不失田野芬芳。豪爽且家境不错的，把剁碎的荠菜和同样剁碎的肉馅团成半个拳头大小，滚烫的油锅里一丢，滋啦一声，荠菜圆子在沸油中翻腾，由淡白而微黄而焦黄，捞出控油，可以用来红烧，也可以煨汤。别看荠菜圆子外面是红褐色的，筷子一夹，粉嫩的肉馅和青绿的荠菜依然不失本色。如果再讲究一点，荠菜圆子里再放一点荸荠沫，松而不腻，还有那么一点脆生生的口感，呀，好吃极了！

在我看来，荠菜有些寡淡，所以吃的时候，总要油大些才好。

其实，从田野里采来的野菜，就像流浪的孩子，总是寡淡的，必须有大油的滋养，才会有好的口感。

比如，同样初春榆钱，再迟一点的槐花和榾卜揪，如果没有油，根本吃不下去。当然，荒年是要另说的。现在，哪里还有荒年呢？

榆树叶子在枝头才成型，榆钱就一串串地挂着了。叫榆钱，太形象了，嘟嘟累累的，像极了串在一起的圆形铜钱，只是小些。和荠菜一样，榆钱也是南北随处可见，貌似，北方可能还多些，大概是因为榆树耐寒皮实吧。

吃榆钱，要趁早，也就那么几天，几个日头，一场风雨，榆钱要么老了，要么被雨打风吹零落成泥——这，也是榆钱撒娇的方式吧。

摘下的榆钱，常见的吃法是蒸。洗净，沥水，撒盐，拌上面粉，腌渍出的水分和面粉紧密裹在一起，搅拌均匀了，上屉蒸熟，浇上麻油，用筷子一拌，可着吃吧。小时候，我记得那样的时节，一到吃饭，好多家的人都用粗瓷大碗满满地盛上，端着，蹲在门口大口大口地吃，一个村庄，都是油汪汪的香气。

一般地，蒸榆钱要用好面（小麦面），好面黏性大，能把榆钱团再一起。清贫些的人家，舍不得用好面，就用山芋面拌榆钱，但必须略加一点好面以增强黏性，而且不能拌，一拌就散，必须团成窝头。这样蒸出来的榆钱，黑黢黢的，点缀着暗青色的榆钱，看起来就没有了胃口，吃的时候，要么捏着几瓣大蒜，要么抹上辣椒酱，不然，真的刺嗓子。我吃过一次，邻居家做的，嚼了半天，怎么都咽不下去。说起来也奇怪，咬一口大蒜，哎，还真就咽下去了。

那个时候，大蒜也不比野菜娇贵到哪里去，也是卑贱的物什，怎么能把同样卑贱的榆钱和山芋哄下肚呢？太奇怪了！

一次在皖南，正是吃榆钱的季节。在一个偏僻山村村口，唯一的一家饭店，主食，我们点的是菜泡饭，结果端上来的，竟然是榆钱泡饭。白米粥懒懒散散地，一加入青翠的榆钱，立刻生气勃勃，连奶白的汤都春水一样鲜活着了。

尝一口，除了米的甜，榆钱的清，竟然有春风的味道。

可惜，只吃过那么一次。但也足够我记一辈子的了。

咏榆钱的诗词，古人也有，比如和辛弃疾同时代略早的苏轼和秦观。秦观写道："舞困榆钱自落，秋千外、绿水桥平。东风里，朱门映柳，低按小秦筝。"有些颓废，而且没写出榆钱在枝头的饱满，不好。苏轼，干脆只点了一下榆钱的名字，"但有绿苔芳草，柳絮榆钱"，作为春天必不可少却很少为人注意的意象，一笔带过。

本来，这些野生的，或者从树上采下的野菜野果，算不得正经的粮食，充其量只是大地额外的馈赠。只有出现粮食短缺的饥荒之年，它们才被人们趋之若鹜。

这样看来，荠菜进入辛弃疾的笔下，实在太幸运了。

相比而言，"楮卜揪"可就没有榆钱幸运了，因为各地叫法不同，好像诗人们也无法入诗，所以，就被忽略了，尽管，那也是春天可口的野菜。

"楮卜揪"其实就是雄性楮树开出的花，大略在春末夏初，绒绒的树叶下藏着青绿的同样绒绒的形状大小像松毛虫一般的花，其实，更像果子。摘下来，也是拌上面，上锅蒸熟，吃法和蒸榆钱差不多。只不过，"楮卜揪"紧实，水分更多，吃起来口感远胜榆钱。

楮树属于杂木，似乎没有谁栽，它们自己就从地里长了出来，庄稼人嫌它们太疯长，又占了地，争了地劲，毫不客气地把田里长出来的楮树一刀砍下。而留在河边、地头和围墙外的楮树，依旧没心没肺地可着劲长。也没有人管，没有人靠近，因为楮树的叶子上那层毛茸茸的小刺，蹭到身上，会痒半天。

如果不是楮树还能长出"楮卜揪"这种味道还不错的东西，可以解乡下的春荒，估计早就被斩草除根了。

雌楮树开的花，是果圆形的，里面有核，不宜蒸来吃，那就无人理会了。到了八九月份，突然一抬头，雌楮树上长满了红得透亮的小"绣球"，迎着太阳看，"绣球"鲜红透亮，汁水欲滴，我们叫它"楮桃"。吃到嘴里，蜜一样甜，还透着那么一点微微的酸，胜过世上一切水果。唯一的不好是，摘下来要立刻吃掉，稍微放一段时间，就蔫了，口感尽失。

春天，能吃的，还有槐花，拌面蒸、炒鸡蛋，都是不错的。

槐花开的时候，满地里都是，吃不尽，母亲就把槐花晒干，储存起来。吃的时候，把干槐花放锅里烧开，加入海带丝，剁碎的花生米，面筋，勾上芡，立刻，就变成了槐花油茶。起锅的时候，再把搅拌好的鸡蛋顺着锅沿倒进去，一边倒一边搅动，那就叫鸡蛋槐花油茶了。这样的油茶，怎么喝都不腻——因为，春天从来没有走远。

有几年，我在环城路边的省政协上班。环城路被誉为合肥的翡翠项链，围着老城区，水流到哪里，参天的大树就长到哪里，确乎是前人留给今天合肥的一条项链。

春天的时候，项链上开始发出悠悠细细的甜香，那就是槐树开花了。从环城河边走过，槐花悄无声息地落在你的头顶，还有衣襟，人便带了些微微的香气。

每到那样的季节，总有些老太太拿着竹竿，竹竿上绑一个铁钩，沿着环城河钩槐花。老人颤巍巍把钩子伸到枝头上，突然年轻了起来，猛地一拉，槐树枝断了，槐花落了一地。老人喜笑颜开地把槐花捡到带着的口袋里，麻利地起身，再把竹竿伸向下一个树枝。

中午或者晚上，一定有谁家里的餐桌上，多了一碗槐花饭，而沿着河边，残留的，是凌乱的断枝。

于是，春天就遍体鳞伤地撤退了，另一边，夏天施然而来。

仙风道骨食椿芽

无论是榆钱、槐花，还是荠菜，都是春天里土地的馈赠，可以作为主食，吃法简单。尤其遇到春荒，土地有多远，这些野菜就有多远，一路采摘下来，总可以填饱辘辘饥肠。听母亲说，那三年自然灾害的时候，遍地都是采野菜的人，凡是能吃的，都被人弄回家，田地里除了麦苗，一地精光，就像过了蝗虫。想想也是，蝗虫总是在灾荒之年遮天蔽日，当土地里长不出足够果腹的粮食，人自然就会变成蝗虫。

人比蝗虫更厉害的是，吃完了各种野菜后，树皮也被剥了下来，榆树、椴树、桦树，甚至苦涩的杨树，皮剥下来后，把最外面一层老皮剔除，上锅蒸煮，然后晾干，再磨成粉末。树皮粉不能直接吃：一是没有黏性，揉不成团；二是苦涩无法下咽，必须掺上少得可怜的面粉，做成菜团子。即便如此，吞咽时必得伸长了脖子，咽喉像被一只无形的手拉着，才能吞进肚子。这样的东西吃下去，一般是很难消化的，甚至无法排泄，因此胀死的人不在少数，据说死去的人个个肚大如斗。树皮能有什么营养，无非是饥饿的人哄骗自己的肚子罢了，结果哄掉了自己的性命。

其实，饥饿才是人类最大的天敌和动力，在饥饿面前，人可以不要尊严，必要的时候，甚至会无视生命。古人说，咬得草根，百事可做，相比较树皮，草根已经是舒滑的美味了，该说

"吃得树皮，百事可做"才是。

据说，有两种树的皮是吃不得的：楝树和椿树。楝树太苦，进不得嘴；椿树太臭，无法靠近。所以，再大的饥荒年代，这两种树都得以幸免，从人口下逃脱被扒皮的厄运。庄子说："此木以不材得终其天年。"楝树和椿树也因体臭得终天年，该是这两种树始料不及的吧。

椿树皮逃过了劫难，新发的树芽却成了人们趋之若鹜的食材。

一般意义上的椿树分为臭椿和香椿，同属无患子目而分属不同的科。臭椿，古名樗（chū），苦木科，味道辛苦，树叶不能食用，但树根、树皮和果实都可入药，中药用来清热利湿、收敛止痢。香椿属楝科，古代所谓的椿，专指香椿。大概，古人也是厌臭择香的吧。

阳春三月，谷雨前后，大地回暖，香椿在枝头绽放小小的芽苞，呈褐红色，宛如婴儿小小的手掌，向着空中张开，香椿小手一张，春天就漫无边际地炸开了。

此时，正是食用香椿的最好季节。

苏轼曾说，"椿木实而叶香可啖"，我是信他的。苏轼的品味，当不会错，能把五花肉做成自己的招牌，且被后人以他的名字命名，他也能食素，如冬笋，如椿芽，这个四川人，走遍中国的大地，把栏杆拍遍，也把各种菜肴品尝了个遍。

早在汉代，先人们就开始把香椿当作美食，并把香椿和荔枝作为南北两大贡品。贡品言者，不但说明稀缺，也为上层贵族所专享，"一骑红尘妃子笑，无人知是荔枝来"，荔枝需得从南方换马不换人地运送到长安，更显尊贵。相比之下，香椿不必要如此劳师动众，只要在溪边、田头觅得，就可以成为餐桌上一道美味的菜肴。

我想，椿芽之所以成为贡品，倒不是因为出身的显赫，也不是以稀为贵，关键是做法需要精致，食法需要雅致，甚至，连盛放香椿的器皿，都要与众不同。

香椿分为紫香椿和绿香椿，似乎紫香椿较为常见。而绿香椿中有一种叫作黄罗伞的，因为少而愈发尊贵，听那名字，就知道必非寻常人家可以食得。黄罗伞，是皇家专享的东西，也是身份和地位的象征，平常人家是不敢僭越的。香椿而名黄罗伞，一下就把社会阶层的意义赋予其中。就像木瓜，原本不过蔷薇科的树果，进到了秦可卿的卧室，就成了"安禄山掷伤太真乳的木瓜"，且摆放在"赵飞燕跳舞的金盘"里，那样的木瓜，已经成了一种晦涩的符号，算不得水果了。

香椿再难得，巷陌人家从枝头采到，也是能吃的。

只是，相对于榆钱、荠菜之类，香椿只能作为餐桌上的佐餐，当不得主食。称作"树上蔬菜"，再恰当不过。

一年之中，椿芽能吃的时节，不过几天，要趁着嫩芽刚发，还没有沾染世间的浊气时食用。香椿叶厚芽嫩，绿叶红边，带着植物特有油性，香味浓郁，常用的吃法多为香椿炒鸡蛋、香椿拌豆腐。绿叶红梗的香椿，配以洁白的豆腐，浇上麻油，全是植物的清新和清香，再端一小碗白米粥，即使是牛衣短打的农人，也有了几分仙风道骨的意蕴。

如果没有鸡蛋，哪怕没有豆腐，只把椿芽焯过，切碎，佐以油盐凉拌，也是满目的初春风骨了。

倘是讲究点的，用椿芽拌三丝、拌火腿、拌春笋丝，如果不喝一杯小酒，估计对不起那份雅致。

有人用香椿拌花生米，我觉得不好：香椿清雅，唇齿留香，花生米却有一种黏糊糊的滥俗之气，两种风格全然不同的食材，如此搭配，也算对大好春光的辜负了。

再俗些的，用香椿配豆腐和肉末，上锅煎成饼，看似吃得豪爽，却有些暴殄天物。看原本生气勃勃的椿芽，在油饼里蔫头巴脑的样子，谁说不是无声的抗议呢。

说到底，哪怕是乡间野菜，不同的品种，当有不同的吃法，用榆钱做饭，用荠菜包饺子，把椿芽凉拌，才算不负春光的馈赠。

香椿，南北都有，吃法大体相同，只是因为水土和气候的不同，品质略有差异。比如安徽太和县，沙土较多，尤其适宜香椿生长。此地香椿肥嫩、香浓、油汁丰厚、叶柄无木质，清脆可口，所以被以产地命名。当地地方志记载，唐代已开始用此物作贡礼，清朝时被御封为"贡椿"。当地朋友说，如果要吃正宗的太和贡椿，一定要在谷雨前三到五天为宜，品质佳，品相好，香味浓郁，而且最好去当地吃。因为椿芽不宜储运，现摘现吃，才能吃出特有的风韵。

谷雨之后，雨苦风凄，再长出来的香椿，虽然不失清香，已没有了之前的尊贵。那里的人把香椿裹在盐巴里腌渍，晾晒，虽然可以储存很长时间，但吃的时候很麻烦，需要多次清洗，才能把上面的盐洗干净，切碎凉拌。但是，腌渍过的香椿，黑黢黢的，暮气沉沉，香味虽在，怎么也吃不出春光的味道了。

什么时节吃什么菜蔬，原是有规律的，物候从不欺人，反倒是人欺骗了物候。现在再去太和，任意时节都能吃到香椿，都是大棚里种植，不好吃。

麦黄杏

在我认识的庄稼中，麦子是最不耐日光的，日头刚一发威，麦子就黄了，河滩上、旷地里、村子周围，一个午睡过去，那金黄便从远方水一样漫过来，把田野淹没，让村庄成为一片金黄中的孤岛。

麦子一黄，杏也熟了，熟了的杏也是黄澄澄的，我们叫它麦黄杏。是麦子染黄了杏，还是杏诱黄了麦子，没有人知道。一年年的，麦子绿了变黄，杏子由青转白，由白转黄，和到了傍晚乡村升起的炊烟一样，没有人追根究底，庄稼成熟就要收割，杏子熟了就要采摘，谁去管其中的机关呢。

我记忆中的麦黄杏是集中成熟的，不像现在，杏树散落在各家各户的院子里，东一棵西一棵的，就像留守村庄的老人，全然没了那份整齐开花一同结果的气势。

杏花开的时候，整片杏林灿若烟霞，白色的花瓣，粉红的花萼，引来蜜蜂嗡嗡地在其间穿梭。可惜的是，那时，都在为温饱发愁，没有谁有心思去欣赏这春日里的大好景致。再说，杏花桃花都是乡下人司空见惯的，房前屋后也有，断不会像今天的人大惊小怪地在花下搔首弄姿地拍照。假如，这一片杏林保存至今，笃定会成为皖北一个春季旅游景点。但再遒劲的枝干，终于抵不过时代风潮的拍打，如今，那片杏林和村里的老人一样，早已消

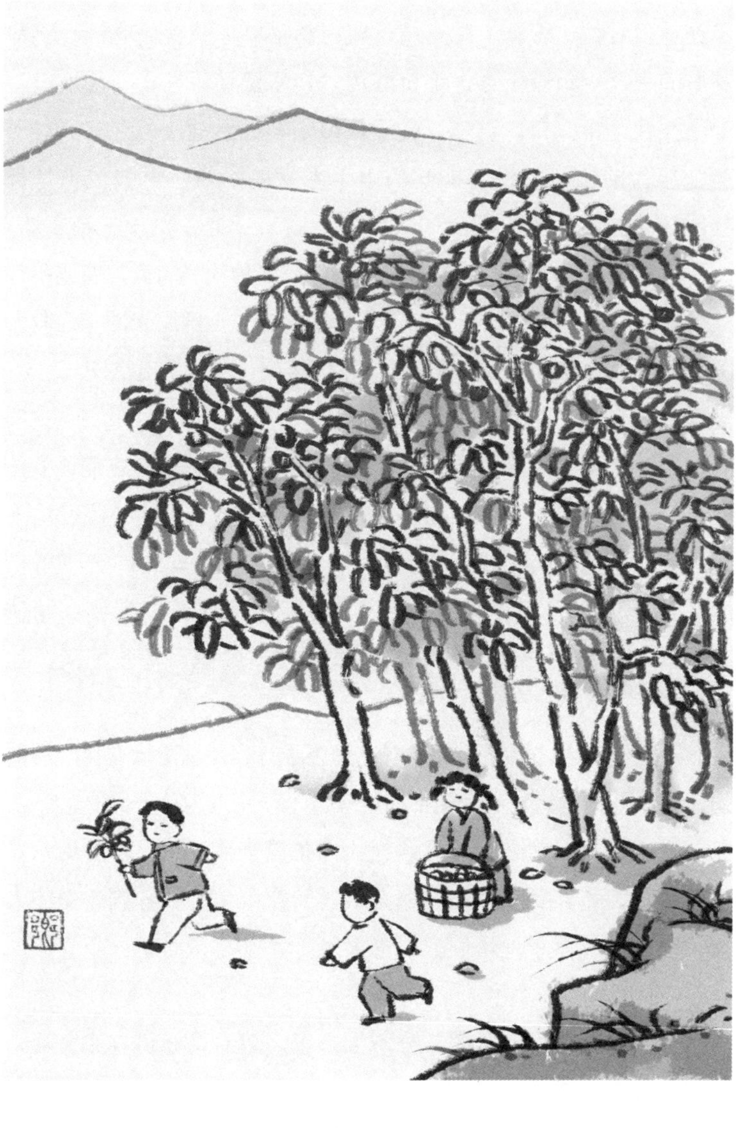

失在时光深处。

等杏子长到拇指肚大小，略略开始泛白，生产队会安排专人在杏林里看护，否则，就有孩子爬上树偷吃。我就偷吃过没熟却发白的杏，一口咬下去，那份酸涩，口水滴滴答答止不住地流，若是扛住了第一口，再吃，酸涩依旧，但已感觉淡了许多。对于那个年代的孩子来说，能吃的水果本来就不多，再酸，也是杏呀，好歹也是一口零食。

巴望着，巴望着，杏子由白转黄，是那种浅浅的黄，偶或还有一抹鲜红，那就意味着杏子熟了。熟了的杏子，圆润光洁，迎着太阳看，甚至能看到里面的经络和金黄的果肉，令人垂涎欲滴。

杏子一熟，杏林就热闹起来了。

等某一个雨天过后，几个年轻力壮的社员在队长的带领下，挥着长长的竹竿，朝着累累垂垂的枝头打去，杏子便扑簌簌地落在地上，滴溜溜地乱跑。因为刚下过雨，地是软的，杏子落在地上，不会摔烂。其他社员拎着篮子追着杏子拾，遇到品相诱人的，在衣服上擦擦，便吃，杏子的肉沙沙的，汁水饱满，甜香得很。

打杏子的人，只捡仰头能看见的杏子打，那些隐藏在树叶后面的，并不打，他们知道，剩下的这些杏子，将成为孩子们的念想。

杏子打完，生产队几只硕大的柳条筐也盛满了，沾着雨水，湿漉漉地黄着。队长便按各家人头，一户户地分。分到杏子的人家，一篮子一篮子地拎回家，喜笑颜开，那可是盼了一个春天的收获呀。

像我们不在生产队的，分不到杏子，只有等社员打完之后，一窝蜂地跑进杏林，噌噌爬上枝头，找遗漏下的杏子摘，半天下来，也能摘半篮子。

回到家，挑那些熟透了的杏子先吃，不太熟的，用棉被包裹起来，焐上两天变软再吃。精打细算下来，一个麦季，都能吃到可口的杏子，和正当时令的黄瓜一起，成为最劳累的麦季赏心悦目的犒劳。

下地割草的时候，经常会发现刚刚发芽的杏树和桃树，细细的枣红色茎，对生着几片椭圆形的叶子，在杂草中特别醒目。我们会把小小的杏树连同周边的土挖起来，小心翼翼地带回家，栽到院子里或者门前的菜地里，期盼着尽快长大，结一树的杏子。

奇怪得很，我们每年春上都能挖几棵杏树回家，可总不见长大，往往一个冬天过去，再看，小树已经被冻死。偶尔有一棵侥幸长大的，却又不结果子，白白辜负了我们的一番心血。父亲曾经学过农，他说，杏树必须扦插才能结果。可是，没等父亲来得及扦插，我家就搬到了街上，院子小，没办法栽杏树。每次割草再遇到杏苗，只能恋恋不舍地走开。

七十年代末，土地承包到户，生产队完成了它的历史使命，队里的牛马骡驴和各种农具也被瓜分，这一片杏林也被砍掉，露出一地树桩，再后来，有人在杏林上盖了房子，曾经的蓊郁和满枝头的果实再也不见了，我们也失去了偷杏子摘杏子的欢乐。

而集市上的水果花样却多了起来，但是，再多再好的水果，总吃不出那种自己爬上枝头摘来的味道，要知道，拨开一片树叶，发现枝条上一粒杏子，那该是怎样的惊喜。

那些散发着麦香的面食

周末，合肥的天空一直时断时续地下着小雨，时间似乎被黏住，显得漫长而迟滞。这样的日子，适合躺在沙发上看书，累了随意睡上一会儿。慵懒的时光，原不需要什么来提神。

我在傍晚时的亢奋来自一张图片。李辉，这个同样来自皖北的哥们，在微信上发了自己刚刚炸出的食物——糖糕。金黄的、软软的、胭脂盒一样大小的糖糕，一下打开了我困顿的味蕾，也让我的精神为之振奋。

我不知道在合肥，在商品房逼仄的厨房里，也可以做出糖糕。在他之前，我的老乡于继勇经常炫耀他可以在厨房里做出死面饼子。还有一个来自蚌埠的朋友，也时常在微信上晒出她做的各种面食。我一向认为，在合肥这个不南不北的城市，其实是不适合做面食的，更多的时候，一个电饭锅把大米煲出来，方便快捷，也与当地主产的大米相吻合。

而面食，是需要大场面才能做出来的。比如案板，比如擀杖，比如蒸锅。

窗外，雨声依旧淅淅沥沥，欧洲杯的比赛如同整个世界的经济形势一样不温不火，引不起我过去常有的激情，有一眼没一眼地看着比赛，我心里想的，都是皖北的面食。

糖糕和菜角

端午节，南方吃粽子，北方吃糖糕和菜角。

物质紧缺的年代，在皖北，吃一顿米饭不是件容易的事。即便能买到大米，也不可能煮了大米直接吃，怎么着也得炒几个菜，再做一个汤。所以，米饭金贵，没有菜吃不下去，没有汤吃过肠胃不顺溜。不像面食，随意得很，大馍蒸熟了，锅盖一掀，一手抓几个便吃，不需要任何菜肴，如果有几根咸菜，或者一个咸鸭蛋，那当然再好不过，没有，照样不妨碍大馍的香甜。

我家东边原来有个翻砂厂，吃饭的时候，抡大锤的黑高，只拿两根筷子，往馍筐里一插，每根筷子上串起三个馒头，再拿两根大葱，屋檐下一坐，吃得那叫一个香。吃完大馍，用葫芦瓢往水缸里舀一勺凉水，咕噜咕噜灌下去，酒足饭饱一样舒畅。至今，当我没有食欲的时候，我都会想起黑高和他举着的大馍，用挥之不去的印记哄自己吃饭。

父亲一般是不下厨房的，只有端午节例外，因为要做糖糕，而糖糕和面是一个力气活，必得两个人配合才行。

一大早，母亲舀半盆面，烧好一锅开水，一点点往面盆里倒，父亲则拿着一根大擀杖，不停地搅拌着。这样用开水和出的面，岫玉一样晶莹柔软，案板上一放，麦子的熟香婷婷袅袅。

熟面粘手，得用麻油涂抹于手掌，才能顺利包糖糕。揪一小团面，在掌心揉成团，双掌一拍，就成了均匀的薄饼，舀一勺白糖放到薄饼上，包起，再拍扁，放入滚油中炸至焦黄，捞起，就可以吃了。

糖糕外面焦酥里面软嫩，又香又甜，一定要趁热吃，先沿着边缘咬一小口，露出已经融化的糖，一边嘶嘶地吸着气，一边小口嚼着，然后再对着咬开的口子吹几口气，接着再咬。咬得大了或者咬得急了，里面的糖汁会溅出来烫嘴，所以，心急吃不了的，除了热豆腐，还有糖糕。

糖糕包的是白糖，吃多了太腻，不喜欢吃甜食的，可以吃菜角。

菜角用的是和糖糕一样的面，只是馅不同。大多数是把韭菜切碎，拌入炒好的鸡蛋，或者再放入些碎馓子，包成半个手掌大的饺子形状，下锅炸出。只是做起来费事些，光是调馅，就很要一些时间。

现在，大多数家庭都不再炸糖糕和菜角了，厨房小了，也怕麻烦，不仅端午节这天，就是平时，街面上的早餐店里也有。只是买回来的糖糕和菜角，怎么都吃不出家里的味道，没有了父母在院子里和面油炸的场景，节日的味道也变淡了。

水烙馍

朋友李丹崖，"80后"作家，也是亳州人，最近新出了一本书《胃知的乡愁》，专门写皖北的美食和小吃。丹崖是个读书的种子，写起来典故见闻信手拈来，雅致极了。其中有一篇叫《烙一张水饼，包那风月》，写的就是皖北随处可见的水烙馍。

烙馍分两种，一种旱烙馍，把面擀成"菲薄"的圆形，撒上芝麻，摊在烧热的鏊子上，用竹子削成的长条篾片不停翻腾，等到面上起了大小不等的气泡且呈微黄，就算熟了。另一种就是水烙馍，把水烧开，架上蒸屉，把擀好的"菲薄"圆饼放到蒸屉上，盖上锅盖，再擀下一张，擀好后摞到上一张上面，这样一层层摞上去，一直摞到十多张，绝不会粘在一起。蒸熟后，再一张张揭下来。

无论水烙馍还是旱烙馍，都要精心配菜。简单一点的，把蒜瓣和煮熟的鸡蛋在蒜臼子里捣碎，做成鸡蛋蒜，卷在烙馍里，一顿吃下，一整天都神清气爽。再简单一点，卷一根大葱也是美味。如果讲究，除了鸡蛋蒜外，再炒上一盘绿豆芽，或者一盘土豆丝，红白交杂，再抹上家里做的酱豆，那就是人间至味了。

我的夫人虽然是亳州人，却不会做水烙馍。有一年，母亲来合肥，我对母亲说想吃水烙馍了，母亲笑笑没说话。第二天早上，一起床，母亲已经把水烙馍放在桌子上，还炒了青椒土豆丝，剥了两个咸鸭蛋，砸好了鸡蛋蒜。我脸都顾不上洗，连卷了三个水烙馍吃，大呼过瘾。

母亲走后，有一天下班回到家，夫人竟然变戏法一样做了水烙馍，面带得意地等着我。原来，母亲走之前，已经手把手地把她的手艺教给了她的儿媳妇——她怕她的儿子委屈了胃。

卤面

我在亳州一中上学的时候，吃到了人生中的第一顿卤面。

现在皖北的食堂，也大都卖米饭，方便，却混淆了南北的特色。八十年代的时候，食堂还是以面食为主，大馍、面条是主食。一天中午，拿着饭缸子去食堂，发现窗口里摆着一个个硕大的蒸屉，屉上暄腾腾地放着黄澄澄的面条，混杂着蒜薹和油晃晃的肥肉，还没走到窗口，香气已经扑鼻而来。

打饭的师傅不是用勺，而是拿着一双长长的筷子，根据需要，往学生的饭盆或者缸子里夹面条，遇到熟识的男生或者漂亮的女生，面条之外，还特意多夹些肥肉和蒜薹。像我们这些外地来的男生，只能眼馋，然后低头吃单调的卤面，心里一遍遍问候打饭师傅的家人。

卤面，有的地方叫蒸面，更形象些。

五花肉切片，蒜薹、豆角切成寸段，配上黄豆芽，爆炒，加入老抽，加开水慢炖，一定要保证汤汁盖过肉和菜。在烧开水的锅里架上蒸屉，纱布垫底，均匀地铺上一层面条，撒上炒好的菜，稍浇上一些汤汁，再铺上一层面条，撒上肉菜……盖上锅盖，开猛火蒸熟。

揭开锅盖，原本毫无生气的面条，吸饱了油汁，变得金黄剔透，而炒好的菜被面条榨取了汁液，越发鲜艳如生，用筷子夹起，面条颤巍巍地抖动，肉菜扑簌簌滚落，令人食欲大振。

我的岳父原来在部队做过司务长，练得一手好厨艺，尤其擅长做肉食，卤面就是他最拿手的菜肴之一。知道我喜食面条，每次回亳州，岳父都要做一顿卤面，岳母则负责用家里最大的海碗给我盛上冒尖的一碗面。每到这个时候，大舅子、小姨子都用同情的眼光看着我把头埋在碗里吃。等我吃完一碗面，抬起头来，迎面而来的，一定是他们惊呆了的目光——他们怎么也想不通，我这么瘦的身材，是如何把两个人食量的面条吃下去的。

也只是在家，我才有这么好的胃口。有时回亳州，在饭店里也有卤面做主食，一大盆端上来，我只盛上一小碗，便再也吃不下了。

锅盔
《舌尖上的中国》介绍过亳州的一种面食——锅盔。

我也是在亳州读书的时候，知道这种食物的。在一些小饭馆门口，摆放着这种巨大的饼子，一个整的，有锅盖大小，靠墙放着，既是商品，也是广告。还有一些半大的，放在旁边，有人要买，店主拿起刀，咔嚓切下一块，上称，完成交易。

做锅盔讲究慢功夫，先和好面，等发酵好，拍成直径一尺大小的圆饼，厚约一寸，一面洒上芝麻，放入平底锅，有芝麻的一面朝上，放在炭火上文火慢烤。火大了不行，锅盔会烤糊，没办法吃；火小了也不行，会塌架，卖相不好，嚼不动。靠的就是手艺人年长日久的感觉，做出的锅盔才能外表金黄，掰开却是暄腾腾的洁白。佐以芝麻的香味，趁热吃香甜可口，等凉了吃，也别有一番风味。如果再买些卤猪头肉配着吃，再开一瓶白酒，是不是很有梁山好汉的感觉？

亳州是曹操的故乡，当地人便传说是曹操当年带兵打仗时，发明了锅盔作为行军的干粮，它可以储存很长时间不坏，而且随时可以食用，即便不能生火，掰下一块就能充饥。

我对这样的传说总觉得牵强。事实上，黄河流域一带，在小麦主产区，很多地方都有这样的锅盔，在交通不便的年代，再没有比锅盔更好的干粮了。

一路向西，过了河西走廊，这种食物就有了另一种叫法：囊。囊有大有小，最大的囊也像锅盖那么大，不也是锅盔吗？

牛肉馍

朋友去亳州出差，打电话问我亳州哪家牛肉馍好吃，我学着陈晓卿忽悠他去成都找美食的朋友一样，对他说"打车到西关，一直往前走，看到有招牌的地方，坐下就吃。"朋友吃过之后，打来电话千恩万谢，称我是亳州美食活地图。

我若无其事地叫朋友别客气，心里却羞赧起来。我哪里是什么活地图，只不过知道在亳州随便找一家牛肉馍店，味道都不会差。

到亳州，不吃牛肉馍等于白去一趟。

牛肉馍只在早晨才卖，大部分牛肉馍店，都集中在西关一带，那里回民多，擅做牛羊肉，故而西关牛肉馍就成了本地人最喜欢的早点。

把牛肉剁成末，粉丝泡软后也剁碎，加上佐料拌匀成馅。把面擀成印度飞饼一样，馅均匀地摊在上面，严丝合缝地包起，往平底锅里一放，不大不小，且与锅沿平齐。在炭炉上用猛火炕，不时加入色拉油，防止炕糊，而且还要用铲子随时翻转，两面轮流炕。这样看起来，牛肉馍大约相当于大号的煎饼了。

做好的牛肉馍油汪汪的呈金黄色，透过面皮，里面的粉丝和牛肉清晰可见，探头探脑。根据客人的要求，店主用刀咔嚓切下一块，称好，用盘子盛着送到客人面前。食客便剥一头蒜瓣，就着牛肉馍吃，再喝一口喷香的油茶，额头上汗涔涔的，脸色便焕发出奕奕的神采。

有一年，亳州古井酒厂组织一帮作家采风，在宾馆吃过早餐后，我以半个地主的身份请大家去吃西关牛肉馍。开始，几个美女作家还有些矜持，对油滋滋的牛肉馍望而生畏，等几个人品尝了之后打呼好吃，她们终于忍不住把淑女的范儿扔到一边大快朵颐。

回到车上，一车心满意足的作家万分矫情地责怪我"把他们的肚子搞大了"，我开玩笑说："是你们没有看住自己的嘴，关我什么事？"

其实，牛肉馍已经算不上面食了，因为面少馅多，说是菜，更恰当一些。

所有的面食，无论怎样花样翻新，出发点只有一个，就是用不同的佐料，哄着人把单调的面吃下去。食材虽是单一，但经过充满智慧的做法，便有了缤纷的味道，单调的日子，也跟着色彩斑斓了起来。

最后的庄稼

处暑摘棉,白露打枣,秋分前后把冬小麦种下地,一年的农事就算大头着地,霜降也就到了。

霜降是秋天最后一个节气,霜降一过,冬天就像个白衣秀士,从远远的地平线施施然走来。季节交替,是最好的进补时节,民间早有"补冬不如补霜降"的说法。人补有力,地补有劲,人们喂地最好的办法,就是把土地深耕翻晒,再撒上蓄积了一个夏天的农家肥,土便暄腾腾地新鲜着,无论什么种子播下去,一遇到水,立刻嗞嗞地生长。

霜下来的时候,总是在夜里,悄无声息的。没有人知道霜是大地的染色剂,一大早赶到地里,呀,昨天还墨绿的红芋叶子,上面涂抹了一层薄薄的霜,粉霜之下,红芋叶悄然变成了红褐色——再一个霜夜,叶子便蔫蔫地黑着了。

农人把山芋叶子割掉,牛顺畅地踏上田垄,牛的身后,犁铧一头扎入土地,一声响鞭在天空炸响,牛便梗着头向前,犁铧翻开厚实的土,红的黄的山芋翻滚着从地下涌出来,你无法想象,沉默的土地竟然孕育了如此丰硕的果实。

收完山芋,晾晒在田埂的红芋藤和山芋叶也被阳光和空气吸干了水分,农人一车车拉回家,即将到来的冬日里,它们既是牛羊的饲料,也是农家引火做饭的燃料——土里生长的柴火温情脉脉地烹出土里收获的食材。

农人有两个粮仓,一个在自己家的屋子里,另一个,在广袤的土地上。比如那些收回来的红芋藤,就堆在离家不远的地里,随用随取,方便极了。

农人们是不会让一点庄稼遗漏的,收获了果实之后,余下的秸梗也会根根归仓。

红芋藤之前是豆秸,豆秸之前是棉茬,棉茬之前是麦秸,秋去,冬来,农人像田鼠一样,打理好自己的家,以备过冬,以度春荒。"霜后还有两喷花,摘拾干净把柴拔",听听,精打细算才是庄稼把式对土地最大的敬仰。

豆秸是收割的时候,连同豆子一起回家的,摊在场地上任由日头暴晒,豆荚便噼里啪啦地咧开了嘴,黄色黑色的豆子蹦蹦跳跳落到了地上。对那些不愿出来的豆子,农人毫不客气,抡起木棍劈头盖脸打去,原本固执的豆子便落荒而逃,一副灰头土脸的狼狈样。

打下豆子,豆秸被一层层码好,像一个硕大的馒头,傲视远处光秃秃的田野。几天后,秋雨一来,豆秸垛上残留的豆子就长成了豆芽,和水泡出来的豆芽不同的是,它们不是黄豆瓣、白豆梗,而是泛着青绿色,带着大自然的本色,所谓的"豆绿色"大概就是这个样子吧。我曾经在一个雨后,围着几个豆秸垛采了半篮子豆芽,清炒出来,略带一丝苦涩的土腥,回味却是清爽微甜。还可以下面条,白色的挂面,配着豆绿色的豆芽,清清爽爽的,光看,已经让人垂涎欲滴。

豆秸最好的用途是烧鏊子,不像木柴那么猛烈,也不像树叶不禁烧。豆秸在鏊子下不温不火地燃烧,一张薄薄的面饼在鏊子上摊开,一根竹篾不停地翻动,竹篾打在鏊子上,发出清脆的啪啪声,豆秸被火苗撺掇得噼噼作响,袅袅的面香便在院子里漂浮着,带着温暖的气息,让秋不冷,让冬不寒。烙饼的人麻利地续着豆秸,脸被火光映得红通通的,眉眼都是笑意。

仅有豆秸是不够的,豆秸们在地里落下了豆叶,也必须收回来,那可是牛羊冬天的饲料。豆叶紧贴泥土,必须用竹耙子一点点收拢起来,这个过程叫"搂豆叶",大都是孩子和妇女们的差事,轻松得很。最好是早晨,豆叶被霜露浸湿,不会飞扬,竹耙子像一只巨大的张开的手掌,轻轻从田地里拂过,豆叶便温顺地聚拢一堆。

相比较来说,"拔棉茬"才是一件体力活。摘了棉桃之后,棉花棵子就撂在地里,反正到了季节,它们也不再生长,直到变成干燥的枝条,凌乱地插在田里,像谁家匆忙起床没叠的被子。拔棉茬得等到土松,还得用巧劲:双手抓着棉秆,稍稍一晃,斜着向上一提,顺手抖掉棉根沾的土,一气呵成。力气用大了会闪着腰,用的劲小了,拔不出来——庄稼活儿,讲究的是一招一式合辙押韵。那些棉茬,将被堆放在屋山边上,成为烧火做饭最好的柴火。

芝麻秆,是不需要这样费力拔的。收割芝麻的时候,必须趁着芝麻荚没有张开,否则,就会抛洒。割芝麻秆须用锋利的镰刀,齐根割下,捆扎后晾在场上,一捆捆的芝麻秆头朝上竖立着,总让人想起演武场上,那些相互交叉着站立的步枪。

芝麻秆晒干了,荚也张开了,找一个床单铺在地上,把一捆芝麻秆倒提着轻轻抖动,白生生的芝麻便窸窸窣窣地落在床单上……不久之后,芝麻被拿去换香油,芝麻秆和棉茬豆秸一起,以柴火的名义储存在家中。香油,不是谁家都能敞开吃的,乡下人不知道城里人的生活,但敢于想象:"城里人一碗面条得搁半碗香油吧。"拮据的家庭,主妇们会用一根筷子插进香油瓶里,拌凉菜或者下面条时，才用筷头蘸几滴香油滴进锅里。一直到今天，母亲做饭时，每次倒过香油，都要用手抹一下瓶口，再把沾着香油的手指在嘴里吮干净，母亲说："吃了不疼浪费疼。"

因为心疼，所以种地的人不会落下一点可以利用的庄稼。麦子打下后，村子里到处是麦秸垛，金黄的麦秸，就是农家的金子。喂牛喂羊喂马自然是好的，冬天的时候，对于缺少棉被的家庭，在床上铺一层麦秸，又软又暖和，躺在这样的铺上，做出的梦都该带着阳光的味道——你知道那些刀耕火种的日子里，农民为啥整天无忧无虑地快乐着了吧。小时候，雪大，买不起胶靴，父亲会用麻绳和麦秸编制一种"麻窝子"，类似日本的木屐，麻窝子里面，塞的就是麦秸，穿着它，再大的雪，再泥泞的路，尽管放心地走路，呱嗒呱嗒，呱嗒呱嗒，冬日的乡村从来不缺少令人心地安静的声音。

甚至，麦糠都不会浪费。乡下的房子，大都由土墙砌成，快入冬的时候，用麦糠和泥，均匀地抹在墙上，一个冬天，风透不进来，雨淋不进来。一开春，万物萌动，庄户人家的墙上，长满了绒绒的麦苗，那是残留在麦糠中的麦粒们无声的抗议。

玉米和高粱，同样是庄稼人不舍得扔掉的宝。连叶子带杆子，用铡刀切碎，是牛羊上好的饲料，家里没有牛羊的，总得烧火吧。

农人们连树叶也不会放过。一到立冬，柳树杨树黄叶飘零，在今天的游人看来，那是满目金黄的乡村美景，而在农人眼里，它们是季节变换的象征，是季节慷慨的馈赠。地里的庄稼忙完后，随便抽半天时间，用竹耙子或者扫帚，沿着树林打扫一下，就是一顿饭的燃料了。

吃过腊八饭，便把年来办

省政协开常委会，会议结束已经是下午，九华山百岁宫的住持慧庆师父匆匆和众人作别，他要赶回去准备腊八饭。他说，每年腊八这天，附近的善男信女纷纷涌到百岁宫，求一碗腊八粥，他不想让任何一个到山门来的人失望。他还说，佛教中腊八粥的故事来自于牧牛女向释迦牟尼供养乳糜的典故，后来中国的佛教弟子加以仿效之，在每年农历腊月初八这一天，用五谷及诸果物煮粥供佛，称为"腊八粥"，又叫"七宝五味粥"。后来这个习俗渐渐传到民间，一般人家也大多要在这一天煮食腊八粥，成为民间风俗之一。

施腊八粥已经成了慧庆师父每年的功课之一。而吃腊八粥，也是几乎所有中国家庭在进入腊月后都极为重视的一个做法。至于腊八为什么要吃粥，不同的地方有不同的说法。官方的说法是，古代天子要在腊月进行祭奠，《周礼》上称之为腊祭，既是对保护众生的天地神灵进行答谢，又祈祷来年物丰雨顺。其中一个祭祀的对象是八谷星，因为它保佑丰收。在农业时代，八谷星当然是地位极其崇高的神，而祭祀这一天又选在腊月初八。祭祀祷祝结束后，把用作贡品的各种粮食干果之类放在一起煮，大家分而食之，这种行为被称之为"腊八祝"，因为谐音，后来就成了"腊八粥"。

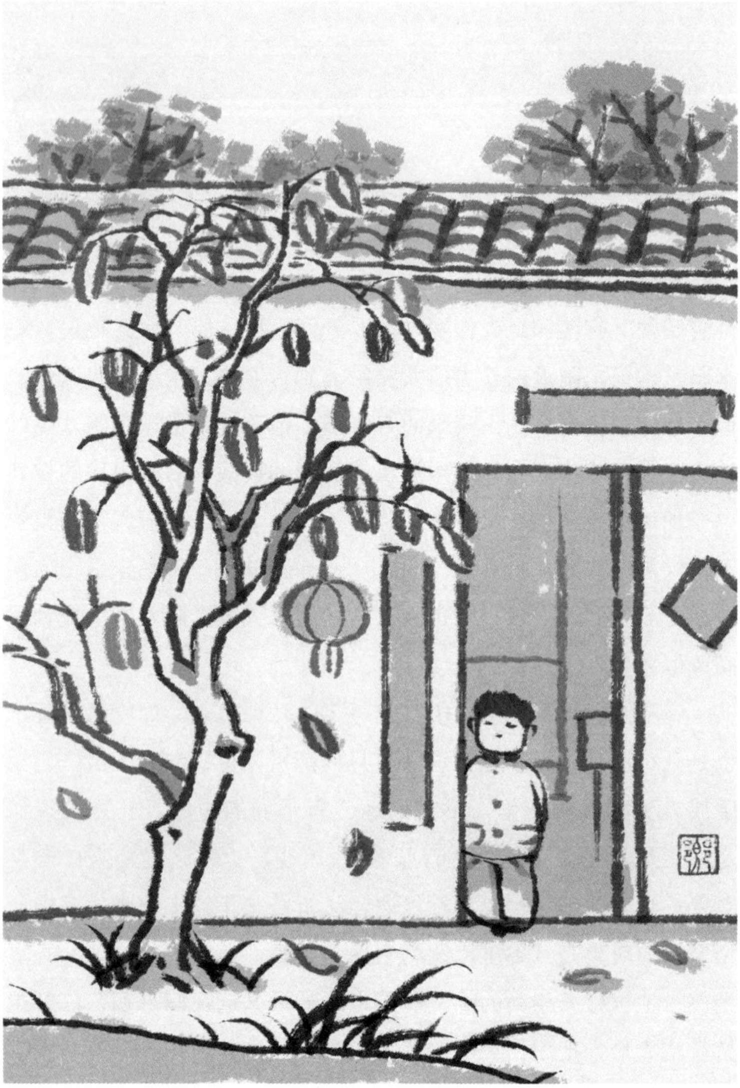

我更偏向于这种说法：一则，中国古代的历法包括节庆，都是上层设计的结果，然后由庙堂传至民间，草民哪有擅自定节庆过节日的权利？二则，中国的传统文化起源于黄河流域，这一代广袤的土地上，"祝"和"粥"几乎不分，至今在黄淮流域，还有些地方把粥读作"祝"。我的初中语文老师刘学海，一个鹤发童颜的豁牙子，就曾经在讲台上带着我们读课文，"一粥一饭当思来之不易"，他就读成"一猪一饭"。我当时听了莫名惊诧，脑海里立刻浮现出一头猪面前放着一个饭碗的画面，结果因此走神，没有跟上其他同学朗读的节奏，被刘老师用课本狠狠地在头上敲了几下，刘老师亲切地当着全班学生的面叫我"猪头"——他为啥没叫我"粥头"呢？

此外，腊八粥的来历还有纪念岳飞、悼念为秦始皇修长城死去的民工、朱元璋乞讨等等传说，无非是后人的附会罢了，却也丰富了民间文化，体现了各地民风民俗的丰富和差异。也因此，各地熬制的腊八粥，食材也各不相同。像皖北，几乎就是各种杂粮掺在一起，其中有我们平时很难吃到的大米、红枣、赤豆，当然会成为我们的期盼。

后来读《红楼梦》，贾宝玉和林黛玉在腊八前一天闲磕牙，说到"果品有五种：一红枣，二栗子，三落花生，四菱角，五香芋"，都是熬制腊八粥的食材，才知道栗子、菱角、香芋这些雅致得让人舍不得吃下去只可做工艺品供着的东西也可以入粥，想想就让人垂涎三尺。偏偏，《红楼梦》那一回又叫作"情切切良宵花解语　意绵绵静日玉生香"，大冬天的，却使人不得不心旌神摇了，谁能不身子酥了半截？

这是书上的说法，文雅得很。在民间，有的却是"过了腊八就是年"的说法。进入腊月，诸般农事已经忙完，剩下的，就是利用冬闲犒劳一下一年来的辛苦。而且,越是物质贫瘠的年代,人们对过年越是重视,"吃了腊八饭,便把年来办",看看,一个年,要花去二十多天的时间去准备,这年,能不快乐祥和吗?

有那么几年,家里的日子非常拮据,一到腊八,母亲就愁眉不展,她不知道该怎么张罗这个年。一大家子人,饭是要吃的,年是要过的,而且,父亲当时在镇供销社工作,好歹也算个体面人,体面人家过年,总不能太寒酸。可是,我家弟兄六个,平日的口粮已经捉襟见肘,哪来的富余来对付年呢?好在父母一辈子老实本分,邻居家揭不开锅的时候,父母对他们多有接济,现在年过不去了,母亲厚着脸皮东家借一点,西家赊一点,总算备齐了过年的馓子、蒸馍、饺子。

有一年腊八,一大早,母亲兴高采烈地把我们叫起来,堂屋里的方桌上,摆着一大盆热气腾腾的粥。盛到碗里才知道,竟然是麦麸子、山芋叶子、芝麻叶子、萝卜缨子和几块山芋煮成的稀饭。第一口还觉得新鲜,原来这些平时看不上的东西竟然能吃,而且还在腊八这一天吃。但第二口就难以下咽了,除了山芋外,其他的干嚼就是咽不下去,真拉嗓子嘛。

后来,才知道那顿饭叫"忆苦思甜饭",是公社让镇上唯一的一家饭店煮的,而且只免费供应给吃商品粮的。托我父亲的福,我家总算吃过一次免费的早餐,可惜的是没吃饱,那玩意,吃再多,也是个软饱。

食物再缺乏的年代,有一样东西是不缺的,大蒜。腊八这一天,家家都要泡腊八蒜。其实就是把蒜瓣剥皮,泡在醋里,封坛存放。几天后,洁白晶莹的蒜瓣就变得通体碧绿,好看极了,而且味道也不错,脆而甜,既不失蒜本身对味蕾的刺激,又消弭了生蒜的冲气和辛辣。作为一种佐餐小菜,盈盈立于餐桌一角,如同温顺内敛的丫鬟，乖巧极了。

一年冬天，去皖南黟县，主人端出一盘凉菜，大小厚薄如同切片的火腿肠，颜色白中带黄，上浇麻油葱丝，入口脆而清爽，咸中带甜，食欲顿时大开。主人说，这是皖南的特产，叫腊八豆腐。于是请主人拿来腊八豆腐的成品看，形状大小类似月饼，黄如破土春笋，中间有一个凹下去的圆形，摸一下，紧密结实，还有些弹性。

当地人说，这种豆腐是晒出来的。先用黄豆做成豆腐，然后切成圆形或方形的块状，然后抹上盐水，在上部中间挖一小洞，放入适量食盐，在冬日温和的太阳下慢慢烤晒，使盐分逐渐吸入，水分也渐晒干，便成蜡黄的腊八豆腐。这种豆腐，一般在冬季才做，吃的就是慢慢晾晒的功夫和味道。有馋嘴的人家为了四季都能吃到，便用松木文火余烬烘制，豆腐上又有了松枝的清香，便是另一种味道了。

说是"腊八豆腐"，据说这种豆腐和腊八没有什么关系：一个女子到外地帮人做嫁衣，把豆腐放在门口的石磨上匆忙离家，冬雪山路阻隔，等她半个多月回来，发现豆腐已经金黄僵硬，却散发着独特的香气。当地人外出时常把这种豆腐当成干粮带着，并且命名为"老婆豆腐"，皖南人口音重，"老婆"和"腊八"说出来基本没啥区别，被讹误成了"腊八豆腐"。反正是传说，也没有知识产权，当初无意中创制这种食物的"老婆"想来也不觉得委屈。

其实也挺好，一种美食，不管是谁做出来的，只要季节恰当，食材贴合一地的风俗物产，只要是和家人在一起吃着，日子一点一滴消磨着，管他腊八粥里是菱角还是高粱，管他这一天是捧着一碗腊八粥吸溜吸溜地吃着，还是一壶老酒就着豆腐干嗞嗞地喝着，都好。

没蒸过大雁,你过的可能是假年

我从来没有想到,一把梳子和一只大雁会有什么关系,直到那个下午,我亲眼目睹了一只大雁率领一群小雁的诞生。

那是一个冬天的下午,离过年只剩下三天,天冷得滴水成冰,出去一会儿,耳朵就失去了感觉。好在,我们都不需要出门,就坐在堂屋里,一屋子人。人一多,就暖和。

父亲也不冷,他在厨房里烧锅,灶膛里的火把他的脸照得红红的,守着那么一团火,他咋可能冷呢?

在堂屋里的人包括母亲,还有邻居几个大姨大婶。她们不是亲戚,邻居之间,一般都这样称呼,显得亲切,时间长了,就成了亲戚,下面的孩子互相称呼,就按这个辈分往下排,一点都乱不得。

她们是来我家帮着蒸大馍的。皖北过春节,第一件大事就是蒸大馍,一锅锅地蒸,存放在麦秸篓子里,一直要吃到二月二。蒸这么多馍,家里人口少是忙不过来的,过了腊月二十三,邻居们就自动互助起来,都到一家去帮忙,掰着手指头算,到年三十前,正好各家都蒸完大馍,年就到了。

所谓大馍,其实是馒头。平日里家家吃的,一般都是卷子,就是把面揉成粗圆的长条,用刀均匀地切成三指宽,蒸出来的卷子呈半圆形,省事。蒸馒头要费事多了,只有逢年过节时,大家才愿意花工夫蒸馒头。先切成花卷,然后再把一个个花卷就着案板揉成馒头。揉馒头,靠的是手上的巧劲,手艺好的,揉出的馒头蒸出来后圆溜溜的,没有任何裂痕。手艺再好些的,蒸出的馒头掰开后一层一层的,薄薄的,像百合,别说吃了,光看,都让人食欲大振。

过年嘛,馒头不能和平时一样寡淡,总得有些花样。家里条件好的,在馒头里包上一颗红枣,或者几粒花生,最不济的,也要把山芋切成红枣大小包进去。不管咋说,山芋总是甜的,能改善面粉的单调,最主要的,是给吃馒头的人尤其是孩子一点未知的诱惑。你想,吃馒头的时候,你无法预料手里的馒头里会有什么,有时候吃完一个,啥都没有,本来基本吃饱了,也得再吃一个,万一下一个馒头里有红枣呢?

有一年家里蒸馒头,我心里惦记着红枣,毕竟,平时哪有机会吃上红枣。馒头蒸出来后,放在厢房里,我趁家里人不注意,掰开馒头找红枣。掰馒头找红枣是讲究技巧的,这个技巧我却是无师自通:一定要把馒头从下面掰开,发现红枣,抠出来,再把馒头趁着热乎劲合在一起,一般不会被人发现。那天,连着掰开几个,里面连山芋块都没有,我就一个劲地掰,终于抠出了几个红枣,那个满足呦。正在我津津有味地吃着红枣的时候,我大哥突然闯了进来,把我逮个现行。

结果,母亲把我狠狠地揍了一顿。我清楚地记得,那是年二十九,还有一天就除夕了,为几个红枣在年前挨一顿打,的确有些得不偿失。过年时几个兄弟每人得到两块钱的压岁钱,作为惩罚,我的被压岁钱被母亲取消了,亏大了。更可气的,是大哥还编了一句顺口溜,我至今还记得其中两句是"曹市集第三怪,小五子掰馍游大街"。前两怪是啥,我忘了,小五子就是我,我咋能忘掉呢。

往事真的不堪回首。

馒头蒸的差不多了,剩下些面,各家开始琢磨着蒸些花样。一般这两样东西是一定要蒸的:一是大雁,二是麦秸垛。皖北过年的时候,出嫁的女儿,是一定要给娘家送大雁的,以示对娘家的牵挂和思念,没忘本。小麦是皖北的主要粮食,蒸几个麦秸垛,无非是祈祷来年风调雨顺,麦子丰收,图个彩头。

揉馒头谁都可以,但是蒸这些花样,必得巧手媳妇才行。做麦秸垛容易,就是揉一个比平时更大的馒头坯子,再用一张圆形的面皮盖在上面,然后用剪刀在面皮的外面剪出一个个毛刺,看上去,还真像田野里和家门口堆着的麦秸垛。

做大雁就要繁琐多了,还要精细。用一团面揉啊揉,揉着揉着,就出来了一个圆形的头和更大的、同样的圆形的身子。用手在面团头部左捏捏右捏捏,咦,大雁的嘴就出来了。然后在嘴上面一边嵌进一粒黑豆,算是大雁的眼睛了,别说,还真有神。

做大雁的身体需要的是慢功夫,得用手压着面团一点点按扁,再用两块长长的面皮绕蝴蝶结一样粘在大雁身子上,就成了大雁的一对翅膀。这还不行,用洗干净的木梳,在翅膀上压出条纹,再用梳子的爪在条纹上均匀地点,羽毛就出来了,羽毛一出来,整只大雁就惟妙惟肖了。

更讲究的人家,蒸好大雁后,还要再做些小点的雁,回娘家的时候带着,表示女儿嫁过来已经生儿育女,也有子嗣丰硕的寓意吧。

一般地,从大雁体积的大小,不但能看出这家人的家境,还能看出和娘家的关系。粮食是个好东西,家里有粮,才能心中不慌。家里不缺粮食的,自然把大雁做大些,借机向娘家表达谢意，如果家里粮食不多，又和娘家关系不好，就把大雁蒸成小雁，雏雁自然也就省了。

有的媳妇对娘家好，在婆家又做得了主，不但把雁做得很大，还在雁的肚子里塞上一只或者两只鸡蛋。那年头，鸡蛋可是个稀罕物，平日是里舍不得吃的，只有老人和病人才有机会吃到鸡蛋。

大雁好做面难蒸，蒸的时间短了，往往蒸不熟，里面包的鸡蛋，自然也是淌黄的。我就亲眼看见，年初三，后院的高姨吃饭的时候，把她女儿送的大雁从中间一刀切开，正好切在鸡蛋上，洒了一桌子蛋黄蛋清，把她心疼得直骂女儿是败家子。

除了大雁和麦秸垛，还要做些小动物，是什么年，就要做什么。于是，我们经常在不同的年份，看到一团面在一群大姨大婶的手里变成兔子、龙、牛、狗啥的。谁做得像了，大家一叠声称赞她手巧，谁要是做的不像，一屋子欢笑，都在取笑她呢。一个女人，手不巧，当然是很没有面子的。

我在亳州岳父家，第一次看到过年的时候蒸枣山，光听着名字，就被气势镇住了——用面蒸一座山啊！

做枣山其实是用来上供的。先擀出一个锅盖大小的面皮，当枣山的托。然后把面搓成手指粗细的长条，绕成中式衣服上盘扣一样的花，每个花中竖着嵌入一颗红枣。绕得好的，能同时绕出四个花，呈正方形，像剪出的窗花，那就要嵌四个枣。再把这些花一个个粘在枣山的托上，远远地看，有点像陕西的莜面窝窝。不同的是，蒸出来的枣山结实，壮观，放在祭祀台上，宛如盛开的紫白相间的向日葵。

过了年，家里来了走亲戚的晚辈，家主都要把枣山掰下一块，让晚辈走的时候带着，叫"掰枣山"，意思大概是让晚辈们分享自家的好运气，在我看来，更多的像是长辈对晚辈的祝福。具备掰枣山资格的，只有外甥或者外孙，皖北人分得清，孙子孙女和子侄们属于自己家人，枣山留在家里，随时可以掰。

过日子精细的人家，春节前不会蒸太多的馒头，只要能吃到正月十五就行，蒸多了，万一天气暖和，会馊，甚至会长出浅绿色的霉，虽然把馒头外面一层皮揭掉不影响吃，但总是不可饶恕的浪费。过日子嘛，哪能这样浪费，母亲就经常说，吃了不疼扔了疼，馒头皮也是白花花的面粉做的呀。

正月十五前一到两天，家家还要忙碌一次，除了蒸些不多的馒头外，更多的是蒸面灯。正月十五元宵节，是要看灯的。那个时候，没有现在市面上充斥的电池灯，也没有哪个机构组织放烟花、办花灯展，农村人就自己动手做，反正不能冷落了节日。

做面灯，是舍不得用小麦面的，一般用豆面、高粱面等杂粮。最普通的做法是用一个面团，先揉成圆柱体，然后用拇指在中间按，一边按一边转，一个中间凹的面灯就做出来了，然后在灯沿上再捏出一圈凹下去的槽，既为美观，也可以防止灯里的油溢出。

蒸出来的面灯，趁热，把早准备好的裹着棉花的麦秸秆插到灯碗中，只等着正月十五晚上点了。

豆面、高粱面不值钱，可以做很多物什，家里人口掰着指头算，谁是什么生肖，就做一个什么动物。人口多的一家，三代同堂，竟然占全了十二生肖，从老鼠到猪，一一做好，摆在院子里，那叫一个气派。无论做了什么动物，一定要在动物的背上留下一个碗状的凹函，当然是盛油的。

有一个东西是必做的，龙。我在山西、陕西、山东，甚至河北，都见过和皖北一样的风俗，过年或者正月十五，家家都要做面龙，盘成一团，瞪着黑豆做的眼睛，嘴里还衔着一片红纸，或者一枚铜钱。而且，这盘龙一定是要放在供桌正中间的。

此外，谁家有什么愿望，也可以在这个时节通过面塑的形式许下。家里养猪的，就做一头大肥猪，再做十几只小猪仔拱在它身下；希望有孩子的，甚至有人干脆用面做成一男一女两个娃娃，花花绿绿的，憨态可掬，可是，怎么吃下去呢？有点文化的，就做青蛙，取青蛙产籽多的意思。小时候，一直弄不明白，又没有谁属青蛙，干吗做那么个丑东西。

十五那天，天还没黑，家里的孩子就忍不住了，吵着要点灯。家长们平时再精细，这个时候，都会把油拿出来。当然不是麻油，那多贵。一般是豆油、菜籽油、棉油，这些东西大都是自家地里收的，不稀罕。

油拿来了，往面灯里倒上半碗，在每个人对应的生肖里倒上半碗，孩子们端着自己的面灯，大呼小叫地跑出门去炫耀。大人们没了那份激动，把点好的面灯一间屋子一间屋子地摆放，然后，就站在门口，看孩子们在微弱灯光映衬下的笑脸，大人也就笑了。

我们那个时候，咋那么多孩子呀。每个孩子端着一盏灯，一家家地串门子，再出来的时候，就把那家的孩子也勾了出来。队伍越来越庞大，灯越来越多，一个村子处处流淌着灯火，大树下，小河边，屋山头，牛圈旁，都是灯。大人们撺着让我们把每个角落都要用灯照一下，说照了就不会被蝎子蜇。

跑了几圈，人就饿了。我们从面灯的底部揪下一团塞到嘴里，豆面其实一点都不难吃，很香呢。不知不觉地，面灯能吃的地方都吃了，就剩下中间那个面碗。不知哪个孩子带头，把薄薄的面碗放到了河面，微风一吹，面灯晃晃悠悠往河中间漂，其他

215

的孩子也效仿着，一个灯下河，两个灯下河，很快，河面上星光璀璨，满河的灯火啊。

大人们也扔掉了矜持，纷纷站在河边看，指指点点地辨认哪一盏是自己孩子灯，心里暗暗算计自己孩子的灯能亮多长时间，要是谁家的灯先灭掉，或者沉入河底，多少有些不太光彩，说明你家放的油少嘛，不是抠门就是家里没油。

现在，最偏远的农村，也有各种塑料的装着电池的灯了，五颜六色的，什么形状的都有，好看得很，谁家还费神费力地做粗蠢的面灯呢？

就像春节前做的大雁，从年初一，街头就有专门卖大雁的面食铺开门，门口横放的门板上，密密麻麻都是大雁，要多少买多少，谁还做呢？

就像馒头，也很少有人家在办年货时蒸那么多了，过了年初二，即便在农村，所有的超市都开门营业，馒头有的是，还白。

最主要的，是家里没有了那么多孩子，没有了孩子，年过着还有个啥热闹呢——这是我家隔壁的高姨说的，她九十多了，啥没见过？她说的，应该不会错。

第四辑
疯狂生长的乡村

疯狂生长的乡村

那栋三层小楼突兀地站立在麦田里。这已经是我第三年在春节时看到它了,第一次见,它的脚手架还没有拆去,一副张牙舞爪的样子,强硬地伸向麦田。和村庄其他的房子比起来,它显得另类高傲,如果说其他房子是排着队的农民,它就是被从队伍里挤出来的那一个。第二次见它和这一次一样,没有丝毫变化,大门紧闭,铝合金的窗户还没有安装玻璃,使得整栋小楼显出一副空洞落寞的神态。红砖的外墙也没有粉刷,门口只有一条窄窄的小路通往村庄,成为它在被挤出队列之后,依然保持着与村庄联系的脆弱纽带。

我是站在涡河岸边看到的这座小楼,那个村庄,叫冯楼,紧挨着曹市镇的一个村子。上小学的时候,班里有几个同学都是冯楼的,我的同桌贵福就是。贵福是家里的独生子,娇贵的很,所以从穿衣到言谈,都和村里其他孩子不一样。他清秀,帅气,又擅长写一种长体字,字工整得像刻蜡纸,这让我羡慕不已。最吸引我的是,他的父亲是生产队长,家境不错,时常有些闲钱买连环画,我近水楼台,在他看完后总是第二个读者。逢到周末,到他家去玩,他从床底下拽出一个装手榴弹的木箱子,打开,里面排得整整齐齐的都是连环画,恍如在我面前打开一座宝藏。

贵福的家是一个有着半人高矮墙的院子,那个时候,在村里，每家院墙基本都是那么高，主要是防止家里养的鸡鸭狗猪往外跑，并不防人，人在院子里的一切活动，墙外的人都一目了然，互相借个东西，隔着墙头就递了过去。所不同的，贵福家的房子是瓦房，这在当时的村子里，凤毛麟角，已经是富贵的象征了。家家门口都种着杨树、槐树、柳树、枣树之类，村子的外沿，一圈高大粗壮的阔叶白杨把村子密密地包围起来，风一吹，树叶就胡乱地拍打着，那是乡村特有的"风铃"。远远看去，被遮蔽在树影里的村庄，就像一艘乌篷船，而村外的庄稼，或绿油油，或黄澄澄，便是无边的随着季节变换色彩的水面了。

每一次去贵福家，从我家住的镇上，沿着一条只过得了拖拉机和牛车的土路，走进冯楼，就像登上一座幽谧安静的绿岛。"岛"上的住户各安其所，秋收冬藏，一切和村庄里的房子一样井然有序。哪怕是土墙上苫着茅草的土房子，也透着一种褐色的温暖，一个细细的烟囱冒着袅袅的炊烟，一个穿着黑棉袄的老人倚在墙角晒着太阳，一只黑色的土狗安卧在老人脚边，行人走过，老人从眼缝里瞄一眼，是熟人就说上几句，是生人就径自闭上眼睛，吧嗒吧嗒地抽旱烟。土狗也有了主人的超然，抬头看看路人，扭头看看主人，也闭了眼睛假寐。

只有吃饭的时候，庄里的人才四处走动起来，男人女人，大人孩子，一概端着粗瓷大碗，手里捏了筷子和大馍，边吃边走，一顿饭下来，约略可以走遍半个村子。房子里都不藏秘密，吃，当然也没有任何秘密可言了。

贵福门口往往是村里人吃饭常去的地方。一棵老槐树下，蹲着的，坐着的，站着的，唏哩呼噜地吃着饭，嘴里相互开着玩笑。一个庄的人大都姓冯，论起来，都是"一门头"，所以，辈分都在心里，无论开怎样的玩笑，一定不会乱了辈分。在朴实的乡人心里，辈分就是分寸，就是因因相循的人情世故，不然，就是"骂大汇"。

就有人说："贵福，你家瓦房是村里最好的，你爹又是生产队长，以后你结婚，得娶个漂亮媳妇，再让你爹给你盖三间新瓦房，啧啧，这小日子。"

贵福说："我才不盖新房，就和俺爹娘住这院子。"

贵福的爹就和吃饭的人一起笑："八竿子打不着的事，瞎胡扯啥。"

"看看，贵福多心疼爹娘，没白疼。"村里人发自内心地艳羡。

"可是常河？"

一个头发花白的中年人沿着河岸走过来，他的问话打断了我对少年贵福的回忆。

其实，这样的问话在我的老家对我是一种陌生。因为初中毕业离开镇子时，我改了名字，老家的人都知道我有两个名字，但每次和我聊天时，依然会喊我原来的名字，或者根据我在家里的排行，叫我"小五"。

似乎是看出我眼里的迷惑，中年人说："你认不出我了吧？我是贵福。"

是贵福！

我俩蹲在河边，像两个庄稼把式一样抽烟叙旧，得知他的两个孩子都成了家，"闺女嫁到了镇上，儿子一成家，也分出去单过了。俺爹娘早就去世了，现在老房子俺老两口住，儿子结婚时，在老院子边上给他盖了三家屋"。

"那栋楼是谁家的？"

贵福狡黠地一笑，脸上露出抑制不住的得意："俺家的。给俺儿子盖的，楼上楼下加起来十多个房间呢。"

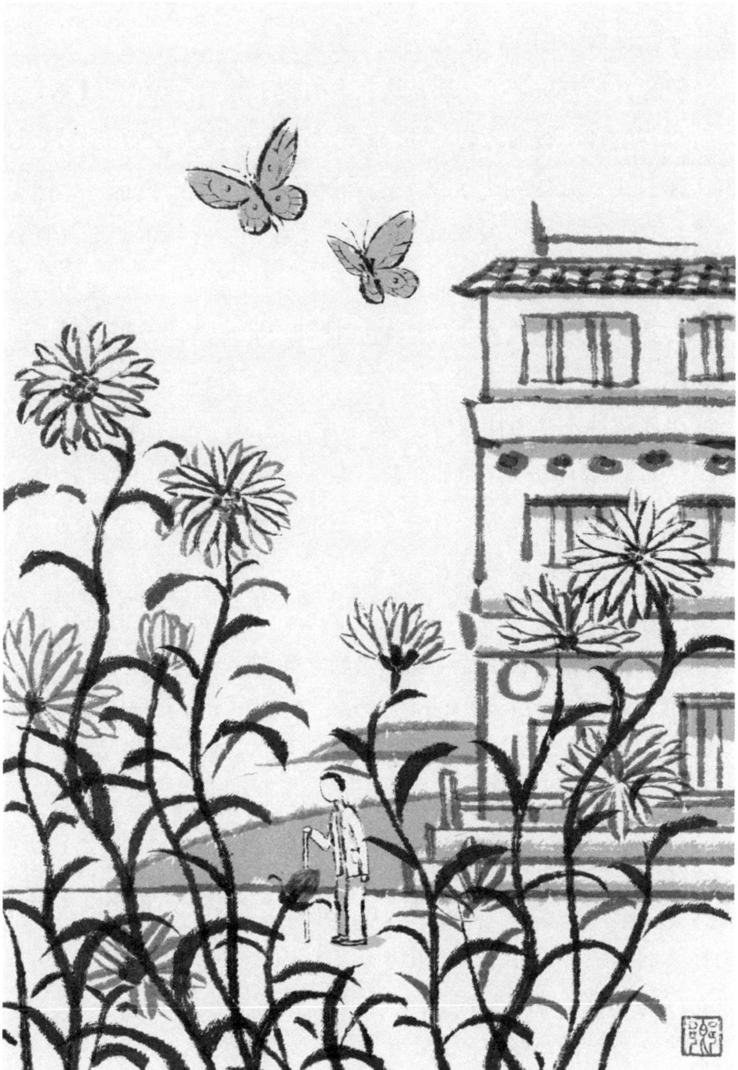

贵福初中毕业后，没考上中专，就在镇上做些小生意，先是贩卖蔬菜，后来到处跑着收粮食，啥挣钱干啥，然后用挣的钱娶妻生子，又嫁了闺女，给儿子盖了房子。

"你儿子有房子了，还盖这么大的楼干啥？"我有些不解。

"得为孙子提前考虑。"贵福说，儿子结婚后，和儿媳妇一起到广东打工。儿媳妇生了孩子，留在家里带孩子，贵福自己便也去了广东，在工地上做钢筋工，和儿子在同一座城市，好歹算有个照应，家里就留下婆媳俩人带着孙子。"一年算下来，总归能攒下几万块钱。家里就剩下她娘俩，地种不完，就在紧挨着村子的那块地上，盖了这栋楼。"

"庄稼地不是不让盖房子吗？"

贵福指着村子说："你看看，谁家不在盖房子。手续好办，找找人，花点钱，都是一个庄的，还能不给个面子？就是没有手续，盖了，谁还能给扒了？"

"你这是三层小楼，你和儿子两家，加上孙子，怕也住不完吧？再说，你家还有老院子和儿子的三间房子呢？"

说到这里，贵福脸上出现了愁容：他和儿子打工攒的钱，只够盖这栋楼的，楼盖好了，没钱装修了，"几十万下去了，家掏空了，再装修，又得几十万，实在没办法，再等等吧，等攒了钱再装修。"

再聊下去，贵福便开始愤怒起来，原来，儿子在广东送快递，累是累些，收入也还可观。时间长了，感受到了广州市和冯楼村天上地下的差距，就想在广州租房子安家，准备把孙子也接到广州上学。"心都野了，都不想搁家，我这么大的家业咋办？"

"那你还倾家荡产地盖房子弄啥？"我越来越迷惑。

"家业家业，有家就得有业。现在哪家没有一栋楼，咱不能比别人差吧。再说，曹市镇一直在扩建，都快和冯楼连起来了，万一以后冯楼要拆迁呢？那不就赚了？"

"贵福，万一不拆迁呢？"

贵福的脸黑了下来，嘴里嘟囔着："反正又不是我一家，都是东挪西借盖起来的，不拆迁，大家都耗着。"

贵福走了，十多年没见的玩伴，大年初一的，竟然都没请我到他家喝杯茶。

冯楼，已不是我记忆中乌篷船一样的村子了。贵福，也不再是那个就是娶了媳妇也不盖新房子的贵福。

何止是冯楼！

我记忆中的皖北，贫穷是有的，脏乱差是有的，但每个村子一定少不了树，每个村庄都在树阴里怡然自得。现在，为了盖楼，村里村外的大树被连根砍伐，每个村庄都千疮百孔，越来越多的楼房，一点点膨胀出去，让村庄越来越高，越来越大。而邻人们曾经聊胜于无的院墙，已经被遮住阳光的高大山墙取代，那些端着饭碗在村里"游吃"的情景，早已成为了斑驳的记忆。

我们的乡村，正在从形式上和城市越来越像。

从省城到皖北的高速公路上往两边看，每个村子都在大兴土木中疯狂生长。和各家各户杂乱无章，毫无设计感的楼房相对应的，是一些村镇兴建的"新农村"，其实不过是积木一样的楼房，贴着瓷砖的外墙，一色的铝合金玻璃在太阳下闪闪发光。

我曾经在一个看起来很气派的"新农村"楼群里转悠，看到的是，农民把收割的庄稼胡乱堆积在楼房外，凡有空隙处，皆是庄稼杆。收割机打下的粮食，拉到家里也无处存放，更找不到晾晒的麦场。"种地的成本高了，种地的积极性小了，种地的人少了"已经成了几乎每个村庄的共识。

在一户人家里，我看到的是，宽敞的三室一厅房子里，客厅里摆放着一张四方桌，几条长板凳，卧室里各放着一张床，此外，再没有什么家具（农具是算不得家具的），连内墙都没有粉刷，光着灰色的水泥白茬。问他，告知为了搬迁上楼，把原来的房子和宅基地都置换了，还得再掏一大笔钱。几万块也许对生活在城市里的人算不得什么，但对于土里刨食的农民来说，已经是很大的数字了。到处借钱住进了楼房，"楼上楼下电灯电话"的梦想是实现了，却再也无力对梦想中的房子进行装修和购置家具了。

每一次回老家，随处都能看到脚手架，凌乱地刺破乡村；看到建起来却没有装修的楼房，如同不知所措的迷路者；看到即使装修了也无人居住的房间，挂着艳丽的窗帘，窗帘后，一定落满了尘灰吧。

每一次回老家，都感到乡村的路上越来越堵，路是在变宽变平了，但路上的车辆也越来越多，成为乡村道路不能承受之重。几乎每家楼房外，都停着一辆轿车。一到过年，倒车镜上、后挡风玻璃上，贴着"出入平安"的春联，载着祝福和家人，到处拜年走亲戚。其实，亲戚之间，能有多远呢？这蜗行在乡村路上的车辆，已然成了亲戚间的距离。

更多的时候，那些车辆就长久而随意地停留在村里，车顶覆满落叶和鸟屎，车玻璃灰蒙蒙的，像极了被遗忘的老人。车是用来代步行脚的，总不能开到田里犁地。犁地耕种的农具，早不知被他们扔在哪个破败的旧屋子里，被蜘蛛网和灰尘蒙住曾经浸满农民汗水的纹理。

按照贵福的话来说，这车，和楼房一样，也算是"家业"了吧。

可是，贵福，家如果不是自己想要的家，如果住着不舒坦，业再大，用不上哩。

鸿雁

正月十六，老尖给我打来电话，口气里依然是掩饰不住的焦虑，他告诉我，他的儿子树森已经外出打工，地点还是原来的昆山。

老尖是我的邻居，也是小学同学。叫他老尖，是因为他天赋异相，头顶处尖尖地向上隆起，有点像我们在连环画上见到过的"无常"。开始，我们喊他尖头，后来大了一些，觉得这样直接称呼他怪异的长相，很不雅，于是给他改了一个含蓄的称呼——老尖。但他这个绰号，仅限于几个关系不错的玩伴可以叫，其他人这样叫他，他一定会翻脸的。

去年上半年，老尖曾给我打了一个电话，原因是他的儿子树森坚决不愿参加高考，要立刻辍学去外地打工，无论他们夫妻怎样软硬兼施，树森就是一句话不说，任打任骂，始终不愿再回学校。说到最后，老尖在电话那头啜泣起来：儿子已经开始不吃不喝不说话，"儿子快垮了，我们的精神也要垮了"。老尖请我在合肥找一家可靠的心理咨询机构，"这也许是能救我儿子的唯一方法了"。

我给他介绍了一个心理咨询师后，老尖就没再找过我。

春节期间，我终是不放心，就在年初一上午，去老尖的父母家，名义上是拜年，实际上是看看树森的结果。我知道，春节期间,在县城一家工厂工作的老尖和我一样,一定会回来过年的。

老尖果然在,树森不在,说是和邻居一起到处拜年去了。问他树森的情况,他说,那个心理咨询师也劝他不要强逼儿子继续上学,既然他不愿意,再上也不会有任何结果。后来,他听从了心理咨询师的意见,同意树森外出打工。

一个高中没有毕业的孩子,到了人生地疏的城市,能找到什么样的工作呢。树森先是在上海一家发廊里学理发,几个月后觉得枯燥,又去了昆山一家电子厂做工,原因是在昆山打工的老乡多,"好歹有个能说话的。"

正说话间,树森回来了。这是个身材颀长,面色白皙的孩子,只是脸上白得极不自然,是那种长期睡眠不足的苍白。他留着鸡冠一样的发型,向右耷拉下来的一撮,染成猩红色,穿着一件黑色带帽的长羽绒服,越发显得他脸色白得厉害。

在老尖的督促下,他低低地、很不情愿地和我打过招呼,就坐到堂屋里的板凳上,把帽子拉下罩在头上,从口袋里掏出手机,低头玩了起来,再无一句话。

离开的时候,老尖送我,喃喃地说:"打工挣的钱一分存不下来,回来家也不和家里人说话,这样啥时候是个头啊。"

我真的不知道该怎样安慰老尖,也不知道他的树森今后将会过怎样的日子。

但我可以想象出来:树森在外打工几年,等老尖倾其所有给他娶上媳妇,然后树森一个人或者带着媳妇再去陌生的城市继续打工,生了孩子丢给老尖,之后继续飘荡……

这不是树森一个人的生活,在任何一个乡村,都活跃着一批"树森"。

我不止一次看到,乡间,紧挨着麦地的小路上,几个年龄相仿的青年，三五成群，抽着香烟，漫无目的地在路上游荡。他们的衣着迥异于村里的其他人，清一色是某个城市服装批发市场上最时尚的款式，只是做工和面料泄露了衣服的山寨和高仿。他们一律顶着"洗剪吹"的发型，目光散淡，脸上带着疲惫，一望而知他们已经和身后的村庄格格不入。

老尖告诉我，树森本来是不想回来过年的，后来在他们的一再催促下才回来，一进家，就对家里的凌乱表示了厌恶，对于他打工的情况，也极少谈起，老尖问得急了，一句"说了你们也不知道"打发了事。

那些春节期间游荡在乡村周围和马路上的青年，已经见识了城市的繁华和生气流动，如今冷清荒芜的村庄，怎么还能安放他们骚动的心！

只是出于传统习俗的压力和城市春节期间的无事可做，他们才挤在如潮的人流中返回老家。只是，人回来了，他们的心，已经遗落在城市的霓虹灯下。

当乡村过年的旧习演绎一遍之后，他们已经归心似箭，尽管，他们也许自己都不清楚将"归"的是哪一座城市，但在意识里，他们已经把故乡当成了驿站，他乡才是故乡。

在合肥经开区一条美食街上，我曾见过他们。

那是夜晚，大排档生意红红火火。大排档最大的好处，和浴场一样，就是可以消解人与人之间身份、财富、地位的界限，帆布篷下，灯火影里，吆五喝六，菜肴杂陈，这一桌和那一桌的食客，都是沉醉在热闹或者失落中的不归人。

隔壁一桌，都是青年人，操着不太纯正的普通话，乍一看去，当为附近高校的学生。酒喝得多了，聊得酣了，他们各自的方言就藏不住了，细听聊天的内容，才知道都是旁边工厂公司里的员工。这一刻,他们俨然已是这座城市的一员,有自己的床铺,有一份工资,有所属的单位,他们知道某一路公交车的起始,知道这座城市最繁华的所在和消遣的去处,也约略知道一点这座城市最好的学校和医术最精良的医院……

只是,谈资里熟稔的,未必就是他们拥有的。春节一到,他们必须穿着城市里的服装,回到乡村的萧瑟。

一个歌手背着吉他穿行在餐桌间,怯怯向食客递上歌单。

他们竟然点了一首歌。

歌声响起,《鸿雁》。

鸿雁
天空上
对对排成行
江水长 秋草黄
草木上琴声忧伤
鸿雁
向南方
飞过芦苇荡
天苍茫 雁何往
心中是北方家乡
天苍茫 雁何往
心中是北方家乡
……

那是个初秋的夜晚,空气中泛着些许凉意,酒一下肚,热腾就升了起来。歌手略带嘶哑的声音开始是孤单的,忽然,和音越来越多,声音越来越嘹亮,越来越苍凉。——那一群孩子,正互相对望着,跟着音乐合唱。唱着唱着,他们伸开手臂,互相搭在旁边人的肩膀上,围成一个圆形的人浪;唱着唱着,有人的脸上挂起了清凉的泪水……

鸿雁
向苍天
天空有多遥远
酒喝干再斟满
今夜不醉不还
酒喝干再斟满
今夜不醉不还

那个场景,和老尖第一次打我电话时一样,让我至今无法忘却。那晚,会有多少孩子醉倒在《鸿雁》里?

在我的老家,鸿雁是一种常见的候鸟,我们叫它大雁。这是一种体形似鹅的鸟,百度上说,鸿雁"性喜结群,常成群活动,特别是迁徙季节,常集成数十数百甚至上千只的大群,常见四五只或六七只一起休息和觅食。每年三月末四月初迁入中国东北繁殖地。冬季则多栖息在气候温暖地区的湖泊、水库、海滨、河口和海湾及其附近草地和农田"。

因为鸿雁的这种特性,常常引起游子思乡怀亲之情和羁旅伤感,很多地方都把鸿雁看作思乡的象征。"人归落雁后,思发在花前"、"星辰冷落碧潭水,鸿雁悲鸣红蓼风"、"残星数点雁横塞,长笛一声人倚楼",古人在诗词里赋予了鸿雁凄凉思归的色彩。

我的老家,出了门的闺女,年初二回娘家时,一定要带上面

229

做的鸿雁，叫作"送大雁"，等于告诉父母，闺女时刻没有忘记娘家。

现在过年，可以送的节礼多了，很少再有人"蒸大雁"了。

而鸿雁，从来没有销声匿迹。

正月十五一过，就算出了年，像树森一样，每个乡村的年轻人背起行囊，告别有着湖泊和水草的村庄，急不可耐地飞往一座又一座城市。对于他们，乡村只不过是一个繁殖地，只留有一个荒草织就的巢，而城市，才是他们越冬的所在，是他们觅食的地方。

他们越的"冬"是什么呢？下一次迁徙，又在什么时候呢？

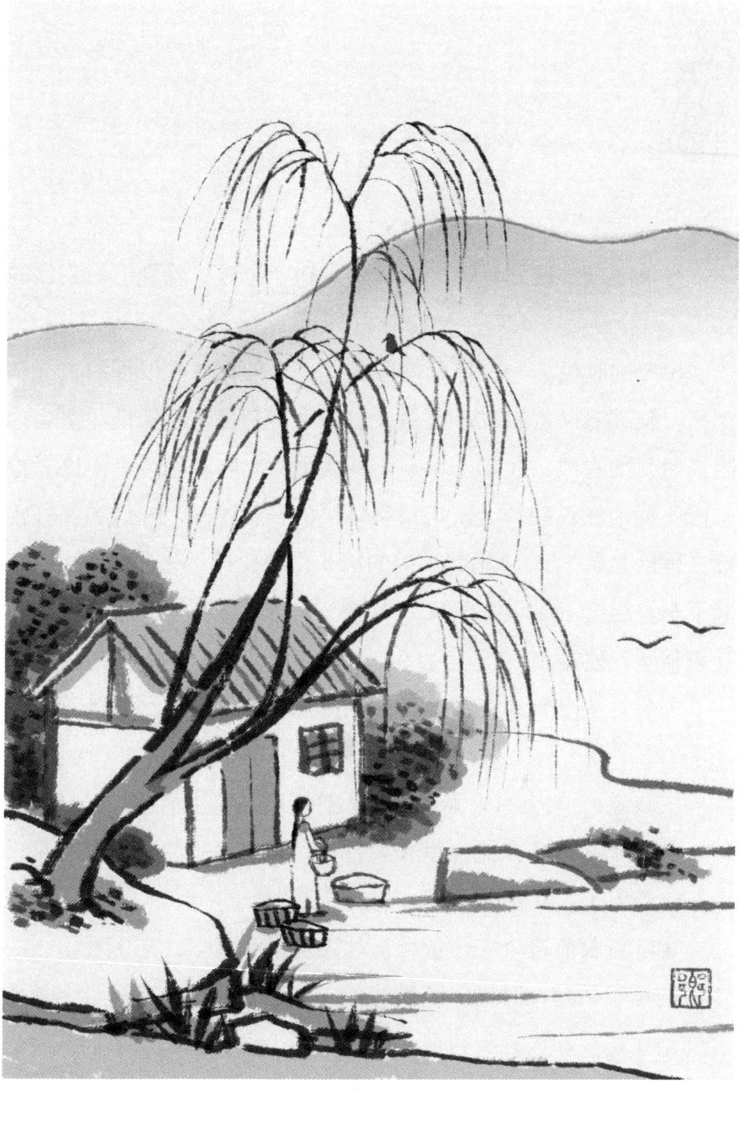

短路，一种被熔断的营生

过了闸口，就到了镇上，只要再拐一个弯，就到了我家住的老街。

拐弯的时候，一个像醉侠苏乞儿一样的穿着和发型的人拦在车头，他拄着一根拐杖，又黑又脏的手伸在挡风玻璃前，坚定地阻挡着我的视线。我摇下车窗，他嘴里呜呜哇哇地说个不停，根本听不懂他在说些什么。街口卖烧饼的三叔过来，一边和我打招呼"你回来了"，一边举起手中的铲子作势要打"苏乞儿"。我赶紧下车，递给三叔一根香烟，"苏乞儿"也嘿嘿地伸手讨要，"你不认识他了？他是大头。"

大头？那个曾经在镇上风光无限的街油子，怎么落到这个下场了？

三叔说："大头原来不是靠替人打架和短路生活嘛，严打的时候，被抓了起来，在监狱里和人打架，被打断了腿，出来后家里没有一个人了，就要饭了。"

我盯着眼前这个人，依稀从他蓬垢的头发下，还能看出二十年前的样子。那个时候，他是我们一帮孩子心中的恶神，无数次看到他在街头和人打架拼命，所以在街上遇到他，孩子们都绕着他走，他却突然停下来，对着我们吼一声，看我们四散奔逃而开心大笑。

我把一包香烟和几十块零钱塞到他鸡爪子一样的手中，他嘿嘿笑着，忙不迭地把香烟藏到棉袄贴身的口袋里，举着钞票一瘸一拐地朝车后走了。

他的脚步也把我的记忆带到了二十多年前，以及那个已经消亡的营生。

如果没有熔断机制闪客一样登台再下台，我可能还想不到"短路"这个词的正确写法：当某个东西负荷过重时，会产生过高的热量导致保险丝熔化，从而让整个路线产生断裂。同理，你正走在路上，突然跳出来一个人，一棍子把你打翻在地，抢走你的东西后转瞬消失，那么，你的行程等于出现了短路。

我所说的"短路"，当然不是物理学上的名词，而是一种社会现象，江湖上称作剪径，约等于用一把剪刀把你的旅途剪断。还有的地方叫作劫道。我以为，这个叫法不如我老家说的"短路"更形象，更简单粗暴，你明明劫的是人家的财物，怎么能把脚下的路劫走呢？文不对题嘛。

这样一想，我的故乡真不愧为中国文化的源头，道家的发源地，一个抢劫的行径，都能形容得如此科学，如此文雅，如此形象。

短路是一门学问，时间一般选择在月黑风高之夜；地点一般选择行人稀少且便于隐蔽的地段，比如一片树林中的小道、一个小石桥的下面、一截断墙的阴影里；对象一定要选择独身行夜路的人，否则，就会变成群殴后的强抢，没有技术含量，风险也大，土匪一样的行径，很为短路者们所不齿。而且短路的时候一定要穿黑色或蓝色的修身衣服，古人称之为夜行衣，便于行事时的干净利索，最好，能把脸遮住，防止误短熟人而被认出。我记得，那时还没有现在的长筒丝袜，老家的短路人一般用套头帽，就是用绒线织的，只露出两只眼睛，小时候每个服装商店都有出售，是冬天御寒防风的绝佳设备。我后来专门研究过，这种帽子学名应该叫"巴拉克拉法帽"，现在已经成为特警的装备，在寒冷的地区，加上一个玻璃眼罩，叫作07防寒面罩。

一切准备就绪，短路者剩下的就是耐心等待。

短路一般选择在农闲时节和春节前后，农忙的时候，乡村的夜晚也是一派忙碌，没有哪一条路是清净的，人声喧闹，短路人是不好下手的。收完了庄稼，家里有了些闲钱，口袋里也鼓了起来，还有就是办年货时以及春节后走亲戚串门子，身上总要带些钱，短路才有明确的目标，不至于空手而返。

每到那个时节，我们总是看到邻居们神色神秘、口气兴奋地说东边侯桥那里谁被短路了，北边排灌站附近哪个人被抢走了一辆自行车。邻人们说的时候，总是不时东瞅西望，仿佛可怕的短路人随时会出现。

边上就有人开始补充短路时的细节，短路人穿什么衣服、个子多高、身手多敏捷、用的是什么样的棍子……

和庙会时说大鼓的书场一样，这样的叙述总让孩子们兴奋不已，一遍遍不厌其烦地凭着自己的想象再塞进去无数细节，于是，在我们的想象中，那些短路人大概都像雪夜战杨志的林冲，或者干脆就是燕子李三大刀王五。

其实，没有谁真正见过短路，但关于短路的传说以及短路人的神秘总是在乡村的上空飘荡不已。

我们开始只知道大头喜欢打架，无论春夏秋冬，一打起来就赤着上身，雄赳赳地蹦跶着，年画里打虎武松一样。

一直到他短了大队书记，我们才知道，他夜里还干着这样的"副业"。

那是中秋节前的一个晚上，书记到十五公里外的一个镇上喝酒,骑着自行车回来的路上,酒劲发作,歪歪扭扭地骑到侯桥的时候,从桥下突然跳出一个黑影。书记吓得手一抖,车头一歪,连人带车倒在桥边,一头撞在一棵树上,昏了过去。

黑衣人放下手中的棍子,蹲下来搜摸书记的口袋,翻来翻去只找到不多的几张钞票,嘴里嘟嘟囔囔地骂"穷鬼,喝这个熊样子都不带钱",然后骑上书记的车子消失在夜色中。

过了几天,有人在别的镇上一个修自行车的铺子里看到了书记的自行车。那时,自行车的梁架上都要打上数字,像现在的汽车号牌一样,有的在座位下面还挂着一个绿色塑料的牌子,写着车主的姓名和牌号。书记也是一方诸侯,书记的车子当然好认。

书记头上缠着纱布,带着派出所的公安到那镇上去了一趟,问清了卖车人的体貌特征,认定短路的就是大头。书记后来说,他倒在地上的时候,其实没有昏,只不过是假装昏倒,借机观察短路的到底是谁。

大头被抓走了,听说,公安在他家里抄出了好多手表、自行车和钱包。

那是一九九六年,全国第二次严打。后来法院的公告贴到镇中心的广场,上面密密麻麻的黑字列举了大头拦路抢劫的桩桩事迹,大头的名字还打上红色的×,我们于是知道,大头被判了十年刑。

从那以后,大头就成了小镇的传说。再后来,我就淡忘了大头这个人。

我们听说的最具传奇色彩的短路人叫老五,大家都说他叫老五,却没有人能说出他真实的名字,也不知道他是哪里人。据说老五在一次短路的时候,拦住了一个年轻的女子,搜身时,突然被女子硕大柔软的乳房所吸引,就在路边的小树林里变劫财为劫色。

事情做完之后,那个女子嘤嘤地哭个不停。按照短路的规矩,一票生意做成之后,就要立刻撤退。那一次,不知道为什么,老五没有走,反倒蹲下来劝解那个女子,女子哭着说没有了第一次以后谁还娶她,鬼差神使一样,老五脱口而出"我要你。"

还是据说,那个女子当即停住哭声,站起来跟老五走了。

之后,很多地方开始传说有一对夫妻参与拦路抢劫,做事干净利索,从不留下任何蛛丝马迹,而且从不落空,被劫者如果身上没钱,就痛打一顿,解下腰带拿走。

大家都称他们为雌雄双煞。

严打之后,传说中的这对夫妻突然销声匿迹,江湖上再也没有一丝传说。有人推测,他们可能去了南方沿海地带做生意去了,反正,谁也不知道,谁也没见过他们。

甚至,究竟有没有这两个人,也无从考证了。

商品经济发展起来后,这样刀口舔血的活计没有人干了,短路这个职业也慢慢被"熔断"了。

如今,在皖北乡村,依然有小偷小摸不时出没,但都是入室盗窃之类的行径,全然没有短路人的武功和规矩。即便有些胆子大的,无非开车或骑着摩托到乡村强抢几条狗后溜之大吉,还要借助毒针之类的器具,更是摆不上台面的猥琐行为。乡人们谈起他们,除了愤怒,一点都没有以前谈论起短路时的神秘和兴奋。

镰刀向麦子砍去

"八岁那年,我让母亲给我准备了一把镰刀,立志要让太阳在自己的脊背上晒个背心才回家。"淮北平原上一片金黄的时候,李辉和我在合肥回忆大平原上麦收的场景,"那时候,我特别羡慕大人光着膀子还有个'肉皮背心',所以,母亲分给我的三垄麦子,我真把它割完了。后来,母亲还说我实在,分给我姐,她都不愿割"。

我没有追问六月的烈日是否给年幼的他烙下一个背心的影子,那已经毫无意义。事实上,午收时节,只要在麦地里待上一个中午,骄阳的酷烈和麦香会一起渗透进他的血液,而且终生挥发不去。坐在安徽电视台的导播间,李辉的脸上麦粒一样的颜色就是最好的证明。他说话的方式,不知不觉地从出境用惯了的普通话,悄然改成了侉得掉渣的皖北方言——我知道,那一刻,他和我一样,思绪已经飘回了一望无垠的淮北平原。

淮北平原上长大的孩子,总是伴随着镰刀长大,也时时在麦地里奔跑。镰刀之于男孩子的意义,不亚于一杆铁枪之于士兵,以及一柄剑之于一个侠客。在每一个山区,你都能看到黝黑精干的汉子在山林里盘桓,他们的腰间,一定挂着一把砍刀。向北,砍刀过了长江,就成了镰刀。任何地区的农民,都怀有利器,砍刀还是镰刀,不过是战场不同而切换的片花。

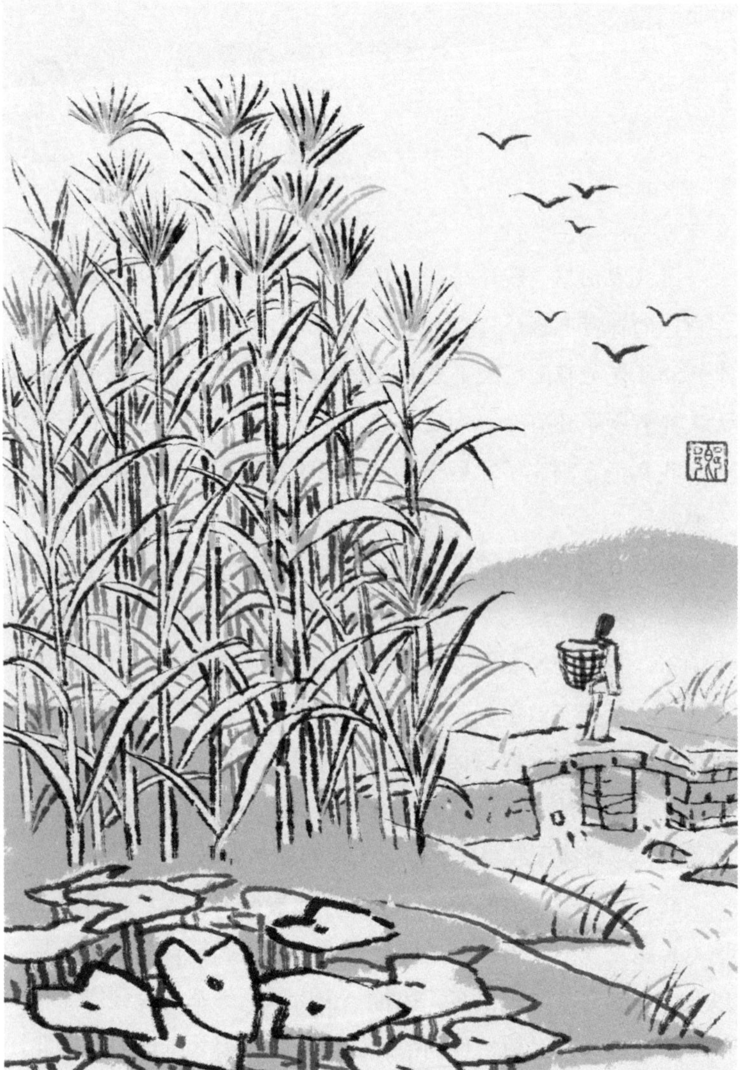

镰刀向麦子砍去。

不是所有的季节，镰刀都能挥向麦子。麦子的收割准时如同一座古老的日晷，等最适合的一颗沙粒落下，无声无息，镰刀就把无尽铺开的绵密的麦地割开一个细细的切口，季节汁水饱满，麦客喜气洋洋，麦秆无声倒下——哗的一声，午收大幕拉开了。

麦子开始泛黄的时候，农民陆续从集市上买回来木锨、扫帚、铁叉，把所有的镰刀磨得锃亮锋利，把院墙内外的麦黄杏采摘完毕，把门口一块土地用石磙一遍遍碾压成坚硬平整的麦场。一切齐备，农人走到自家麦田深处，揪下一个麦穗，在掌心里揉搓，对着太阳一吹，麦壳纷飞，粗糙宽大的掌心里，几十个麦粒黄澄澄地躺着，一番细细打量后，这些麦粒就成了农人午季最初的零食——农人品尝着从严冬开始期盼的果实，眯着眼睛看云，"管了，能开镰了"。

乡村沸腾，牛和人相约走向麦田，麦子成片倒下。

夏日多暴雨，割麦子前一定要看准了天气，必须在暴雨来临前把麦子收割回家。太早，麦粒不够紧实，"淌黄"；太晚，一场雨就会让麦粒发芽。发了芽的麦子做出的大馍，蔫头巴脑地，怎么吃都是不熟的感觉，也卖不上好的价钱，一年的收成就会大打折扣。

好在，一个好的农夫原本就是个看天的好手，四季的轮回，呈现在天边，贮存在心里。

开镰的时候，不早不晚，麦秆必呈土黄且水分殆尽，麦芒虬张而不太过焦脆。我的乡亲们扎开马步，往手心里吐一口唾沫，左手揽过麦秆，弯月一样的镰刀伸进弯向怀抱的麦秆，欻的一声，麦子温顺地倒在怀里，地上，整齐地留下二寸长的麦茬。

农人在田间起伏前进，铁和植物亲近的声音水一样漫上来，在麦田上顺溜地划过。

割麦，既是收获土地对劳动的赐予，也是对人与土地感情的检阅。人误地一时，地误人一年，对土地付出的多少，直接影响着土地回馈的丰歉。好的庄稼把式，能把土地伺候得厚实油绿，麦子匀称饱满，如同一块巧手匠人缝制的地毯，熨帖而舒展。偷懒的人，麦子稀稀拉拉，麦穗短小而干瘪。这和人一样，在我们乡下，每个村都有几个癞子，癞子大都好吃懒做，他们种的麦子，和他们的头发一样懒散而缺少光泽。

自从把麦子耩下地，大春就再不去地里，任凭杂草和麦子疯狂地争着地劲。他有更重要的事做，作为一个孤儿，他乐此不疲地走东家串西家，赔着笑脸央人家帮自己说个媳妇。对他来说，庄稼就在地里，触手可及，而媳妇遥遥无期，他必须趁着年轻、头发油亮时让某一个女子看上自己。

直到所有的人都没有工夫搭理他，火烧屁股一样奔向麦地的时候，他才恍然大悟，他的一亩三分地里也长着麦子，他的麦子，也该收割了。

他从来没有因为自家地里的麦子长相不好而羞愧。割麦的时候，别家一割就是五六垄，他不，他慢慢地割，一垄一垄地割，反正他的麦子稀落，他有的是时间。

把收割的麦子拉回麦场，仅是午收的第一步，脱粒的强度一点不比收割小。

碾平了土地的石磙，再一次碾压过摊开在麦场上的麦子。家里有牲口的，此刻就派上了用场，牛或马缓慢地拉着石磙，从外到内，一圈圈地打转。农人戴着麦秸编的草帽，站在麦场中间，一到收获和劳作的季节，他们都是乡村的圆心。此刻，他们一手牵着牛，一手漫不经心地挥着鞭子。他们的鞭子并不打下，牛是农人家庭的成员,他们舍不得打,他们的鞭子作势扬起,牛或马心领神会,向前紧走几步……常年的合作,人与牲口之间,已经达成无需语言的默契。

"发展农业机械化"的口号以粗大的宋体字用白石灰刷上墙的时候,有人开始用手扶拖拉机或者小四轮拉着石磙打场,但固执的农人还是习惯牛或者马拉着石磙,他们看不上拖拉机的嚣张,也接受不了拖拉机对麦粒的碾压。

但大春喜欢。他慢悠悠地把麦子拉到麦场后,并不急着脱粒,而是到有拖拉机的人家帮着干活儿,等人家忙完自己的活计后,请人帮着用拖拉机帮他打场。

说也奇怪,大春对自己的田不上心,但帮别人干活的时候,一点也不偷懒,所以,大春只是村里的懒人,却一点不让人讨厌。尤其是帮小兰家干活的时候,简直就像一头牲口。

小兰的丈夫在芦岭煤矿上干活儿,只有农忙的时候才回来。小兰一个人拉扯着三个孩子,许多地里的活儿顾不过来,都是大春帮着干,包括割麦和打场。

打场是要连天加夜干的,万一下雨就毁了。大春和小兰的丈夫在麦场上拉上一盏电灯,在夜色中忙个不停,小兰下好一锅面条,捞出来用井水浸过,切上半盆黄瓜丝,剥几个变蛋和咸鸭蛋,再盛一碗酱豆,便带着孩子睡了。两个男人,有一搭没一搭地说着话,在麦场上一圈圈地转。累了,就停下,蹲在麦场边上,捞一碗面,把作料拌上,呼哧呼哧地吃,喝一碗凉开水,抽几根香烟,继续干活儿。

整个村子都是,夜一直恹恹地醒着,人到了夜晚,话自然减少,连续的劳作也让人们不愿把体力荒废在无用的聊天上,村庄只剩下石磙吱吱呀呀的声音和拖拉机的轰鸣。

脱粒之后就要扬场。这是个技术活，一般需要两个人配合。扬场的人用木锨铲起脱下的麦粒，斜着向空中抛洒，麦粒呈弧形均匀地散开，风把麦壳吹走，麦粒唰唰地落成一堆。另一个人必须戴着斗笠或草帽，握着一把扫帚，趁着麦粒落下而下一木锨麦粒没被撒向空中时，把风没带走的麦壳扫走。两个人的节拍稍有闪失，麦粒就会落在后者的头上身上——那是要被庄稼把式笑话的。

打下的麦子装进麻袋，麦秸堆成垛，麦场上、麦地里一片整齐的肃然，午收。就算到手了，一场暴雨如约而至，把乡村和田野冲刷一新，整个淮北平原安静了下来。平时舍不得吃的瓜果蔬菜也消耗得差不多了，好在，新收的麦子接续了之后的日子，不论谁家收了多少麦子，都表现出一种难得的大方，烙馍、油馍、白面馍吃个饱，整个村子氤氲在新鲜的麦香里，让人有时时想伸懒腰的冲动。

把麦地翻一遍，把豆子种下地，小兰给他男人蒸一锅白面馍，他背着，又去了煤矿。

地里没有了活儿，小兰家里也没有什么要帮的，大春不好再整天在小兰家里搭伙。他又开始在村里游荡，请刚刚闲下来的人帮他说媳妇。

大春家里的房子太破，还是他爹娘留给他的土墙茅草屋，也没有像样的家具，连储存的麦子都比别人少，再加上他好吃懒做的名声，哪个姑娘愿意嫁给他呢？在乡下，择偶的唯一标准，就是勤劳。

大春急。

那一年冬天，小兰接到一封加急电报，说她男人下井的时候煤矿塌方，死了。小兰带着三个孩子去了一趟煤矿，回来的时候,捧着一个骨灰盒,我的乡亲们才知道,人死了之后不一定要完整地下葬,也可以变成一把灰。

春节过后,麦苗再次油绿的时候,大春把家里不多的东西搬到小兰家,住到了一起。那一年,大春三十八岁,小兰比他大两岁。三个孩子把原来对他的称呼"春叔",改口成了"春爹"。

麦子再黄的时候,大春和小兰带着三个孩子下地割麦,他不再一垄一垄地割,而是和其他人一样,五六垄地割。打场的时候,大春扬场,小兰戴着草帽扫麦粒。两个人没有配合过,一锨锨麦粒在小兰头上身上滚落,小兰笑得蹲在麦粒里直不起腰,大春停下木锨,也看着小兰笑,等小兰仰头看他时,他使个眼神,小兰便红着脸朝家走去,大春也丢下木锨,快步跟着朝家走……

我不知道李辉的老家有没有过这样麦收时节的爱情,大春和小兰的结合,是我见过的乡村爱情中最迟开的花朵,不是老房子着火的那种,而是像麦子一样自然成熟,像四季一样水到渠成。

迟开的花并不缺乏生命的活力,因为,我还看到,半个小时后,大春和小兰又从家里走出来,整整衣服,回到麦场上,继续生龙活虎地打场——麦收,从来不等人的。

心口上抹不去的朱砂痣

一九八四年秋初，在皖北，一个偏远乡下的孩子怯怯地走进了亳州一中，那是他第一次出这样的远门，此前，他几乎没有走出过他的村庄。所以，当一座四合院的门楼出现在他面前的时候，他的第一感觉竟然和影片《建国大业》中王宝强眼中的北京城一样："地主大院"。

那时的亳州一中还叫亳县一中，坐落在涡河北岸一个叫作董家街的巷子里，门口的路很窄，只能通过一辆汽车，好在那时汽车很少，市民可以很悠闲地在门口坐着聊天、打牌——原来，城里的生活和我们乡下没有太大的不同，区别就在于屋里摆设的精致和庭院的干净。还有，就是人们脸上的神情比乡下人要平和，走路的姿势更加自信。在那条街上，我第一次看到电影里才见过的鸟笼，在我们乡下，是没有人养鸟的，鸟就在村里的枝头上，来去自由，是不需要专门喂养的。城里的老人躺在树下的躺椅上乘凉，鸟笼就挂在头顶的树枝上，上面披着一块蓝布，画眉在鸟笼里机灵地跳跃，偶尔发出一声清脆的叫声。乘凉的老人微闭着眼睛，收音机在边上随意地放着，他似听没听，只有鸟叫的时候，他才抬起眼皮，看一眼，眼神里满是自得和自足。那时，我强烈的念头就是，等我考上大学有了工作，一定在城里给父亲建个这样的院子，给他买一只鸟，还有一张躺椅，再配一把紫砂茶壶。

跨进一中大门，穿过两边各有一间充当门卫值班室的耳房，眼前豁地开朗，迎面是叫作图书馆的白楼，地道的欧式建筑，孤零零的，却丝毫不显得突兀，连门楣上的纹饰都有着哥特式风格。这更让我确信，从此，我将开始一种完全不同于面朝黄土背朝天的生活，在这里，我将不能像在家里一样在夏天打着赤膊晃悠，也不能将最自然的粗口随意爆出。这是我的高中，若干年后，我将一次次梦见她。

白楼右边是医务室和职工宿舍，左边是食堂。高中，正是身体急速发育的时期，我像一株从野地里移植到肥沃花盆里的矢车菊，勃然怒放，傲然拔节。每天，从食堂里打来馒头、面条和大白菜烧肉大口大口吃下。说是白菜烧肉，其实永远是"我本有心向猪肉，奈何白菜唱主角"，再加上家里给的生活费少得可怜，食堂的饭菜只能吃饱，但营养却是不足的。所以，每个月总有那么几天，我得拖着贫血的身体去医务室推两针葡萄糖，否则就会头晕。那时的冬天似乎比现在寒冷得多，食堂里蒸馍的味道总是飘过白楼尖尖的顶，扑进我们的宿舍，因此，很多时候，我总是饿着的。不止是我，那个年代，很多人都对饥饿印象深刻。

白楼的后面是操场和教室，白楼和教室之间，是教师办公的地方，我们叫它红楼，其实是有着红色木栏杆的单边楼。在那里，我曾和高年级的同学一起，创办了自己的文学社。我们雄心勃勃地命名为"建安文学社"，发刊词已经记不清了，但依我们那时的方刚血气推算，应该是有着"问苍茫大地，谁主沉浮"这样的斗胆和气魄的。

这是一座始建于一九一零年的老校，从教会办的怀恩学校，到涡北中学，再到今天的亳州一中，莘莘学子在那里试飞起航。在那里，我们记住了一个瘦弱的女性背影。她叫张志兰，出生于知识分子家庭，早年毕业于北京大学，后留学日本早稻田大学，见多识广，貌美多才。她是冯玉祥的外甥女、西北军将领张自忠的堂妹，她的丈夫是汪伪第四方面军总司令张岚峰，在一九四二年二月至一九四五年八月，她担任亳县公立涡北中学校长。关于她，不太多的史料已经无法告知她为何要从河北来到亳县兴办教育，只是知道，在亳州一中百年校史上，正是她的博爱、宽容、专业、独立，才让这所学校即便在抗战时期也没有沦为奴化教育的牺牲品，并由此享誉皖北。

二〇〇七年，因为毕业二十周年，重回母校，蓦然发现，曾经一次次出现在梦中的场景已经不再，校门口的路拓宽了，红楼不在了，取而代之的是一栋栋教学大楼，食堂扩建了，而早在我们读书的时候，四合院的门楼就被拆除，新建了当时流行的敞开式大门。而曾经，我们经常穿越那样古色古香的门楼，去校门对面的老虎灶上打开水。开水铺永远亮着昏黄的灯，一排排水壶在煤炉上嘶嘶地冒着热气，烧水的老人神定气闲地站在炉前，用手指不停地弹着水壶，以此确定水是否烧开。在背后，我们的学校门楼翘檐斗拱，像一位慈祥的饱经风霜的老人，含笑看着我们，接纳我们……

许多年后，我们总是忆起那样的场景，忆起校门口的马路和马路边闲聊的老人以及零散的小摊，忆起穿过这条窄窄的路向西走，拐个弯，就到了涡河上的铁浮桥，穿过浮桥，就是帽铺街。那是一条青石板的街道，听名字你就会知道，这是一条手工业者聚集的所在，铁匠、篾匠、裁缝充斥其中，而屋檐下挂着的灯笼、鸟笼、膏药铺招牌在微风中摇曳，你不知道它们已经张挂了多少年……浮桥尽头的河岸上，一个高高的土堆，叫作拦马墙。那上面记载的，竟然是一千多年前有关曹操的传说，是曹操在此练兵时用来阻拦战马的,附近还有饮马坑、拴马槐。我们走过的地方,少年时的阿瞒是否和小伙伴们做过宫廷的游戏,就像儿时的孔子在家里用玩具复制周礼?

我们的宿舍,是白楼东边一个"口"字型的院子,四面的房子连接起来,中间是两排水龙头,两排水龙头中间,是一排一排的铁丝,用来晾晒衣被。每天早上铃声一响,我们争先恐后地爬起来抢水龙头洗漱,院子里叮铃桄榔,人声嘈杂。夏天,放了晚自习,总有人在水池前洗澡,开始,大家还不熟,洗澡的时候穿着裤衩,用肥皂涂满全身,接一盆水,兜头冲下,然后飞快地脱下湿漉漉的内裤,换上干净的内裤。彼此熟悉了之后,开始有人等熄灯后脱得精赤条条洗澡。每到这个时候,总有人突然揿亮手电筒,对着洗澡的人照,洗澡的人赶紧用脸盆捂住下身,嘴里便骂:"是哪个鳖仔仔?"

冬天,院子的地上结满了冰,洗漱时稍不注意,就会在地上滑倒,几乎每天都有人跌得仰八叉,但并没有人笑。

我的宿舍在西边,床铺靠着窗户,窗户正对着白楼,窗外是一排柏树,中间有几株芭蕉,下雨的时候,雨打芭蕉,只觉得影响睡眠,却从不曾因此生出愁思。那时的岁月,樱桃也红,芭蕉也绿,但"流光容易把人抛,雨打芭蕉湿绫绡"这样的情怀,是成年人才有的,我们那时,更多的是少年意气,连"为赋新词强说愁"都不愿。

现在,母校变大了,建了新校区和气派的教学楼。可是,每一次路过那里,我们总是不由自主地念及过去的场景,那时,我们的教室是青砖的平房,左右各有四排,教室的四周是粗大的梧桐,我们就在连绵的树阴下上课读书,看着婆娑的树影在窗户上游弋,慢慢消失在砖缝里,我们在光影中渐渐褪去青涩,我们的目光越发坚定起来……

　　好在，那栋一直充当图书馆的白楼有幸被保存了下来。上学的时候，是一个操着浓重上海口音的老太太在做管理员，她头发银白，面容和善，老花眼镜后面永远是笑眯眯的。每一次还书，老太太总是仔细检查书的破损情况，用白皙修长的手指轻轻捻平弄折了的书页。我一直疑惑，这个老太太在这个图书馆里呆了多久？她的银发，她素雅的衣着，她的白皙干净，她的微笑……无论怎么看，她都像是专为这个小楼而存在的。

　　还有那些老师，健在的，已逝的，我知道，他们是永远走不出我们的记忆的，像蒲公英的种子一样，我们飞散到哪里，业师们的音容笑貌和治学态度就传播到哪里。

住在隔壁未必就是做邻居

进出楼道的时候,必须要经过楼前一块空地,空地上有几件简单的健身器材。每天早上和傍晚,总有一些孩子嬉戏玩耍,几个老人坐在凳子上发呆,而家长们要么独坐着低头看手机,要么有一句没一句地交流着关于自己孩子的话题。他们操着各自不同的方言,表明他们来自不同的地方,如果不是因为孩子,他们本就是路人,即便住在这个省会城市的同一栋楼里,哪怕是门对门,也很难有共同的语言和交流。

小的时候,村里只要有人结婚,晚上一入洞房,整个村子里的年轻人都相约着去听墙根,趴在人家卧室的后窗外,一边听着床板吱吱呀呀的声音,一边掩口相视而笑。坏一点的,也会在关键时刻突然大声咳嗽一声,然后等房里的声音戛然而止时哄笑着跑开。

但是,大家并不着恼。一个村子里的人,原就是相熟的邻居,这样的事也算不得什么秘密。结婚三天无大小,无论是新郎新娘还是听房的人,都是有着充分的心理准备的,如果没有人闹洞房或者听房,反倒显得这家人人缘不好。即便第二天劈头碰见,甚至拿这样的事打趣,彼此都一笑了之,不会有什么难堪。大家都知道,邻居间,如果不是有着不共戴天的仇恨,再过分的玩笑,都没有什么恶意。再说,一个村子的邻居,大多都有着拐弯抹角的亲戚关系，能有什么怨恨情仇。

相反，乡下人都谙熟远亲不如近邻的道理，如果家里有个什么事，最靠得住的，最直接的指望，可能就是这些日日相见的邻居。

每当家里做了改口的饭菜，比如包饺子、炸丸子、蒸包子，过年炸了馓子，蒸了馒头，母亲都会叫我和哥哥给邻居一户一户地送过去，"叫大家尝尝"；同样，邻居家里有了新鲜的菜肴，地里新收了山芋、玉米，也不会忘了我家。平日里吃饭的时候，大家各自端着硕大的饭碗，一手抓着几个馒头，从家里出来，一溜排倚着墙根坐下，相互看着对方的饭碗，低头吃着自己的饭菜。如果发觉对方对自己的饭菜感兴趣，立刻把碗递过去，"你尝尝"，对方也不客气，把筷子在嘴里唆一口，直通通地伸到对方的碗里捎上一筷子，仰头吃下，啧啧嘴巴。

吃完了饭，大家并不急着回家，把碗筷搁在地上，从口袋里掏出香烟一溜排散一圈，互相在对方手里对个火，香烟青烟袅袅，话语哗哩啪啦。那样的场景，让你明白，从前的日子很慢，不仅车马邮差都慢，连吃饭也是慢的。

我家隔壁的刘大爷原来当过村长，七十多岁的年纪，仍然气宇轩昂，操不完村里的心。吃饭的时候，端着大碗，一边吃，一边把全村转一圈，所以，每家每顿吃的什么，他都了然于心。他每顿饭只盛一碗饭出去，走到谁家，碗底空了，随手在谁家盛上一碗，继续吃，继续走。别人都吃完了，烟也抽得差不多了，他才佝偻着腰慢慢走回家。刘大爷瘦，从背后看，他的黑棉裤宽大无比，和身上的黑棉袄连起来，就像个徐徐移动的棉布门帘，最醒目，是他背在后面的那只大碗，搁在屁股上面，碗口朝里，远远看去，如同黑布帘上趴着一只白色的乌龟。

刘大爷七十三岁去世的时候，全村大人孩娃都来烧纸随份子，村里的中年妇女不约而同地帮着刘大爷家里的女人们哭了三天丧，那场面，才叫壮观。刘大爷出殡后，村里的剃头匠马扣不止一次地说："我死了之后，棺材不要都管，要能有老刘那样的排场，什么都值了。"

不久前，原单位一个老同事去世，我去吊唁的时候，看到昔日的同事，稀稀拉拉地进来，在遗像前鞠个躬，接过家属递上的香烟，不咸不淡地问几句临终的情况，连一滴眼泪都没留下，很快散去。这样的仪式，不过是礼节性的到场罢了，远不如乡下人的实在和发自内心的悲切。或许，城市生活的快节奏和压力，已经把人心里最柔软的那一块也磨得硬了。即便是同事，是隔壁邻居，也只不过是工作的意义和位置的概念，邻居所固有的冷暖互知、关键时刻搭一把手已经随着时光消失殆尽。

著名作家鲁彦周辞世的时候，我的朋友章玉政陪著名黄梅戏编剧、严凤英的老伴王冠亚去吊唁，看到王老一进鲁门，扑通一声跪下，连说鲁老对他有恩。鲁老是二〇〇六年去世的，享年七十八岁，王老也于二〇一三年走完他八十四岁的人生旅程。如此推算，王老对鲁老行此大礼时，已是七十七岁的老人了。难怪直到今天，章玉政依然对那个场景念念不忘。我不知道两位老人之间有什么样的深厚交情，但却能感知那一份从传统中留存下来的情怀，故人、恩人、会人已经不能完全概括那种深情，我宁愿看作邻居间的情浓和相知，是"从前慢"里舒缓而古典的韵律。

大概是我上小学的时候，村里流行疟疾。我家弟兄六个，除了在外地当下乡知青的大哥外，全部被传染，五个孩子并排躺在床上。邻居家姓刘，是个兽医，他家一个女儿五个儿子，除了大儿子在部队和女儿没得病外，家里也躺下四个孩子。

父亲那时在外地,母亲在商业联社上班,没办法请假照顾我们。刘家人干脆让我们弟兄五个的床都搬到他们家,和他们家的孩子住在一起,两间房子一下躺了九个生病的孩子,那个没生病的姐姐,每隔一段时间就过来摸摸我们的额头,给我们量体温,喂我们喝水。或许是孩子们在一起互相陪伴,只要精神稍微好一点,我们就抬头看看其他的病友,扮个鬼脸,伸个舌头,全然忘了疾病的存在。一周后,我们九个孩子竟然同时痊愈。

病好后,我们一起玩耍,也有过争吵甚至有过打斗,但都是孩子的小心眼所致,丝毫不影响两家的关系。当时,我们住的地方叫西庙,原来是一座二郎庙,我们两家紧挨着西庙,两家中间只有一道墙,做饭的时候少了酱油,隔着墙头把碗递过去,那边接过,倒上半碗酱油,再递过来。至今,我每次回忆故乡的时候,西庙都是我绕不开的坐标,而当时九个孩子并排躺在床上的场景,时时让我感到温暖。有这样的邻居,真好!

生活在省会城市,又值商品房时代,住在一个小区里的人,来自天南海北,全是陌生的面孔。每天门一锁各自上班,下班回来忙着自己的家务,邻里之间,哪里有认识的机会?如果谁主动和邻居打招呼,最大的可能是邻居高度警惕,以为你有什么企图。

刚参加工作的时候,单位分给我一套房子,是原来的军营改造的平房,带个院子,院子里有一棵石榴树,我用竹子给院子夹了一圈篱笆,远远看去,俨然都市里的村居,惬意极了。邻居宋老师的院子里,有一棵枇杷树,紧挨着两家的分界点,一半的树冠蔓延到我家,宋老师在我们两家之间扎的竹篱笆,特意只留半人高,每天进进出出,如同在一个院子里生活。

枇杷黄熟的时候,宋老师和我家的院子,都挂满了粒大饱满的果实,宋老师笑眯眯地说:"在你院子里的,都归你了。"

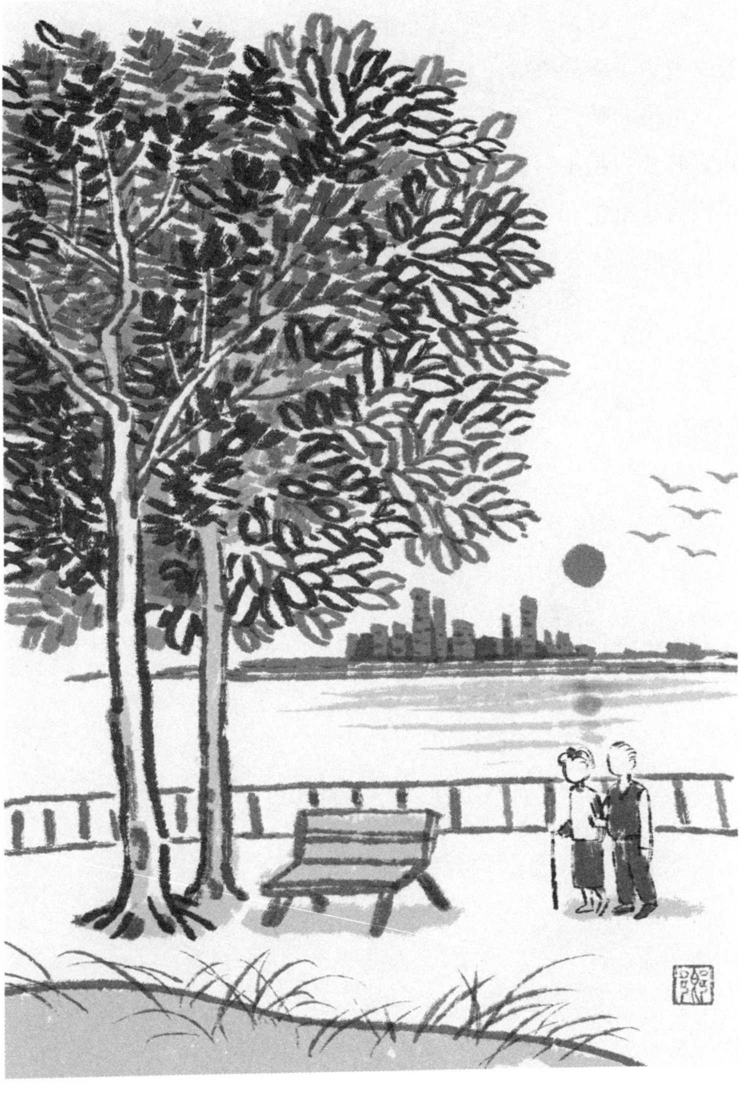

我家石榴咧嘴的时候，我和宋老师爬到树上，摘下满满两大篮子，他家一篮子，我家一篮子。

晚上，给那一排邻居送石榴的时候，遇到宋老师也拿着石榴挨家去送，昏黄的路灯下，我俩相视一笑。

可惜的是，后来那一排平房拆除了，建起了两栋楼房，我和宋老师各自搬出，住进楼房，不再是邻居，那两棵树也被砍伐，再没有了枇杷和石榴在自己的生活里开花结果，也没有了邻居间的那份随意和亲切。

后记：向前走，向后看

我一直认为，每个人都有两个故乡，一个不可移动，只能丢在老家；另一个却可以随身携带，心安处便是故乡。留在老家的用来凭吊，在落寞沮丧的时候，能够回溯到那里，寻求一份慰藉和安宁；后者如影相随，任何时候都是起点，是疲惫休憩时的枕头，而且指向未知的远方。

说到底，人不过是浮萍，到哪里都能扎下根去，根本没有居易和居不易的前提。比如，莫名其妙爱上一个没有去过的地方，也可能因为一个人爱上一座城，更多的时候，自己都不知道为什么和某个地方难以割舍，反正，住下了，这个地方就成了故乡。所谓的他乡，只不过是当下居所的相对存在，任何一处他乡，都可能成为故乡。

但真正的故乡，永远只有一个。

这就是我最近几年常常不由自主书写故乡的原因。这起源于一个细节，某日看书，忽然觉得字有些模糊，摘下近视镜，把书拿近些，清晰了，如果戴上近视镜，就必须把书尽可能拿远些，再远些。霎那间，我想起了我初中的语文老师，一个白发豁牙的老头。每天上晚自习，他戴着宽大的老花镜，坐在讲桌前，面对着我们批改作业或者备课，因为牙齿不全，老人得时时吸溜一声，以防口水流下。这吸溜声对于我们，就是时刻的提醒。偶尔有同学交头接耳，或者做小动作发出声响，老师就微微内收下巴，让眼光从老花镜的上面投射下来，精准地寻找到声音的源头。

于是，无边的悲凉从心底泛起：花眼了！这就意味着，我已经无可逆转地步入了中年！再仔细一找，鬓角，隐隐已有白发……

如果不是某件事或某句话的提醒，也许自己不会有人过中年百事哀的苍凉，但是，由不得外界舆论的风刀霜剑严相逼，黑豹乐队的赵明义一只保温杯，都能在网上发酵成中年危机的狂潮，而且，这个"梗"可能会玩很长时间。以至于马化腾也说："其实你什么都没做错，就错在你太老了。"

老了，是错吗？这肯定是个十足的二律背反：如果说老了是错，那么，违背自然规律显然是更大的错误，谁不是越长越老？如果说老了才正常，那么，为何偏偏摘出一个遭人鄙视的中年危机口诛笔伐？

于是，有些自恋的中年成功人士便站出来辩解说，你变老的其实不是心理年龄，而是生理年龄。

话这样说，就没有意思了，就像我说的心安之处才是故乡一样。很多时候，心理年龄和生理年龄是无法切割的，如果说二者之间有什么黏合剂，那可能就是：在对的时候，做最对的事情。唯其如此，才能保持一直向前的姿势，而能够奔跑，至少表明还没到衰老的状态。

中年，适合做什么？一方面，这个年龄段，上有老人要赡养，下有孩子要抚养，中间还有工作要顶上，所有的压力都迫使自己不得不把家庭、责任、事业扛起来一路狂奔。而另一方面，近半生的阅历、积淀、颠簸，早已该锤炼出容纳光风霁月的胸怀，步子不能停，但内心必须要有闲庭信步的闲适和淡定。

所以，向前走，向后看，才是中年人最该做的事情。

这样，才能解释我为什么在步入中年之后，屡屡将关注点转回到我的故乡，投射在广袤的淮北大平原上。不是我老了，而是我意识到了冥冥之中的一种责任，那就是我必须把我的记忆唤醒，并一点一点清晰起来，用文字记录下那些泛黄的、已经或正在消失的生活，还有走着走着就不见了的人。

事实上，无论怎样打捞，都无法阻止过去生活的消亡。你可以一万次感叹乡村生活当中诗意的退场，却不能让农民停下正在建设的楼房，更不能停下他们外出打工的脚步。总是这样，你认为的炊烟，是乡居田园生活必不可少的点缀，可在农民看来，那不过是他们被城市抛弃的一声叹息。还有那些牛羊，你以为是慢生活的印记，可是，在农村，还有谁有心思去半夜起来喂养它们，就像没有谁还像我们的父辈们那样蹲下来细细侍弄土地，也没有谁再一次次走向田野，把所有的庄稼连同秸秆落叶一起收到家里。

我曾在皖南，无意中走进一个空无一人的百年村落，那样的空洞，那样的萧条，那样的义无反顾——现在，农人们不但把庄稼丢在地里，甚至把整个村庄都放心地抛荒在田野里。

每一次回老家，我都会听到某个人死去的消息，也深切地感到那已不是我的故乡。这不是矫情，可以说，中国的农村正在遭遇着千年未有之巨变。而这种变化，从我初中毕业离开家乡那一天已经悄然发生。

从我家门口的砂礓路上走出，坐上班车，就是县城，从县城换乘班车，就到了另一个县城，短暂的居留之后，我到了更大的城市，也从淮北平原走到了江南水乡，最后落脚到省会。

出走的时候，谁会想到是这样的轨迹呢？就像谁也不曾料到中国的农村被城市榨干最后一滴汁液。

于是，我在自己的微信公众号"常言道"上，一点点倾诉我对故乡无奈的回望，我写乡村麦场上的夏夜，写早就不在了的照相馆，写不知所踪的皮匠，写曾经成为镇上风景的上海知青，写曾经风雷一样喧嚣了乡村的上河工，也写每个乡村都有却注定要被忽略的剃头匠，写至今在一些陋巷还残留的皖北小吃……也写我一路走过的中学、县城、长江边上的商业城市，写我的大学，写我在省城的生活。

两年的时间，竟然写了近百篇，我从中选取了五十五篇，乃有了这本书的框架。

我甚至认为，我的写作就是对过往道路的一次打量，到了中年，总得弄清楚自己从哪里来，要到哪里去。

这样的写作，常常让我处于分裂的状态，或者说就是焦虑，因为，当你一脚踏着故乡的泥土，一脚踩在城市的马路上的时候，严重的失重感会让你眩晕。在路上，你理所当然是过客，在城市，你也是，回到故乡，还是。

过客，也许就是处在变革时代人无法逃离的宿命。

所幸，我周围的朋友给予了我极大的鼓励和安慰，每一篇文章发出，总有知名或不知名的朋友点赞、留言、转发，用他们曾经经历的乡村生活给我启发，甚至给我出题目，这让我的记忆越发自信，逐步坚定。我从不认为订阅我微信公众号的是粉丝，我甚至讨厌这个叫法，我更愿意把其中的每一个人都看作是朋友。正是朋友们的首肯，才让我无法停止写作。

我的《正在消失的村庄》一文是在春节返乡后写的，很快在老家广为传播，文章中涉及的人物也循着踪迹找到我的联系方式，其中就有文中那个小学同学。我知道，即便人在故乡，他们也无时无刻不在感慨乡村的变化，没办法，坐上了动车的人，只能任凭飞驰的列车把自己带到无法预料到结果的站台。

感谢一些报纸期刊的编辑，看到中意的文章，不吝版面进行刊发，这是我能继续写下去的动力。

感谢我的妻子，这个同样来自淮北大平原上的女人，每当我在文章中写及某种皖北美食小吃，不消说，第二天的餐桌上，肯定会出现。这让我非常诧异，因为有很多淮北菜肴，省城是没有相应的食材的。她不但用这种神奇的方式慰藉了我的胃，更给了我写作的润泽和乐趣。我猜，如果我写了烤全羊，她一定会买来硕大的烤箱，让我在下班回到家时惊奇地看到一只烤好的整羊。

感谢北京时代华文书局的厚爱，在我把书稿整理好之后，很快做出了出版的决定。更要感谢北京时代华文书局的副总经理叶明光，从北京专程来合肥商谈出版事宜，并找来在我看来最好、最适合此书风格的画家为本书配图。没有他们，这本书充其量只能叫零散的文字。

最应该感谢却又无法说出感谢二字的，是我的父亲。这个一辈子老实巴交的农民，用他最俭省的话语，和最朴实的行事风格让我懂得本分做人、勤勉做事的道理。作为他六个儿子中唯一走出老家的一个，父亲对我是寄予厚望的。我之前出版的几本书，父亲一直都放在枕头边上，家里来人，时常拿出来炫耀一番。我连续十一年参加全国两会的报道，父亲就连续十一年的三月份守在电视机前看新闻，他试图从乌泱泱的人群中找到他儿子的身影；我做电视评论员的几年，一直到他生病住院前，哪怕耳朵已经失聪，每到节目播出的时间，父亲哪也不去，就早早坐着，看他的儿子在荧屏上说着他未必能听懂的话。

父亲去世后，整整三年，我不敢碰触关于父亲的任何回忆，我一次次对自己说,父亲没走,他只是回了一趟他的老家。

后来,我终于硬着心肠写了和父亲有关的几篇文字,但我知道,那些苍白的文字只不过是对父亲的一点零碎记忆。对我来说,父亲是海,我永远不能看到父亲的全貌,更没有走进父亲的内心世界;父亲是山,我领略到的,只是他的伟岸、坚韧和包容,其他的,深藏山中。

现在,这本书出版了,我的父亲,他却没有机会看到了……

常河

2017年9月15日